전지적 독자 시점

싱숑 장편소설

전지적 독자 시점

Omniscient Reader's Viewpoint

PART 4 **01**

비채

일러두기

- 이 책은 e-book 《전지적 독자 시점》을 바탕으로 편집 및 제작되었습니다.
- 인명 등 고유명사는 국립국어원 외래어 표기법을 따르되, 입말로 굳은 단어 등은
  예외로 하였습니다.

차 례

Omniscient
Reader's
Viewpoint

Episode

50년 후

※

1

'환생자들의 성'에 방문한 지 나흘이 지났다.

[전지적 독자 시점]으로 확인한 바에 따르면, 다른 일행들도 중섬 시나리오를 마치고 다음 시나리오 돌입 준비를 마친 상태였다.

나는 흐릿한 스마트폰 화면을 내려다보고 있었다.

―멸망한 세계에서 살아남는 세 가지 방법(최종본).txt

어쩌면 이 파일의 끝에는 내가 그토록 보고 싶었던, 이야기의 '에필로그'가 있을지도 모른다. 그뿐인가? 운이 좋다면 이번 3회차에 대한 정보가 더 있을 수도 있다. 내가 어떻게 행동하고, 어떤 방식으로 시나리오를 수행해야 안전한 결말에 도달할지 알려주는 지침이 있을 수도 있다.

하지만.

「그 이야기 의 마지 *막* 이 비 극이 *라* 면?」

만약에, '최종본'의 의미가 '더 이상 바뀌지 않는다'라는 뜻
이라면?

「네 **가** 그걸 바 **꿀수** 있 **을** 까?」

내가 읽음으로써 오히려 모든 미래가 확정돼버린다면?

"김독자."

고개를 들자 왼손에 붕대를 동여맨 한수영이 나를 보고 있
었다.

이 세계에서 나를 제외하면 거의 유일하게 멸살법을 읽은 존
재. 한수영이 나라면 어떻게 했을까. 이 파일을 열어보았을까?

"뭘 그렇게 봐?"

"아냐, 아무것도."

나는 스마트폰 화면을 껐다.

언젠가 이 이야기를 읽고 싶어지는 날이 올지도 모른다. 하
지만 지금은 아니다. 내가 읽고 싶은 '에필로그'는 아마 이 파
일에는 없을 것이다.

장비 손질을 끝낸 한수영이 걸터앉은 침대에서 풀썩 내려

오며 말했다.

"슬슬 출발하자. 계속 꾸물대다간 유중혁 그 자식이 앞서가 버릴 거야."

"떠나기 전에 만나야 할 존재가 있어."

"누구?"

"마침 온 것 같네."

똑똑, 하는 소리와 함께 누군가가 문을 열었다.

가장 먼저 눈에 띈 것은 굵은 갈색의 염주 목걸이. 회색 승복 사이로 언뜻언뜻 엿보이는 단단한 잔근육. 아주 오랜 세월 동안 고련을 거듭한 무승武僧이었다.

"모시러 왔습니다, 시주."

나는 고개를 끄덕이며 대답했다.

"당신들의 왕에게 안내하십시오."

✼ ✼ ✼

《멸망한 세계에서 살아남는 세 가지 방법》.

멸살법의 최고 권위자인 내 해석에 따르면, 제목의 '세 가지 방법'이란 멸살법에 등장하는 세 명의 주인공을 뜻한다.

첫 번째는 회귀자 유중혁.

두 번째는 귀환자 장하영.

그리고 세 번째는……

—주인공이 또 있다고?

　내 이야기를 들은 한수영이 '한낮의 밀회'로 반문해왔다.

　그러고 보니 한수영은 이런 정보까지는 모르겠구나 싶었다. 녀석이 읽은 것은 고작해야 100편 남짓이니까……

　—하긴 3,000편이나 쓰려면 주인공 하나로는 우려먹기 힘들었겠네.

　쓸데없이 날카롭기는.

　—그나저나 주인공이 셋이나 되다니, 역시 망하는 소설의 지름길을 가네.

　딱히 할 말이 생각나지 않았다.

　심지어 그 망한 소설은 이제 우리네 현실까지 망치고 있는 중이었다.

　—이 성의 주인이 '세 번째'인 거지?

　—맞아.

　—멸살법에서 비중은 어느 정도야? 유중혁급?

　—그렇지는 않아. 어디까지나 메인은 유중혁이니까.

　실제로 3,000편이 넘는 이야기는 대부분 유중혁을 중심으로 전개된다.

　두 인물을 '주인공'이라 칭하는 것도 어디까지나 작중 서술을 따랐을 뿐이고.

　—하지만 다른 둘도 유중혁 못지않은 괴물이지. 특히 현시점에서 '세 번째 주인공'은 유중혁보다 더 강력한 존재야.

　—그 유중혁보다?

나는 고개를 끄덕이며 텅 빈 명상실을 둘러보았다.

어디선가 경전을 중얼거리는 소리가 들려왔다.

이 방은 환생자들의 명상실이었다. 수없이 윤회를 반복하며 지치고 고된 정신을 달래기 위한 방.

왕의 모습은 보이지 않았다.

"환생자들의 왕은 어디에 있습니까?"

"왕은 이미 와 계십니다."

"온통 땡중뿐인데?"

한수영의 말에 무승이 무뚝뚝하게 대답했다.

"그분께선 어디에나 계시고, 어디에도 계시지 않습니다."

"말장난하자고 부른 건 아닐 테고."

"그분께선 자신을 볼 자격이 없는 존재와는 이야기하지 않으십니다."

"재밌네. 지금 우리한테 화두 던지는 거야?"

한수영이 한쪽 입꼬리만 올리며 웃었다.

나는 현묘한 무승의 표정을 가만히 들여다보다가 입을 열었다.

"왕이 정말 어디에나 있다면, 그건 누구든 '왕'이 될 수 있다는 뜻이겠죠."

기이이이잉!

손에 쥔 '부러지지 않는 신념'이 울어젖힌 것과, 검극이 무승의 목젖을 향해 쏘아진 것은 거의 동시였다.

<u>츠츠츠츠츳!</u>

강맹한 마력을 흩뿌리던 검극이 무승의 코앞에서 멈췄다. 마치 보이지 않는 벽에 가로막힌 것처럼.

무승이 웃었다.

[무척 도발적인 해결책이로군요. 맞습니다. 깨달은 자는 누구나 부처가 될 수 있습니다.]

공간 전체를 울리는 진언.

나는 검을 회수하며 무승을 바라보았다. 무승의 전신에서 영묘한 아우라가 흘러나오고 있었다. 새하얗게 물든 동공 속에서 만다라의 그림자가 역시계 방향으로 회전했다.

아마 이 무승은 환생자들의 왕이 가진 무수한 화신 중 하나일 것이다.

[하지만 언제까지 그런 식으로 시나리오를 이어갈 수는 없을 겁니다. 구원의 무게를 짊어진 ■■의 사도여.]

"내 방식을 모두 아는 듯 말하지 마십시오."

나는 이제 멸살법을 그저 소설이라 생각하지도 않고, 내 일행들을 단순한 '등장인물'이라 생각하지도 않는다.

하지만 그 결심이, 내가 아는 정보를 활용하지 않을 것이라는 선언은 아니었다.

"처음 뵙겠습니다, '만다라의 수호자'."

[제4의 벽]을 발동 중인데도 상당한 중압감이 느껴졌다.

눈앞에서 일렁이는 온화한 격의 준동. 무승의 배후에 드리워진 위대한 정신의 실체가 눈앞에 낱낱이 펼쳐지고 있었다.

세상에서 가장 오래된 암흑 단층을 지배하는 자.

〈에덴〉의 메타트론이나 〈마계〉의 최고위급 마왕이라 해도, 이 섬에서는 이자에게 대적할 수 없다.

　시선이 마주치는 순간, 허공에서 스파크가 튀었다.

　['제4의 벽'이 존재하지 않는 눈썹을 꿈틀거립니다.]

　['윤회를 결정하는 벽'이 당신에게 호기심을 보입니다.]

　장하영의 [정체불명의 벽], 메타트론의 [선악을 가르는 벽]에 이은 세 번째 벽.

　'만다라의 수호자'는 [윤회를 결정하는 벽]의 소유자였다.

　['최후의 벽의 파편'이로군요. 니르바나도 그 안에 갇혀 있겠지요?]

　"그렇습니다."

　[좋은 보살이 될 수 있는 아이였는데, 하필 그대를 만나 자신의 불도를 벗어나고 말았군요.]

　"뭐, 본인은 만족하며 사는 것 같습니다."

　한수영이 끼어든 것은 그때였다.

　"잠깐만. 그쪽 설마 부처님이야?"

　[세상에는 많은 종류의 부처가 있고, 저도 그중 하나일 뿐입니다.]

　한수영은 어이가 없다는 표정이었다.

　자기가 부처님이라고 주장하는 성좌가 등장했으니 그럴 법도 하다. 온화한 미소를 띤 부처님께서 나를 보며 말씀하셨다.

[아주 오래전부터 보살들의 이야기를 지켜봐왔습니다.]

"당신에게 후원을 받은 적은 없는 것 같은데요."

[굳이 자신의 시선을 드러내 권력을 휘두르는 성좌가 있는가 하면, 있는 듯 없는 듯 존재하는 성좌도 있습니다. 모름지기 진정한 보시란 후원이 아니라 우직한 관조에서 오는 법입니다.]

"공짜 방송 본다는 얘길 길게도 하시는군요. 그래서 제게 원하는 게 뭡니까?"

[원하는 것? 이 몸이 보살에게 원하는 것이 있다 생각합니까?]

나는 명상실 중심에 놓인 거대한 종을 바라보았다. 투명한 재질로 만들어진 종 안에는 눈부신 빛으로 감싸인 작은 영혼이 있었다.

나는 그 영혼이 누구의 것인지 이미 알고 있었다.

"유상아 씨를 환생시켜주기로 하셨지요. 제가 부탁드린 것도 아닌데 말입니다."

[…….]

"당신은 우리를 이곳에 초대해 묵게 해주었습니다. 역시나, 제가 부탁드린 적도 없는데 말이지요."

[불과佛果의 일부였을 뿐입니다.]

"지금까지 성좌들을 상대하며 얻은 교훈이 있죠. 대가 없이 호의를 베푸는 성좌는 없다."

[보살의 판단은 섣부르군요. 모든 것의 예외를 믿을 수 있

는 존재만이 시나리오의 마지막을 헤아릴 수 있습니다.]

나는 무승을 가만히 노려보다가 명상실 중앙의 종을 일별하며 말했다.

"화신 유상아를 이 섬에 귀속시키지 마십시오. 그녀는 당신 생각보다 훨씬 가치 있는 존재입니다."

[이 섬에서 환생한 모든 존재는 이 섬에 귀속됩니다.]

나는 고개를 저었다.

"방금 말씀처럼 모든 것엔 예외가 있지 않습니까? 그녀는 니르바나의 뒤를 이을 수 있습니다. 화신 유상아를 당신의 '아라한阿羅漢'으로 삼으십시오."

아라한.

'환생자들의 섬'에 종속되지 않고, 시나리오의 세계를 누비며 환생을 거듭하는 구도자들.

"그렇게 해준다면 당신과 거래하겠습니다."

[거래라. 이 몸이 원하는 것이 무어라 생각하는지요?]

"'성마대전'을 막고 싶은 것 아닙니까?"

[헛되도다. 이 몸은 선과 악 같은 모순투성이 설화에는 관심이 없습니다.]

"그 모순투성이 설화가 당신의 섬을 엉망으로 만들 텐데도 말입니까?"

흥미롭다는 듯, 무승의 눈이 부드럽게 휘어졌다.

'만다라의 수호자'는 선도 악도 아니다. 굳이 표현하면 공空에 더 가까운 존재. 그러니 자기 영토에서 선악의 위세가 커지는 것이 달가울 리 없었다.

"제가 성마대전을 막아보겠습니다."

[그대의 힘으로 가능하다 생각합니까?]

나를 대신해 설화들이 대답했다.

[거대 설화, '마계의 봄'이 포효합니다!]

[거대 설화, '신화를 삼킨 성화'가 으르렁거립니다!]

두 개의 '거대 설화'가 발동하자 일대의 대기가 불안하게 흔들렸다.

내 짐작이 맞는다면, '만다라의 수호자'는 내 제안을 거절할 수 없다. 그는 이번 성마대전에 직접 뛰어들 수 없기 때문이다. 선도 악도 아니므로 이 싸움에 뛰어들 명분이 없었다.

['유상아'라는 화신을 이 몸의 '아라한'으로 거두는 것. 그것이 보살이 원하는 전부입니까?]

"하나 더."

[욕심이 많은 보살이군요.]

"제 성운이 원하는 지역에서 성마대전을 시작할 수 있게 해주십시오. 섬 주인이라면 그 정도 간섭은 가능하시겠지요."

순간 사원 전체에서 희미한 마력의 태동이 느껴졌다.

내게 경고라도 하는 듯한 격의 향연. 위협적이거나 살벌한 기세는 아니지만, 어딘가 범접할 수 없는 아우라가 깃들어 있었다.

['제4의 벽'이 강하게 발동합니다!]

['윤회를 결정하는 벽'이 입맛을 다십니다.]

이윽고 '만다라의 수호자'가 고개를 끄덕였다.

[보살의 조건을 승낙하겠습니다. 하지만 그대의 성운 전체가 원하는 본섬 지역에서 시작할 수는 없습니다.]

"그럼 화신 이길영과 화신 신유승만이라도 부탁드립니다."

[흐음, 그들을 어디로 보내주길 원합니까?]

"넥스트 시티."

[넥스트 시티라. 이런, 보살이여. 설마…….]

'만다라의 수호자'라면 내 의도를 눈치챘을 것이다.

'환생자들의 섬'의 본섬은 잊힌 3세대의 설화들이 박제된 장소.

3세대의 설화는 1, 2세대보다 스펙트럼이 훨씬 다양한 만큼, 출발 장소에 따라 생각지도 못한 설화를 얻을 수도 있다.

다른 사람은 몰라도, 두 아이는 반드시 넥스트 시티에서 시작하게 만들어야 한다.

[그 대신 보살의 나머지 일행은 이 몸이 원하는 장소에서 시작해야 합니다.]

"알겠습니다."

내 대답에, 곁에서 상황을 지켜보던 한수영이 눈짓을 했다.

―야, 저 땡중이 이상한 곳으로 보내면 어쩌려고?

무슨 생각을 하는지 알겠다는 듯, 무승의 입가에 기묘한 미소가 걸렸다.

[보살이여, 이 몸은 그대의 이야기를 아주 좋아하지만……그대가 쌓은 설화는 성마대전에 참가한 다른 성운들과 맞서기엔 아직 역부족입니다.]

역부족이란 말에 심기가 거슬렸을까. 한수영이 이죽거렸다.

"우리가 〈올림포스〉 깨부순 얘긴 못 들으셨나 봐?"

[보살들이 쌓은 설화는 독보적이지만 아직 시간의 풍파를 겪지 못했습니다.]

다음 순간, 나와 한수영의 몸이 갑작스러운 빛에 휩싸였다.

[성좌, '만다라의 수호자'가 시나리오 전송에 동의했습니다.]

[시나리오 전송이 시작됩니다!]

이렇게 갑자기?

나는 조금 놀랐지만, 금방 마음을 다잡았다.

드디어 '전轉'을 완성할 세 번째 거대 설화 지역으로 간다.

중섬의 다른 일행들도 나와 함께 전송되고 있을 것이다.

고개를 돌리자 한수영이 나를 보고 있었다.

"김독자."

나는 반사적으로 한수영을 향해 손을 뻗으며 대답했다.

"잘 하고 있어. 내가 금방 찾아갈게."

"퍽이나."

한수영의 주먹이 내 손을 치는 순간, 그녀의 몸이 빛살로 화했다. 사라지는 한수영의 잔상을 보며, 새삼 녀석과 동료가 되었다는 실감이 났다.

유중혁이 그랬듯, 한수영 또한 이제 내 결말에 필요한 존재가 된 것이다.

지금껏 녀석에게는 신세를 많이 졌다.

그러니 이번에는 내가 갚아야 할 차례였다.

「하지만 그때의 김독자는 알지 못했다.」

스마트폰 액정이 환하게 빛나기 시작했다.

모르는 페이지의 문장들이 불길한 복선이 깔리듯 한 줄씩 눈앞에 떠올랐다.

「김독자가 그녀를 다시 만났을 때는…….」

아니, 잠깐만.

「이미 오십 년이라는 세월이 지난 후라는 사실을.」

오십 년이라니, 대체 그게 무슨 말인가.

흐려지는 시야 사이로 무승의 입가에 걸린 미소가 보였다.

─보살이여, 시간을 견뎌보십시오.

[본섬으로 전송을 시작합니다.]
['윤회를 결정하는 벽'이 당신의 설화 정보를 조사합니다.]
[조사가 끝났습니다.]
[당신의 시나리오 지역이 결정됐습니다.]

마지막으로 내가 들은 것은 다음과 같은 메시지였다.

[서브 시나리오 – '장르 선택'이 시작됩니다!]

¤ ¤ ¤

투명한 컵에 담긴 새카만 액체를 들여다보며, 리카르도는 오래전 기억을 떠올렸다.

「"오십 년을 수련해도 궁정 마법사가 되기는 무리일 겁니다."」

처음으로 마법을 배웠을 때.

「"현사가 되기에 적합한 체질은 아니군요."」

카이제닉스 제도 제일의 현자에게서 수업을 들었을 때.

「"검을 잡기에는 불리한 손입니다."」

그리고 왕정 검술 훈련소에서 처음으로 검을 잡았을 때도.

「"어떤 인생은 그런 법이다. 중요한 것은 좌절하지 않고 꿋꿋이 나아가는 거야."」

리카르도의 아버지, 베르첸 폰 카이제닉스는 그렇게 말했다.

물론 위로가 될 턱이 없었다. 재능도 없고, 하고 싶은 일도 없는 사람이 그런 말을 듣는다고 무슨 위안을 받겠는가.

재능이 없어도 꿋꿋이 나아가라고?

그렇게 살아서 결국 뭐가 될 수 있는데?

리카르도는 뭐가 되지 않기 위해 매일 술을 마셨다. 제도의 불한당들과 몰려다니며 마약을 하고, 도박에 빠져 가문의 자산을 탕진했다.

사랑도 했다. 한때는.

제도에서 가장 아름다운, 연상의 여인이었다. 하지만 여인이 그의 큰형과 결혼하면서 사랑도 끝났다.

잔 속 액체를 가만히 들여다보던 리카르도가 중얼거렸다.

"죽자."

생애 처음 낸 용기였다. 가볍게 잔을 쥐고, 포도주를 삼키듯이 말끔히 비웠다. 얼마 지나지 않아서 효과가 나타났다. 안색이 거무죽죽하게 물들었다. 리카르도의 팔이 힘없이 떨어졌다.

그리고 정확히 네 시간 뒤.

누군가가 리카르도의 몸으로 눈을 떴다.

¤ ¤ ¤

나는 멸살법 외에도 제법 많은 책을 읽었다.

어렸을 적에는 어머니가 추천해준 양서를 읽었고, 조금 머리가 큰 후에는 직접 골라 읽었다. 웹소설도 많이 읽었다.

참고로 내가 처음으로 읽은 웹소설은, 주인공이 자신의 불행을 조잘거리며 죽었다가 다시 깨어나면서 시작한다.

바로 지금처럼.

"웨에에에엑!"

"리카르도 왕자님! 괜찮으십니까?"

누군가가 내 등을 두드렸고, 나는 한참이나 토사물을 게워 냈다.

입을 닦고 고개를 들자 거울이 있었다.

전면에 보이는 창백하고 훤칠한, 잘생긴 얼굴.

분명 내 얼굴인데 뭔가 낯설었다.

나는 누구지? 리카르도……?

「"알고 있겠지만, 나는 예언자가 아냐. 오히려 그런 것과는 굉장히 거리가 먼 사람이지."」

나는.

「"나는 구원의 마왕도 아니고. 왕이 없는 세계의 왕도 아냐."」

나는?

「"스물여덟…… 아니, 스물여덟 살이었고, 게임 회사 직원이었어. 취미는 웹소설 읽기…….".」

[당신의 설화들이 세계관을 이루는 거대 설화에 저항합니다.]
[전용 스킬, '제4의 벽'이 강하게 활성화됩니다.]

천천히 눈을 감았다 뜨자, 세계가 분리되는 듯한 느낌이 들었다.

['제4의 벽'이 당신의 인물 몰입을 저해합니다.]
['제4의 벽'의 효과로 당신의 자아가 온전히 보존됩니다.]
[섬의 개연성이 당신의 특혜를 의심합니다.]

낯선 신체의 감각. 이것은 나의 몸이 아니다.

「나는 김독자다.」

정신이 훅 돌아오며 일련의 기억들이 정리되었다.

나는 '성마대전' 시나리오에 참가했고, 이제 막 본섬에 진입했다.

본섬은 다양한 스펙트럼을 가진 3세대의 설화들로 이루어져 있었다. 각 설화는 모두 다른 장르의 세계관을 이루는데, 그렇다면 지금 내가 보는 이 광경은…….

"빙의물?"

ㅊㅊㅊㅊㅊㅊ춧!

[세계관에 맞지 않는 발언이 적발됐습니다.]

[제재가 시작됩니다.]

내가 다시 깨어난 것은 그로부터 두 시간 후의 일이었다.

¤ ¤ ¤

"왕자님. 괜찮으십니까?"

흐릿한 시야 속에서 누군가가 나를 불렀다.

"저, 물 좀 주세요."

[세계관에 맞지 않는 언어를 사용했습니다!]

[페널티가 부과…….]

"물 좀 주시오."

"여기 있습니다."

벌컥벌컥 냉수를 마시자 조금씩 이성이 돌아왔다. 드문드문 밀려오는 타인의 기억 때문에 머릿속이 복잡했다. 나는 이미 삼십 년이나 살아온 인간의 몸속으로 들어온 것이다.

「'본섬'의 일부 지역에서는 해당 세계관에 맞지 않는 발언이 금지된다.」

어렴풋이 떠오르는 멸살법의 문장들이 있었다. 지나가듯 서술되었지만, 분명 멸살법에도 이런 시나리오에 대한 언급이 있었다.

소위 '빙의 시나리오'.

나는 이곳에서 이 인물의 시점으로 시나리오를 진행해야 한다.

[해당 지역에서는 도깨비 호출이 불가능합니다.]
[해당 지역에서는 성좌들의 간접 메시지를 받을 수 없습니다.]

거기다 이상한 제약까지 걸려 있다.

본래 내가 아는 '성마대전'의 초기 시나리오와는 다른 전개였다.

"일단 정보부터 좀 수집해야겠는데."

[해당 인물 특성에 알맞은 행동을 했습니다.]

[해당 인물에 대한 당신의 이해도가 상승합니다.]

나는 곧바로 멸살법의 기억을 뒤지기 시작했다.

「카이제닉스 제도. 성마도 시대를 이끈 영웅들의 섬.」

별달리 참고할 만한 정보는 떠오르지 않았다.

하필이면 멸살법에도 제대로 등장하지 않는 지역.

그렇다고 완전히 낯선 장소도 아닌 것 같은데…… 빙의 인
물의 기억이 내게 흘러들어 왔기 때문일까?

[전용 스킬, '등장인물 일람'을 발동했습니다!]

본래 나는 내 특성창을 볼 수 없다.

하지만 빙의한 대상의 특성창이라면…….

〈인물 정보〉

이름: 리카르도 폰 카이제닉스(김독자)

나이: 31세

배후성: 없음(현재 1명의 성좌가 관심을 가지고 있습니다.)

전용 특성: 천부적 불한당(일반)

전용 스킬: [왕족의 외모 Lv.3] [독백 Lv.6] [역할극 Lv.5]

성흔: 없음

종합 능력치: [체력 Lv.10] [근력 Lv.10] [민첩 Lv.10] [마력 Lv.10]

종합 평가: 당신이 빙의한 인물은 카이제닉스 제도의 제4 왕자입니다. 안타깝게도 검술, 마법을 비롯한 모든 종류의 전투에 재능이 없습니다.

* 현재 상태 이상 '빙의'에 걸려 있습니다.

왜 하필 이런 인물에 빙의했을까.

보통 빙의물은 '나와 관련 있는 인물'에 빙의된다. 나와 망나니 왕자 사이에 대체 무슨 관련이 있단 말인가?

게다가 이 자식은 태생 종합 능력치 평균이 10레벨이나 된다. 그나마 비슷한 것은 나이 정도인데…….

"왕자님, 또 역할극에 몰입하신 겁니까?"

"역할극이라니?"

"지난번에는 초대 가주님 흉내를 내시더니…… 이번에는 처음 보는 복장이군요. 꼭 '지구 연대기'의 인물처럼 입으셨습니다."

무심코 거울을 보자 익숙한 복색이 보였다. 특이하게도 빙의와 동시에 내가 가진 장비를 통째로 전송받았다.

나는 뻔뻔하게 대답했다.

"어떤 마왕의 복장일세."

"마왕이요? 왜 하필이면 마왕의 복장을……."

코트 안주머니에 손을 집어넣자, 다행히 내가 소유 중이던 장비들이 그대로 만져졌다. 먼저 품속에서 스마트폰을 꺼냈다. 일단 이곳 정보를 알아내려면, 멸살법의 내용을 다시 확인할 필요가 있었다.

츠츠츠츳!

[해당 아이템은 세계관과 맞지 않아 사용할 수 없습니다.]

이런 망할 페널티가.

내 행동을 어떻게 받아들였는지 집사가 말했다.

"하긴, 마지막으로 여흥을 즐기시는 것도 좋겠지요. 곧 폐하의 부름이 있으실 겁니다. 그럼."

집사는 그 말만 남기고 사라져버렸다.

나는 작은 방 안에 휑하니 남겨졌다.

「김독*자* 는 *외* 로워」

그래, 너라도 있으니 다행이네. 다른 일행들은 어떻게 됐으려나.

'만다라의 수호자'가 말한 대로 되었다면, 나와 같은 지역으로 왔을 가능성이 높았다.

시나리오 창을 열자, 밀린 메시지가 우르르 떠올랐다.

[당신은 '본섬'의 '카이제닉스 제도'에 진입했습니다.]
['카이제닉스 제도'는 '성마대전'의 분쟁 지역과 현재 시공간적으로 단절되어 있습니다.]
[해당 지역의 서브 시나리오를 해결하면 '성마대전'에 진출할 수 있습니다.]

나는 이 지역에서 군벌을 일으켜 성마대전에 참가해야 할 것이다.

즉 이곳은 전쟁에 참여하기 위한 토대 지역인 셈이다.

[당신은 아직 시나리오 정보를 열람할 수 없습니다.]
[해당 시나리오는 당신이 선택한 루트에 따라 전개가 달라집니다.]

내가 선택한 루트?

아니, 그래도 시나리오 실패 조건 정도는 알아야지.

[해당 시나리오는 당신이 죽지 않는 한 실패하지 않습니다.]

이런 경우는 또 처음이었다.

어쨌거나 목숨이 중요한 시나리오라는 얘기.

나는 침대에 걸터앉아 차분히 생각을 가다듬었다.

이 세계관에서 내 이름은 '리카르도 폰 카이제닉스'.

시나리오가 빙의를 기반으로 진행되는 만큼, 이곳에서 철저히 왕자로 행세해야 했다.

잠시 정신을 집중한 나는 '리카르도 폰 카이제닉스'의 속성을 되뇌었다.

제4 왕자, 망나니, 재능 없음, 술주정꾼…… 대충 어떤 인물인지 알겠군. 이 정도면 연기하기가 그리 어렵지 않겠다.

그나저나 내가 이 꼴이라는 건, 〈김독자 컴퍼니〉 다른 멤버들도 똑같은 처지라는 뜻인가.

"왕자님, 계십니까? 기사 빌스턴입니다."

생각하기 무섭게 누군가가 방문을 두드렸다.

기사 빌스턴 프레이머.

리카르도의 기억이 맞는다면, 나의 호위 기사였다.

"왕께서 찾으십니다."

그런데 그가 문을 열고 들어오는 순간, 나는 기이한 기분에 휩싸였다.

하얀 콧수염을 단 사십대의 기사. 분명 눈앞의 사내는 내가 모르는 얼굴이었다. 그런데.

[당신의 설화들이 해당 인물에게 반응합니다!]

[전용 특성, '시나리오의 해석자'가 효과를 발휘합니다!]

사내의 얼굴이 조금씩 변하고 있었다.

「"……자 씨."」

시간이 그리 오래 지나지 않았음에도, 목소리에서 오래된 그리움이 느껴졌다.

「"예전에 군대에서 탄피를 분실한 적이 있습니다."」

사내에게 깃든 설화들이 내게 말을 걸고 있었다. 기력을 잃은 문장들이 필사적으로 나를 향해 뭔가 호소하고 있었다.

「"저는 안전핀을 잃어버린 적이 있습니다."」

나는 이 설화의 주인을 안다.
"현성 씨?"
이현성이 나를 보았다.

[해당 인물이 당신의 말을 이해하지 못합니다.]

"현성 씨 맞죠?"

[해당 인물이 당신의 말을 이해하지 못합니다.]

[해당 세계관이 당신에게 정확한 배역을 연기할 것을 권고합니다.]

나를 멀뚱멀뚱 바라보던 이현성이 이내 머쓱한 웃음을 지으며 말했다.

"현—성? 하하, 또 역할극 중이십니까? 누굴 흉내 내신 건지 여쭤봐도 되겠습니까?"

이현성은 전혀 알아보지 못한 눈치였다. 나 같은 건 전혀 기억하지 못하는 듯한 사람의 표정.

나는 그의 이름을 불렀다.

"빌스턴 경."

"예."

"이 옷이 뭔지 모르겠습니까?"

"음. 아마 사냥꾼의 외출 복장입니까? 아니면 혁명단원의 연극에 쓰이는······."

비록 얼굴은 다르지만, 내 옷은 줄곧 입던 흰 코트였다. 정말 이 사내가 이현성이라면 못 알아볼 턱이 없었다.

그런데도 나를 알아보지 못했다는 것은······.

[전용 스킬, '등장인물 일람'을 발동합니다!]

〈인물 정보〉

이름: 빌스턴 프레이머(???)

나이: 43세

배후성: 없음

전용 특성: 충신(희귀), 명예로운 기사(희귀)

전용 스킬: [대기조 Lv.8] [제도 왕가 검술 Lv.8]…….

성흔: 없음

종합 능력치: [체력 Lv.80] [근력 Lv.80] [민첩 Lv.80] [마력 Lv.80]

종합 평가: 한때 이 육신에는 두 명의 영혼이 살았습니다. 그는 왕국의 기사였고, 동시에 누군가의 방패였습니다. 방패는 오랜 시간 주인을 기다렸습니다. 기다리고 또 기다렸습니다. 오랜 세월이 지나 마침내 방패의 주인이 나타났으나, 이제 방패는 자신의 역할을 다할 수 없게 됐습니다.

특성창의 설명을 몇 번이나 되풀이해 읽으며, 나는 일권무적 유호성의 경고를 떠올렸다.

―본섬에 가게 되면 '거대 설화'를 조심해라.

―거대 설화라면 이제 다룰 수 있는데요.

―그런 뜻이 아니다. 그곳에서 너는 거대 설화 그 자체와 싸우게 될 것이다.

이제야 그 말의 의미를 이해할 것 같았다.

고개를 들자 제도 전체를 감싼 거대한 개연성이 움직이는 것이 느껴졌다. 그곳에서 무언가가 나를 보고 있었다. 성좌도, 마왕도 아닌 무언가가.

[거대 설화, '카이제닉스 제도'가 당신을 탐욕스럽게 바라봅니다.]

나는 주먹을 불끈 쥔 채 입술을 깨물었다.

아무것도 모르는 이현성이 계속 뭐라고 중얼거리고 있었다.

"흠, 혁명단원도 아니라면 혹시 점술사의……."

내가 알던 이현성은, 이미 이 세계에 먹혀 사라진 뒤였다.

※

2

알현실로 이동하는 내내, 나는 빌스턴에게 말을 걸었다.

"빌스턴 경. 혹시 뭔가 자주 잃어버리시지 않습니까? 예를 들면 탄피……."

"예?"

[세계관에 맞지 않는 언어를 사용하여…….]

"그러니까, 휴대용 마법 폭탄을 잃어버렸다든가……."

"제가 그런 한심한 얼간이로 보이십니까?"

대체 무슨 말을 해야 할지 모르겠다.

저 경직된 걸음걸이나 탄탄한 흉근, 어벙한 표정을 보면 이현성이 분명한데. 그럼에도 [등장인물 일람]에 따르면 이자는 이현성이 아니라 이 세계관의 인물인 '빌스턴 프레이머'였다.

나는 인물 정보의 '종합 평가' 항목을 다시 읽어보았다.

─한때 이 육신에는 두 명의 영혼이 살았습니다. 그는 왕국의 기사였고, 동시에 누군가의 방패였습니다.

'왕국의 기사'는 본래 몸의 주인인 '빌스턴 프레이머'를, '방패'는 분명 이현성을 가리키는 것일 터였다.

─방패는 오랜 시간 주인을 기다렸습니다. 기다리고 또 기다렸습니다. 오랜 세월이 지나 마침내 방패의 주인이 나타났으나, 이제 방패는 자신의 역할을 다할 수 없게 됐습니다.

중요한 것은 이 대목이다.

이현성이 다른 일행을 기다렸다는 사실은 알겠다.

문제는 숫자였다. '오랜 시간'이란 대체 얼마만큼의 시간을 말하는 것일까.

"왕자님?"

둔한 눈으로 날 보는 사내를 보며 복잡한 기분에 휩싸였다.

현재 상황에서 확신할 수 있는 사실은 둘뿐이었다.

하나, 이현성은 나보다 먼저 시나리오에 투입되었다.

둘, 이현성은 이 세계의 거대 설화에 먹혀 자아가 사라졌다.

[거대 설화, '카이제닉스 제도'가 당신을 향해 입맛을 다십니다.]

['제4의 벽'이 '카이제닉스 제도'를 노려봅니다.]

그렇다면 [제4의 벽]이 없는 다른 인물도 모두 이현성처럼 되어버렸을까?

"왕자님. 무슨 일 있으십니까?"

나는 빌스턴의 큼지막한 눈을 가만히 들여다보았다.

이 인물은 분명 이현성이었다. 하지만 지금도 이현성이라고 말할 수 있을까.

"미안합니다, 빌스턴 경."

"예? 갑자기 무슨……."

"그간 너무 고생만 시킨 것 같습니다. 절 지키느라 힘드셨다는 것 잘 압니다."

빌스턴 프레이머에게 하는 말이 아니었다.

"항상 바쁘다는 핑계로 챙겨드리지 못했지요. 몇 번이나 제 목숨을 구해주셨는데 말입니다."

이번 시나리오까지 오는 내내 이현성에게는 줄곧 도움을 받았다. 속 깊은 이야기를 나눌 기회도 있었다. 하지만 시나리오를 준비한다는 핑계로 순번이 늘 밀려났다.

말하지 않아도 서로 이해하고 있다고 믿었다. 함께 싸운 설화들이 우리를 대신 증명한다고 생각했다.

그 결과가 이것이었다.

빌스턴은 내 말을 듣고 무슨 생각을 했는지, 코를 훔치며 회랑 바깥쪽 정경을 내다보았다.

"왕자님은 정말 마음이 따뜻하시군요."

[등장인물 '빌스턴 프레이머'가 당신에게 감동합니다.]

내가 감동시키고 싶은 건 그쪽이 아닌데 말이지.

우리는 말없이 회랑을 거닐었다.

통로에는 역대 왕의 초상이 즉위 순서대로 걸려 있었다. 개중에서도 눈에 띈 것은, 폭풍 속에서 부러진 검을 치켜든 한 사내의 모습이었다.

—초대 가주, 폭풍왕 율리시즈 카이제닉스 1세.

나는 잠시 멈춰 서서 그림을 들여다보았다.

"저도 평생 왕자님을 모실 수 있어 영광이었습니다."

고개를 돌리자, 눈물을 그렁그렁 매단 빌스턴이 이야기하고 있었다. 그는 멀찍이 보이는 성채의 흉벽을 응시하며 말을 이었다.

"기억하십니까? 왕자님이 일곱 살이시던 무렵, 저는 왕자님을 잃을 뻔했습니다."

"음?"

"성채 흉벽에 아슬아슬하게 매달려 계시던 왕자님을 생각하면 지금도 가슴이 철렁합니다. 어디 그뿐인 줄 아십니까? 왕자님이 열세 살이 되셨을 때 뒷간에 가셨다가……."

아니 이 양반, 이현성이랑 너무 비슷하잖아.

"그런데 왕자님은 마지막 순간까지 미천한 이 몸만을 걱정하시니……."

"마지막 순간이라뇨?"

빌스턴은 슬픈 눈으로 나를 보더니 이내 시선을 돌렸다.

"도착했습니다. 들어가시지요."

어느새 알현실 문이 눈앞에 있었다. 문이 열리자 로드 카펫을 중심으로 도열한 근위대가 우리를 맞이했다.

근위대 중심에 은빛 크레스트를 쓴 근위대장이 서 있었다.

"빌스턴 경, 왜 이렇게 늦었나?"

"왕자님과 마지막 작별 인사를 나눴소이다."

대화에 태클을 걸고 싶은 곳이 한두 군데가 아니지만, 분위기 때문에 좀체 말을 걸 수가 없었다.

조금 전까지 눈시울을 붉히던 빌스턴도 어느덧 근엄한 기사의 표정을 짓고 있었다. 으르렁거리는 두 사람의 시선이 공중에서 부딪쳤다.

근위대장이 말했다.

"작별 인사라. 대역죄인 주제에 사치를 누리는구나."

"말조심하시오."

두 사람이 동시에 전투태세를 취했다.

빌스턴은 바스타드 소드를 꺼냈고, 근위대장은…… 어?

왜 저 사람이 저 칼을 가지고 있지?

근위대장이 쥔 것은 너무나 잘 아는 검이었다. 왜냐하면 내가 손수 재료를 모아 누군가에게 만들어주었으니까.

심판자의 검.

"빌스턴 경. 왕자와 함께 형장의 이슬이 되고 싶은가?"

그리고 투구 너머로 일렁이는 근위대장의 붉은 눈동자.

「"왕이시여…… 원하신다면 그렇게 하소서……."」

「"독자 씨, 또 혼자 하려고 하네. 내가 그러지 말라고 했잖아요."」

나는 저 사람을 안다.

"멈추십시오!"

기세를 끌어올리던 빌스턴이 내 외침에 물러서자, 살벌한 눈으로 나를 노려보던 근위대장이 투구를 벗었다.

근위대장은 정희원의 얼굴을 하고 있었다.

[전용 스킬, '등장인물 일람'을 발동합니다!]

〈인물 정보〉

이름: 에리히 스트라이커(???)

나이: 37세

배후성: 없음

전용 특성: 충신(희귀), 소드마스터(희귀)

전용 스킬: [귀살 Lv.10] [제도 왕가 검술 Lv.10]…….

성흔: 없음

종합 능력치: [체력 Lv.75] [근력 Lv.80] [민첩 Lv.90] [마력 Lv.70]

종합 평가: 한때 이 육신에는 두 개의 영혼이 살았습니다. 그는 왕국의 근위대장이었고, 누군가의 검이었습니다. 검은 방패와 함께 오랜 세월 누군가를 기다렸습니다. 기다리고 또 기다렸습니다. 오랜 세월이 지나 검은 마침내 자신이 기다리던 이를 만났으나, 이제 검은 그를 기억하지 못합니다.

빌어먹을, 정희원마저 이런 상태인가.

고요한 눈으로 나를 보던 근위대장이 말했다.

"왕자가 자기 처지를 잘 아는군. 근위병은 죄인을 포박해라."

포박?

나는 반항할 틈도 없이 붙잡혔다. 애초에 평균 능력치 10레벨짜리 몸으로 저항할 수 있는 상황도 아니었다.

정렬한 근위병들 너머로 단두대가 보였다. 그제야 나는 내가 이곳에 온 이유를 깨달았다.

아무래도 이번 시나리오는, 내 처형식으로 시작하는 모양이
었다.

✿ ✿ ✿

한때 내가 읽은 소설 중에는 '불한당물'이라 부르는 장르가
있었다.

왕가나 귀족가의 불한당 막내로 태어난 주인공이 온갖 기
연을 얻으며 개과천선하게 된다는 식의 이야기.

보통 그런 이야기는 시작이 비슷했다.

「카이제닉스 왕가는 몰락했다.」

시작부터 가문이 몰락하거나.

「제도의 왕은 자신이 아끼던 각료의 검에 찔려 사망했다.」

부모와 친지가 죽으며 위기에 빠진다.

「검술에 능한 둘째 왕자와 마법에 능한 셋째 왕자는, 찬탈자들에게
목숨을 잃었다. 그리고 이제 막내 왕자 차례였다.」

아니, 그런 중요한 기억이 이제야 떠오르면 어쩌자는 건데.

"죄인을 인도하겠다."

덕분에 나는 멍청하게 제 발로 처형장까지 찾아온 꼴이 되었다.

머릿속으로 온갖 상념이 떠올랐다.

이 망나니가 왜 자살 기도를 했나 싶었는데, 사형당하기 싫어서 그런 거였나?

근위대에게 붙잡힌 빌스턴이 나를 애타게 불렀다.

"왕자님! 리카르도 왕자님!"

나는 근위대장에게 머리채를 붙잡힌 채 단두대를 향해 질질 끌려갔다.

정희원이 의식이 있다면 굉장히 재미있는 광경이었을 텐데.

내 목에 딱 알맞게 설계된 받침대가 보인다. 잠시 후면 저기 올라 목이 잘리겠지.

그리고 내가 죽으면 이번 시나리오는 실패할 것이다.

[전용 스킬, '제4의 벽'이 강하게 발동합니다!]

나는 근위대장의 얼굴을 올려다보며 물었다.

"정말 이럴 겁니까?"

근위대장이 피식 웃었다.

"이제 와 죽기가 두려워진 모양이지?"

"그런 게 아닙니다."

"그럼?"

"제 검이 되어주기로 하셨잖습니까."

근위대장의 표정에 희미한 당혹감이 어렸다.

"무슨 헛소리지?"

"벌써 맹세를 잊으신 겁니까? 저와 함께 이 모든 시나리오의 끝을 보겠다는 말들은 모두 거짓이었습니까?"

[등장인물 '에리히 스트라이커'가 당신에게 미약한 혼란을 느낍니다.]

"죽을 때가 되니 헛소리를 하는군."

이현성과 마찬가지로 정희원의 자아 또한 쉽게 되돌아오지 않았다.

차가운 나무 받침의 감촉이 내 목을 감쌌다. 그리고 어디선가 외침 소리가 들려왔다.

"폐하께서 입장하십니다!"

휘장이 갈라지는 소리. 적막이 내려앉은 알현실로 누군가가 걸어오고 있었다. 고고하고 가볍지만 묵직한 걸음걸이. 그 걸음을 반주 삼아 리카르도의 기억이 노래처럼 들려왔다.

「아버지와 형들의 원수.」

「제도 카이제닉스의 검은 마법사.」

「왕 살해자.」

「그리고…….」

심장이 크게 두근거렸다.

「내가 사랑했던 여인.」

"죄인은 고개를 들라."
천천히 고개를 들자 그곳에 선 키 작은 왕이 보였다.
은색 자수가 놓인 중세풍의 검은 클로크에 말끔한 타이츠.
"마지막으로 남기고 싶은 말이 있느냐?"
나는 멍하니 왕을 바라보다가 입속으로 뭔가 중얼거렸다.

[전용 스킬, '등장인물 일람'을 발동합니다!]
[알 수 없는 이유로 해당 인물의 정보가 일부만 출력됩니다.]

〈인물 정보〉

이름: ???
나이: 50세
종합 평가: 해당 인물?에 대한? 종합 평가?가 준비 중?입니다.

정보가 제대로 출력되지 않았다.

아무리 봐도 이십대 초반으로 보이는 외모.

인물 정보에 표기된 나이라고는 믿을 수 없는 왕의 얼굴을 나는 한참이나 들여다보았다.

이현성이나 정희원은 본래부터 멸살법의 등장인물이었다.

하지만 등장인물이 아닌 존재라면 어떨까. 그러니까 나처럼 소설의 등장인물이 아닌 존재라면.

나는 잠깐이지만 그런 기대를 했다.

"마지막으로 남기고 싶은 말이 있는지 물었다."

그 녀석이라면 나를 기억하고 있지 않을까.

「김독자가 그녀를 다시 만났을 때는……. 이미 오십 년이라는 세월이 지난 후라는 사실을.」

시나리오에 진입하기 직전 눈앞에 떠올랐던 최종본의 글귀.

그것은 이런 의미였나.

"있습니다."

"죄인은 말하라."

"내가…….."

나는 억지로 웃으며 말을 이었다.

"너무 늦어서 미안하다, 수영아."

세계관의 개연성에 맞지 않는 발언에 강렬한 스파크가 전신을 휘감았다. 그래도 하지 않을 수 없는 말이었다.

한수영은 그 말을 어떻게 들었는지 미동도 없이 나를 내려다보았다. 그리고 천천히 허리를 숙여 눈높이를 맞추었다.

감정을 읽을 수 없는 눈동자. 그 아래로 보이는 눈물점. 늘 장난처럼 날 놀리던 입술이 이윽고 부드러운 곡선을 그렸다.

"형을 집행하라."

단두대의 칼날이 떨어졌다.

나는 피하지 않았다. 물론 이유는 있었다.

「본섬의 모든 시나리오는 '3세대 설화'를 기반으로 만들어졌다.」

내 생각이 맞는다면, 리카르도 폰 카이제닉스는 결코 이런 식으로 죽지 않을 것이다.

콰아아아앙!

궁의 한쪽 벽면이 폭발한 것과 내리꽂히던 단두대가 작살난 것은 거의 동시였다.

뿌연 먼지 속에서 부서진 길로틴의 칼날이 보였다.

"혁명단이다!"

"모두 폐하를 보호하라!"

소란 속에서 근위대의 고함이 들려왔다. 알현실은 순식간에 신음과 비명이 뒤섞인 아비규환이 되었다.

"망할! 1왕자다!"

"막아, 놈을 막아라!"

제도 카이제닉스의 제1 왕자.

리카르도의 친형이자, 검술과 마법과 지식에 모두 능통한 인물.

"내 동생을 구하러 왔다."

벅차오르는 고양감.

황홀할 정도로 아름다운 검격이 알현실을 수놓자, 달려들던 근위병들이 부러진 수수깡처럼 쓰러졌다.

세계관이 변하고, 시나리오가 달라져도 변하지 않는 인물이 있다.

이 세계선을 모두 뒤져도 아마 하나뿐일 것이다.

나는 반쯤 연 입을 도로 다물었다. 왜인지는 모르겠다.

[거대 설화, '카이제닉스 제도'가 피 끓는 전투를 좋아합니다.]

내 동료들은 모두 나를 잊었다. 저 녀석도 마찬가지겠지.

어쩌면 놈에게는 더 잘된 일일지도 모르겠다.

[설화, '생과 사의 동료'가 이야기를 시작합니다.]

그 순간, 1왕자가 나를 노려보았다.

그리고 메시지가 들려왔다.

─네놈, 김독자로군.

✳

3

―잡아라! 1왕자부터 잡아!

―놈들이 4왕자를 데려간다!

화면 속, 성난 환생자들이 화살과 검격을 퍼붓고 있었다.

도산검림을 헤치고 뿌연 폭연 속을 달리는 두 사내.

유중혁과 김독자였다.

[바앗, 바아아앗!]

허공에서 비유가 안절부절못하는 표정으로 찹쌀떡처럼 방방 뛰었다.

김독자의 머리 위를 아슬아슬하게 스치는 화살들. 몇 개는 정확히 김독자의 등을 노리고 날아들었으나, 1왕자가 재빨리 검을 휘둘러 막아냈다.

―후퇴하라!

일제히 물러가는 혁명단원들.

그리고 그 광경을 바라보는 성좌들이 있었다.

[성좌, '부유한 밤의 아버지'가 '카이제닉스 제도'를 응시합니다.]

[성좌, '가장 어두운 봄의 여왕'이 명계의 후계자를 바라봅니다.]

[성좌, '심연의 흑염룡'이 답답함에 포효합니다!]

하지만 그들의 메시지는 채널 속 화신들에게 닿지 않았다.

[성좌, '악마 같은 불의 심판자'가 제발 한마디만 전해달라고 호소합니다!]

[성좌, '악마 같은 불의 심판자'가 간접 메시지 발송 허가를 내줄 것을…….]

[바앗. 바아앗.]

비유가 슬픈 눈으로 고개를 도리도리 저었다.

채널의 중계 설정권은 도깨비에게 있지만, 이번 '환생자들의 섬'은 경우가 특이했다.

[성좌, '악마 같은 불의 심판자'가 '만다라의 수호자'를 노려봅니다.]

성마대전의 시나리오 무대를 제공한 것은 '환생자들의 섬'의 주인인 '만다라의 수호자'.

'만다라의 수호자'는 직접 시나리오에 참가할 수 없다.

하지만 이번 성마대전에 한해서, 다른 고위급 도깨비와 동일한 수준의 시나리오 간섭권을 가진 상태였다.

[어린 천사여, 당신의 요청은 불가합니다. 이참에 불가에 귀의하신다면 모를까.]

[성좌, '악마 같은 불의 심판자'가 심통을 부립니다.]

[화를 조심하십시오. 화가 많은 이는 후에 그 화에 먹히게 됩니다.]

[다수의 성좌가 분통을 터뜨립니다!]

성좌들이 분통을 터뜨리든 말든, '만다라의 수호자'는 고적한 눈으로 화면 속 김독자를 바라볼 뿐이었다. 그 얼굴에서 어떤 심오한 화두라도 탐색하려는 것처럼.

[인근의 채널이 일시적으로 동결됩니다!]

그때, 급작스러운 스파크와 함께 허공에서 누군가 나타났다.

'만다라의 수호자'가 무심한 눈으로 고개를 돌렸다.

[이 몸이 관리국 도깨비의 출입 허가를 내줬던가요?]

[이번엔 사안이 사안인지라 직접 나왔습니다, 환생자들의

왕이시여.]

상급 도깨비 비형이었다. 비형은 예의 바르게 불가의 예를 취한 뒤, 곧장 질문을 시작했다.

[부처에겐 열 가지 이름이 있는 것으로 압니다. 세존, 석존, 석가, 여래, 불타, 붓다…… 그대는 그중 누구입니까?]

비형의 말에 '만다라의 수호자'의 표정이 묘하게 바뀌었다.

'만다라의 수호자'. 그는 자신이 가진 이름에 따라 다른 존재로 화한다.

[이 몸은 석존釋尊입니다.]

[석존, 〈김독자 컴퍼니〉에게 할당된 비정상적인 시나리오들을 취소해주십시오.]

[약속과 다르군요. 이 몸에게 예비 시나리오 통제권을 넘기지 않았습니까?]

[불가는 이번 성마대전에서 중립이 요구되어 있을 텐데요.]

비형의 예리한 시선이 석존을 향했다. 그 시선에 가만히 대응하던 무승의 동공 속에서 만다라의 회전 방향이 바뀌었다.

[글쎄, 중립을 어긴 것은 이 몸 쪽이 아닌 듯합니다만.]

[무슨 말씀이신지.]

[최근 특정 성운의 화신을 편애하는 상급 도깨비가 있다더군요.]

석존의 의뭉스러운 말투에, 통 튀어 오른 비유가 말랑말랑한 배를 비형의 머리에 걸쳤다.

[당신이 이곳에 온 것은 관리국의 의사입니까, 아니면 본인

의사입니까?]

슬그머니 입술을 깨문 비형은 대답하지 않았다. 그 대신 화면 속에서 폭연을 뚫고 달아나는 김독자를 바라보았다.

[당신이 저들에게 내준 시련은 과합니다. 성좌들 기준으로는 찰나이지만, 인간 기준으로는 생애에 달하는 시간이란 말입니다.]

[이 몸 역시 한때는 인간이었습니다. 이것은 필요한 시나리오입니다. 저들이 정말로 ■■에 도달하고 싶다면 말이지요.]

[석존.]

[도깨비여, 곧 최후의 축제가 시작될 겁니다.]

석존의 동공 속에서 만다라가 회전했다. 회전하는 만다라 위로, 김독자와 유중혁의 모습이 희미하게 떠올랐다.

[당신은 어떤 ■■에 투표할 겁니까?]

✤ ✤ ✤

나는 유중혁의 도움을 받아 무사히 알현실을 탈출했다. 근위대의 추격은 집요했으나, 혁명단원 몇 명의 희생 끝에 안전한 피난처로 대피할 수 있었다.

유중혁은 기절한 빌스턴— 그러니까 이현성의 빙의체를 바닥에 내던지며 입을 열었다.

"네놈은 왜 이렇게 늦게 온 거지?"

"늦고 싶어서 늦은 게 아니야."

[세계관이 당신들의 대화를 의심합니다.]

['한낮의 밀회'를 발동합니다!]

유중혁은 특유의 살벌한 눈빛으로 나를 잠시 노려보더니, 이야기를 시작했다.

—내가 이곳에 온 것은 이 년 전이다.

나는 차분히 유중혁의 이야기를 들었다.

그는 갑자기 제도 카이제닉스의 제1 왕자가 되었고, 역시나 갑작스러운 결혼식을 겪었고, 그 와중에 왕위 찬탈 사건에 얽여 궁에서 쫓겨났다.

유중혁은 그 폭풍의 한가운데에 갑작스레 내던져져 생존 활동을 시작했다.

왕성을 탈출하고 혁명단을 꾸렸다. 그리고 다른 일행을 찾아다녔다.

—내가 왔을 때 이현성, 정희원, 그리고 한수영은 이미 저런 상태였다.

—그 셋이 전부야? 다른 사람들은?

—발견하지 못했다. 이곳에 소환된 일행은 저들이 전부다.

유중혁은 [현자의 눈]을 가지고 있다. 어떤 측면에서는 내 [등장인물 일람]보다 더 상세한 정보를 엿볼 수 있는 스킬. 녀석은 그 스킬로 지금껏 일행들을 찾아왔을 것이다. 나도 비슷한 이치로 발견했겠지. 나는 [현자의 눈]에 탐지되지 않으니까.

나는 쓰러진 이현성을 내려다보았다.

유중혁은 이 년 전 이곳에 왔다고 했다. 그럼 이현성은 얼마나 오랫동안 이 세계관에 갇혀 있었을까.

—다들 거대 설화에 먹힌 거겠지?

—아마도.

—넌 아무렇지도 않나?

—겨우 몇 년의 세월로 나를 무너뜨릴 수 있을 거라고 생각하나?

새삼 유중혁이 얼마나 대단한 녀석인지 깨닫는다. 그 든든한 이현성도, 독한 정희원도, 심지어는 한수영까지 무너졌다.

[거대 설화, '카이제닉스 제도'가 화신 '유중혁'을 못마땅하게 쏘아봅니다.]

그런데 유중혁은 끄떡도 없었다.

사실 생각해보면 당연한 일이었다.

이 세계관의 '거대 설화'는 '시간'으로 우리를 무너뜨렸다. 그런데 유중혁은 이 세계의 누구보다 시간에 대한 저항력이 강한 존재였다. 수백 년간 암흑 단층에서 수련을 거듭한 적까지 있으니까.

[세계관이 당신들의 오랜 침묵에 의아함을 표합니다.]

나는 하늘을 올려다보았다.

이 시나리오는 세계관의 법칙에 지배를 받는다.

유중혁 또한 이제 우리가 어떻게 행동해야 할지 눈치챈 듯했다.

나는 마음의 준비를 마치고 입을 열었다.

"형."

유중혁의 표정이 구겨졌다.

―그딴 표정 짓지 마. 이번 시나리오 한정이니까. 나라고 뭐 좋은 줄 아냐?

용암처럼 이글거리던 유중혁의 동공이 간신히 가라앉았다.

자식, 고생 좀 할 거다. 리카르도의 기억이 맞는다면 본래 1왕자의 설정은 '다정하고 온화한 큰형'이니까.

유중혁이 입을 열었다.

"말해라. 리카르도."

"이제 어떡할 거야? 보아하니 혁명도 실패한 거 같은데. 아니, 애초에 사형장엔 왜 나타난 거야?"

"왕을 죽일 생각이었다."

[등장인물 '리카르도 폰 카이제닉스'가 동요합니다.]

아마 진심일 것이다. 내가 아는 유중혁이라면 충분히 그런 짓을 시도할 법했다.

하지만 그것은 나의 방식이 아니다.

"그런 짓 해도 돼? 원래 형 아내였잖아."

"정확히는 그럴 예정이었던 여자지. 왕위 찬탈이 발생한 것은 결혼식 첫날이었다."

그렇군. 그런 식의 전개였나. 조금 마음이 놓였다.

그나저나 한수영과 유중혁을 커플로 만들다니, 〈김독자 컴퍼니〉는 아직 사내 연애를 허용한 적 없다고.

뜻밖의 메시지가 들려온 것은 그때였다.

[세계관이 당신들의 발언을 흥미롭게 생각합니다.]
[해당 시나리오의 장르가 '로맨스' 쪽으로 약간 기울었습니다.]

장르가 기울어?

유중혁이 계속해서 말했다.

"어차피 구해낼 수도 없는 상태였다. 녀석은 타락한 마법에 물들어 본래의 인격을 잃었다."

어쭈?

[세계관이 화신 유중혁의 발언을 흥미롭게 생각합니다.]
[해당 시나리오의 장르가 '판타지' 쪽으로 미세하게 기울었습니다.]

나는 유중혁을 향해 눈짓했다.

―너도 들리지?

유중혁이 고개를 끄덕였다.

"아무튼, 네놈도 나도 너무 늦었다. 모두를 구할 수는 없어."

"아직 늦지 않았어. 어쨌든 우리 편이 둘은 있잖아."

나는 여전히 끓아떨어져 있는 빌스턴을 내려다보며 말을 이었다.

"셋."

"그 셋이 전부다."

"혹시 알아? 더 있을지. 어쩌면 기적이 일어나 다른 차원에서 넘어온 존재가 우리를 도와줄지도 모르잖아."

[세계관이 당신의 발언을 흥미롭게 생각합니다.]

[해당 시나리오의 장르가 '퓨전 판타지'의 가능성을 획득했습니다.]

다음 순간, 눈앞에 시나리오 메시지가 떠올랐다.

[서브 시나리오 – '장르 선택'의 선택 분기가 발생했습니다!]

[시나리오 메시지가 도착했습니다!]

우리는 시나리오를 확인했다.

〈서브 시나리오 - 장르 선택〉

분류: 서브

난이도: ???

클리어 조건: 당신이 소환된 세계관은 '성마대전'에 참가할 수 있는 세계관입니다. 당신이 속한 세계관의 '장르'를 선택하여 세계관의 결말을 유도하시오. 결말을 본 세계관은 '성마대전' 참전권을 획득합니다.

제한 시간: 없음

보상: 성마대전 참전, 300,000코인, ???

실패 시: '환생자들의 섬'에 존재 귀속

〈현재 선택 가능한 장르 목록〉

1. 로맨스
2. 판타지
3. 퓨전 판타지

* 해당 장르에 어울리는 행동을 지속할수록 장르의 속성이 강해집니다.

"이런 식이었군."

고개를 들자 유중혁도 어이없다는 표정이었다.

대충 어떤 식으로 시나리오를 전개해야 할지 감이 왔다.

문제는 어떤 '장르'가 옳은 방향인지 가늠하기 어렵다는 사실이었다.

―정보가 너무 없어. 이 세계의 본래 전개가 어땠는지 알 수 있다면 좋을 텐데…….

어떤 세계관을 택했을 때 어떤 결말이 나올지 알 수 없었다.

내가 원하는 것은 일행을 모두 살려서 다음 시나리오로 떠나는 것.

만약 특정 장르를 택한 대가로 누군가가 죽어버린다면…….

―네놈의 잘난 책에도 나오지 않는 모양이지?

나는 움찔했다가 대답했다.

―회귀자인 너도 모르는 걸 내가 알겠냐.

―나는 안다.

―알긴 뭘 알아?

―이 시나리오의 전개.

나는 깜짝 놀라 녀석을 바라보았다.

유중혁이 이 시나리오의 전개를 안다고?

그럴 리 없었다. 내 기억이 맞다면 3회차의 유중혁은 이 시나리오를 겪은 적이 없다. 그리고 앞으로도 없을 것이었다.

―책을 읽었다.

―무슨 책?

순간 멸살법을 얘기하는 것인가 싶었지만 그럴 리 없음을 깨달았다.

멸살법에도 이 시나리오에 관한 구체적인 정보는 없었다.

—1,863회차의 한수영이 쓴 일기를 읽었다. 그 회차의 한수영도 이 시나리오를 겪은 적이 있다.

—1,863회차의 한수영이? 네가 그 일기를 왜 갖고 있는데?

—특수한 방법을 통해 손에 넣었다.

나는 유중혁을 잠시 노려보았다.

이거, 뭔가 좀 복잡한 배신감이 느껴지는데.

1,863회차의 한수영은 이번 시나리오에 대한 정보를 내게 말해준 적이 없었다.

왜일까. 내가 이 시나리오에 대해 알면 안 된다고 생각했을까? 아니면 나 엿 먹어보라고?

머릿속이 복잡했지만 고개를 흔들어 잡념을 털어버렸다. 지금 중요한 것은 그게 아니다.

—그런 정보를 갖고 있으면 진즉에 말을 했어야지 인마. 그래서 1,863회차의 한수영은 여길 어떻게 클리어했대?

어쨌거나 이 시나리오의 정보를 가지고 있다는 사실은 중요하다. 정보가 있다는 것은 정해진 공략 루트가 존재한다는 뜻이니까.

그러나 유중혁의 표정은 어두웠다.

—이미 이 세계는 공략 루트에서 벗어났다.

—무슨 소리야?

—본래 이 세계에 '왕위 찬탈' 같은 사건은 없었다. 지금의 왕이 '왕'이 되는 사건 같은 건 일어난 적 없다는 얘기다.

─그럼…….

─우리가 이 세계에 오기도 전에 누가 이야기의 전개를 바꿨다.

당혹스러웠다. 회귀자인 유중혁도, 멸살법의 독자인 나도 전개를 예측할 수 없는 상황.

지금까지도 멸살법의 전개와 어긋난 적은 종종 있지만, 이처럼 앞이 짐작되지 않는 것은 처음이었다. 내가 아는 멸살법에는 이런 시나리오에 대한 해법이 나오지 않는다.

「역시 최종본을 읽어야 했나.」

뒤늦은 후회가 밀려왔다.

누군가가 방문을 두드린 것은 그때였다.

"들어오라."

유중혁이 대답하자마자 문이 벌컥 열리고 혁명단원들이 나타났다. 늙수그레한 한 사내를 포박하고 있었다.

"왕의 밀사입니다. 단장님을 찾아왔다고 합니다."

사내는 내가 막 빙의했을 때 물을 건네준 집사였다.

바들바들 콧수염을 떨던 그가 우리에게 읍을 하며 말했다.

"1왕자님, 그리고 4왕자님…… 폐, 폐하께서 전하시라 한 물건이 있습니다. 정확히는…… 사십 년 전의 폐하께서……."

……사십 년 전?

유중혁과 나는 동시에 서로 돌아보았다.

집사는 품속을 뒤져 무언가 꺼내더니 우리에게 건넸다.
한 권의 책이었다.

《폭망한 시나리오에서 살아남는 세 가지 방법 – 한수영 著》.

세 가지 방법

Omniscient Reader's Viewpoint

✴

1

나는 책을 받아들고 멍하니 있다가 집사에게 물었다.

"폐하께서 이 책을 주신 게 언제라고?"

"처음 원고를 주신 건 사십 년 전입니다. 그 뒤로도 십 년 정도 꾸준히 원고를 주셨습니다. 제가 한 일은 그걸 책으로 엮은 것뿐입니다."

"내용을 읽었나?"

"맹세코 단 한 줄도 읽지 않았습니다. 다시 말씀드리지만 저는 그저 장정 편집만 도맡았을 뿐입니다."

나는 책을 펼쳤다. 그러자 말끔하게 정리된, 책의 차례가 나타났다.

페이지를 정신없이 넘겼다.

두꺼운 책이지만, 나는 특성 효과를 받으므로 읽는 데 큰 어려움이 없었다.

하지만 속독에 불만을 갖는 녀석도 있었다.

"지나치게 빨리 읽는군."

"형이 느린 거겠지."

"무슨 내용이지?"

나는 대답하지 않았다.

책장을 넘기는 내내 묘한 탈력감이 밀려왔다. 페이지마다 묻어 있는 세월의 피로감과 절박감. 그마저 한수영의 의도인지는 알 수 없었다.

다만 한수영은 내가 자신의 책을 읽게 되는 순간이 오리라는 사실을 예견하고 있었다.

나는 읽기를 잠시 멈춰두고 책의 맨 마지막 부분을 펼쳤다.

그곳에는 〈작가 후기〉가 있었다.

「하여간, 꼭 책 읽으면 작가 후기부터 펼쳐보는 인간들이 있어요.」

기다리고 있었다는 듯 나를 맞이하는 문장들. 그럴 상황이
아닌데 나도 모르게 미소가 떠올랐다.

「아마 네가 이 책을 읽을 때쯤이면 나는…….」

나는 비감 어린 마음으로 다음 문장을 읽었다.

「여전히 잘 먹고 잘 살고 있겠지. 하하, 쫄았냐?」

이 자식이.

「그나저나, 내 예상이 맞는다면 지금 이 글을 읽는 너는 김독자겠
지. 왕자 김독자라. 그 꼴을 구경하지 못하는 게 아쉬울 따름이네.」

한수영 특유의 비아냥거림이, 그녀가 쓴 문장 사이사이에
선명하게 배어 있었다.

「너인 줄 어떻게 알았냐고? 뭐…… 사실 나도 확신하는 건 아냐.
내 예상 창작도 한계란 게 있으니까. 다만 네가 이 세계에 왔을 때의
경우의 수와 클리셰 조건들이 있고, 나는 그중 가장 가능성이 높은 것

을 짐작했을 뿐이야. 아, 물론 내 예상이 틀릴 수도 있겠지.」

　장난치듯 서술된 문장들.
　하지만 그 내용까지 장난은 아니었다.

「사실은 틀렸으면 좋겠어. 내가 몇십 년이나 누구를 기다리다
니…… 그게 가능할 거라고 생각하냐, 미친놈아.」

　한수영의 〈작가 후기〉는 한 번에 쓰인 것이 아니었다. 아마
한수영은 이 세계에 빙의된 그 순간부터, 조금씩 이 기록을 모
아왔을 것이다. 그리고 직접 글을 쓸 수 있게 된 후부터 본격
적으로 축적했겠지.
　한수영의 기록은 계속되었다.

「예상했겠지만, 나는 이 여자 몸으로 태어났어. 처음에는 내가 환
생한 줄 알았다니까? 첫 일 년 정도는 답답해서 미쳐버리는 줄 알았
어. 머릿속 [아바타]를 활용해서 기억을 정리하지 않았더라면 진즉에
맛이 가버렸을 거야. 그나마 네 살이 되면서 글을 쓸 수 있게 되니까
상황이 좀 나아지더라. 빌어먹게도, 꼴에 글쟁이라고 이런 순간까지
도 펜을 붙잡고 있는 건지.」

　웃어야 할지 울어야 할지 알 수 없는 채로, 내가 할 수 있는
일은 그저 묵묵히 페이지를 넘기는 것뿐이었다.

「처음에는 늦어도 삼 년쯤 지나면 올 줄 알았어. 전에도 삼 년 만에 돌아왔었잖아. 그런데 삼 년이 지나고, 사 년이 지나고, 오 년이 지나니까……(이렇게 서술한다고 해서 시간이 금방 간 거라고 착각하지는 마라) 생각이 달라지더라. 그리고 어느 순간 납득하게 됐어.」

페이지를 넘기기가 조금씩 힘들어지기 시작했다.

「그렇구나. 김독자는 당분간 오지 않는구나.」

한수영의 필체가 희미하게 흔들리고 있었다.

「이 빌어먹을 자식이, 기다리라 해놓고 오질 않는구나.」

무슨 말을 해야 할까.

「하지만 그게 김독자 잘못은 아니겠구나.」

아니, 내가 무슨 말을 한들 이 글을 쓰던 한수영에게 닿기는 할까.

「미안, 너도 이런 거 읽기는 싫을 텐데. 근데 여기선 징징대지 않는

게 쉽지가 않아.」

한수영의 문장은 계속되었다.

「소설로 쓸 때는 몰랐는데, 여기서 살다 보니 진짜 생각지도 못한 불편한 디테일이 많아. 샤워 시설도 불편하고, 침실에는 주먹만 한 벌레가 기어 다니고, 음식은…… 말을 말자.」

육 년째도.

「요즘 나도 말투가 이상해지는 거 알아? 무슨 중세시대 귀부인처럼 말한다니까.」

칠 년째도.

「김독자 경. 대체 언제쯤 오시렵니까?」

팔 년째도.

「우웩.」

구 년째도.

「장난 같아. 인간의 삶이 이렇게 빨리 지나갈 수 있다는 게.」

　그때부터 기록은 드문드문 끊겼다.
　시간 순서가 일정하지 않았고, 나중에 추가한 듯한 기록도 군데군데 발견되었다.

「시발.」
「김독자 개자식아.」
「대체 나보고 어쩌라는 건데 거지 같은 도깨비 새끼들아.」

　　.

　　.

「슬슬 내가 여기서 산 시간이 지구에서 산 시간이랑 맞먹어가.」
「그러니까 다음에 보면 누나라고 불러라. 알았냐?」

　한수영의 필체가 조금씩 변해가고 있었다.
　한수영의 것에서, 마치 한수영이 아닌 다른 것이 되어가는 느낌으로.

「사실 이 글을 쓰는 건, 내 미래가 어떻지 짐작이 가기 때문이야. 그리고 어쩌면, 이 세계관의 미래도.」

수십 년은 성좌 입장에서는 짧은 세월일 것이다.

하지만 인간에게는 그렇지 않다.

한수영은 이곳에서 하나의 생을 견뎌내야 했다.

「아마 이 시나리오는 멸살법에는 나오지 않을지도 모른다는 생각
이 들었어. 그도 그럴 게, 우리가 바꾼 이야기가 너무 많잖아.」

우리.

그 오랜 세월을 홀로 겪고도, 너는 아직 나를 그렇게 불러주
는 건가.

「나마저 손 놓고 있으면 한심한 너랑 유중혁이 이것저것 삽질만 하
다가 시나리오 망칠 게 뻔하니까…… 그러니,」

순간 눈앞에 한수영이 있는 것 같은 느낌이 들었다. 평소처
럼 당당하고 야무진 그 목소리로, 내게 말을 거는 것만 같은
착각이 들었다.

「내 유일한 독자여. 이 이야기는, 망한 시나리오 속에서 살아남은
한 여자의 이야기다.」

목덜미 끝에서부터 서서히 소름이 올라온다.

한수영이 살아간 세월. 그 분노와, 원한과, 기다림이 맺혀

만들어진 문장.

「네가 이 '세 가지 방법'에 알맞은 인물인지 어떤지는 모르겠지만, 적어도 한 가지는 확실할 거야.」

그 문장은 내가 아는 어떤 문장과 몹시도 닮아 있었다.

「이 이야기를 읽은 너는, 반드시 살아남을 거라는 것.」

한수영의 후기는 거기서 끝이 났다.

나는 한참이나 마침표에서 눈을 떼지 못했다.

"리카르도."

돌아보니 유중혁이 나를 보고 있었다.

"그 여자에게도 미래를 예측할 수 있는 힘이 있었나?"

"……아마도."

[예상표절]은 1,863회차 한수영의 힘이었다. 그런데 이 책을 쓴 이번 회차의 한수영 또한 그 힘을 손에 넣은 것이다.

그 결과물이 바로 이 책이었다.

멸살법을 잃은 내게 주어진 새로운 이정표.

[세계관이 당신들의 대화에 주목합니다.]

[해당 시나리오의 장르가 '퓨전 판타지' 쪽으로 미세하게 기울었습니다.]

나는 책의 페이지를 처음으로 되돌렸다.

지금부터는 필요한 정보를 꼼꼼히 정독해야 할 시간이었다.

문득 아까는 대충 넘겨 읽은 문장이 눈에 띄었다.

「추신. 이 소설은 '멸살법'의 2차 창작으로, 어떤 종류의 영리적 목적도 추구하지 않았음.」

피식 웃음이 나온다.

「Episode 1. SSS급 환생자의 탄생」

나는 한수영이 정성껏 쓴 문장들을 읽고 또 읽었다.

취기에 홀려 다른 세계로 걸어 들어가듯, 문장을 게걸스럽게 탐미했다. 오직 그것만이 독자인 내가 이 이야기의 작가에게 갖출 수 있는 유일한 예우였으니까.

재밌다, 빌어먹게도.

어떤 대목에서는 멸살법보다도 더.

그리고 얼마나 시간이 지났을까, 나는 고개를 들었다.

                        ✠ ✠ ✠

한수영은 말했다.
이 시나리오에는 세 가지 공략법이 있다고.

「세 가지 공략법은 각자의 장르를 표방한다.」

판타지, 로맨스, 그리고 퓨전 판타지.

「'역성혁명' 루트는 '판타지' 장르의 주요 전개다. 만약 이 루트를
택하게 된다면…….」

모든 루트에는 장단점이 있고, 뭔가 얻는 것이 있으면 반대
로 잃는 것이 있다.
그리고 어떤 루트를 택하든 공통으로 잃게 되는 것도 있다.
예를 들면 가장 먼저 잃어버리게 될 것은.
"사, 살려주십시오! 왕자님! 살려주십시오!"
이현성의 인권이다.
"좌로 굴러."
"으윽, 크으윽!"
"우로 굴러."
"왕자님……!"
"내가 언제 말대꾸를 명했지?"

유중혁은 군대 교관처럼 이현성에게 얼차려를 주는 중이었다.

　그리고 나는 그것을 구경하는 중이었다.

　"대, 대체 왜 제게 이런 걸 시키시는 겁니까! 4왕자님, 좀 말려주십시오!"

　"혹시 뭔가 기억나는 거 없으십니까?"

　"으, 으으…… 허리가 너무 아픕니다. 전 노병이란 말입니다."

　한수영이 [예상표절]로 예견한 루트들을 밟기 위해서는, 이현성의 기억을 되돌려줄 필요가 있었다.

　그리고 어떤 기억은 머리가 아니라 몸이 더 잘 기억하는 법이다.

　「아마 이현성에게는 잔혹한 일이 되겠지만.」

　하지만 지금으로서는 달리 방법이 없었다.

　한수영의 책에도, 이현성의 시점에서 빌스턴이 살아온 시간은 기록되어 있지 않았다.

　이현성이 어떤 삶을 살다가 세계에 먹혔는지 모르는 만큼, 깨우기 위해 쓸 수 있는 방법 또한 한정되어 있었다.

　그리고 얼마나 지났을까.

　"뭔가 기분이 이상합니다."

　머리를 바닥에 처박고 있던 이현성이 갑자기 헛소리를 시작했다.

"기분이 점점 편안해집니다."

[등장인물 '빌스턴'이 심각한 혼란을 느낍니다.]
[등장인물 '이현성'의 자아가 꿈틀거립니다.]

나와 유중혁은 동시에 서로 돌아보았다.
본래라면, 이 정도 자극으로 이현성의 자아를 깨우는 것은
무리였을 터다.
하지만 지금이라면 이야기는 조금 달라진다.
내가 있고, 유중혁이 있다.

[당신과 같은 설화를 공유하는 존재들이 가까이에 있습니다.]
[설화 간의 결속력이 강해집니다!]

지금 이 자리에 〈김독자 컴퍼니〉가 셋이나 모인 것이다.
옛말에 그런 말이 있다.
삼인성호三人成虎.
사람 셋이 모이면 호랑이도 만든다.
우리는 호랑이는 만들지 못하겠지만, 다른 일은 해낼 수 있
을지도 모른다.

[당신의 성운이 가진 설화들이 '세계관'에 저항하기 시작합니다.]

가령 이 세계관에는 존재하지 않는 기억을 불러온다든가.

[등장인물 '이현성'의 자아가 서서히 눈을 뜹니다.]

이현성의 몸에서 희미한 빛살이 흘러나오고 있었다.

[거대 설화, '카이제닉스 제도'가 당신들을 노려봅니다!]

한수영은 말했다.
결국 이 시나리오는 저 '거대 설화'의 통제 아래 놓인 세계라고.
그러니 설화의 통제에서 벗어날 수만 있다면, 자아를 되찾는 일도 가능할지 모른다.
"으, 으어, 어……."
천천히 눈을 깜빡인 이현성이, 옹알이하듯 뻐끔거렸다.
"도, 독자 씨?"

[세계관이 개연성에 맞지 않는 발언을 제재합니다!]

츠츠츠츠츳!
"우와아아아아악!"
스파크에 감전된 이현성이 몸부림을 쳤다.
고개를 돌리자 전투태세를 마친 유중혁이 자리에서 일어나고 있었다. 이제 필요한 준비는 모두 끝난 것이다.

흑천마도를 꺼내 든 유중혁이 물었다.

―어떤 루트로 갈 거지?

―늘 우리가 하던 대로.

이번 시나리오의 작가는 한수영이다.

하지만 작가가 훌륭하다고, 작품이 항상 성공하는 것은 아니다.

―공략을 시작하자, 유중혁.

결국 이야기를 완성하는 것은, 작가가 아니라 '등장인물'이니까.

[당신의 성운에 새로운 '거대 설화'가 발아합니다.]

＊

2

왕은 집무실에 앉아 각료들의 보고를 듣는 중이었다.

"……해서, 이번 달 예산은…….”

"……영주에 따르면 지난달 밀 재배량이…….”

늘 듣던 말이었고, 그녀가 들어야 할 말이었다.

그 들어야 할 말을 들으며, 벌써 수백 번의 생을 반복해왔다. 고개를 들자 창문 너머에서 그녀를 들여다보는 시선이 느껴졌다.

[거대 설화, '카이제닉스 제도'가 당신을 바라봅니다.]

환생자들의 섬. 그녀는 이곳에 태어나 환생했고, 하나의 '거대 설화'를 반복하는 배역이 되었다.

왕은 거울에 비친 자기 모습을 바라보았다. 찰랑이는 흑색 단발. 고양이상의 눈매와 그 밑에 찍힌 눈물점. 왕은 그 눈물점을 매만지며 물었다.

"놈들은 잡았나."

"아직입니다."

"잡아 와."

황급히 집무실을 떠나는 각료들을 보며, 왕은 다시 한번 중얼거렸다.

지겹군.

집무실 창가에서 지저귀는 하얀 뱁새를 발견한 것은 그때였다.

새의 꼬리에 작은 쪽지가 매달려 있었다. 왕은 잠시 머뭇거리다 창가로 다가가 쪽지를 풀어 펼쳐보았다.

—오직 나만을 위한 이야기를 써주시오. 단 한 사람의 독자로부터.

처음에는 짓궂은 장난인가 싶었고, 다시 읽었을 때는 밀정의 암호인가 싶었다. 그렇게 열 번쯤 반복해서 읽자 조금씩 이상한 기분이 들기 시작했다.

희미한 두통이 머릿속을 죄어왔다. 아주 잠깐이지만, 그녀가 모르는 어떤 기억이 수면 위로 떠오를 것만 같았다. 그제야 뭔가 깨달은 왕이 입술을 꾹 깨문 채 중얼거렸다.

곤란해.

기억은 몇 번인가 파문을 일으키고는 다시 캄캄한 수면 아래로 가라앉았다. 가볍게 심호흡을 한 왕은 창밖으로 보이는 커다란 나무를 잠시 바라보다가 천천히 고개를 돌렸다.

¤ ¤ ¤

잠시 후 '은둔자의 망토'를 해제한 나와 유중혁, 그리고 이현성이 나무 위에서 모습을 드러냈다. 나는 창문 안쪽을 한참이나 노려보다가 유중혁을 향해 물었다.

"이렇게 하면 된다며?"

"녀석의 책에 적혀 있었다."

나는 한수영의 기록을 펼쳐 유중혁이 가리킨 가이드를 읽었다.

"로맨스 루트 (1) 연서를 써라."

맞다. 그래서 그렇게 했다.

유중혁이 고개를 절레절레 흔들었다.

"혓바닥 놀리는 재주에 비해 연서를 쓰는 재주는 형편없는 모양이군."

"너…… 아니, 형도 이 정도면 괜찮다고 했잖아?"

그러자 나무 둥치 아래쪽에 숨어 있던 이현성이 작게 대답했다.

"저는 좋았습니다. 아주 두근두근한 편지였습니다."

"경의 의견은 묻지 않았습니다."

"예……."

애초에 남중 남고 공대 군대 테크를 밟은 이현성에게는 아무것도 기대하지 않는다.

유중혁이 덧붙였다.

"괜찮다고 말한 적 없다."

"그럼 다음 편지는 형이 써보든가."

"내가 왜."

"지금 상황이 상황이잖아. 그래도 나보다는 형이 이런 상황에 더 익숙할 거 아냐."

"왜 그렇게 생각하지?"

"그야……."

나는 머리를 긁적였다.

그야 여기서 연인이 있었던 이는 유중혁뿐이니까. 물론 지난 회차의 이야기이긴 하지만.

그때, 이현성이 외쳤다.

"달아나십시오! 걸렸습니다!"

멀리서 경비병들이 달려오고 있었다.

나는 '로맨스 루트 (1)'에 취소선을 죽 그으며 말했다.

―우리가 가진 거대 설화의 힘이 부족한 걸지도 몰라.

애초에 우리의 거대 설화가 한수영을 깨울 수 있다는 전제 하에 시행하는 작전이었다.

슬그머니 도주로를 확보하던 유중혁이 되물었다.

―그래서?

나는 복면을 쓴 채 경비병들에게 두들겨 맞고 있는 이현성을 바라보며 중얼거렸다.

"동료를 더 늘려야겠어."

¤ ¤ ¤

제도 카이제닉스의 근위대장 에리히 스트라이커.

명실공히 제도 최강의 기사이자, 왕의 첫 번째 검. 그런 그녀를 지금의 위치에 오르게 만든 것은 밤낮을 가리지 않는 수련이었다.

슈아악!

침묵이 내려앉은 연무장의 밤을, 에리히는 베고 또 베었다.

후드득 땀방울이 떨어졌다. 떨어진 땀방울을 보며 에리히는 그것이 누군가의 핏방울이어야 한다고 생각했다.

'놓쳤다. 그것도 폐하가 보는 앞에서.'

1왕자의 난. 얼마 전에 벌어진 알현실 습격 사건을, 호사가들은 벌써 멋대로 떠들어대고 있었다. 노래를 지어 부르는 음유시인까지 있었다. 그 대부분은 1왕자를 칭송하는 내용이었다.

「오오 위대한 혁명가 슈바이첸 폰 카이제닉스.」
「그 드넓은 어깨와 등을 보라.」

환한 빛살이 검무장의 어둠을 갈랐다. 1왕자와 함께 달아나던 4왕자의 얄미운 얼굴이 떠올랐다. 어둠을 베고 또 베어내도 사라지지 않는 얼굴.

기묘하게도, 에리히는 그 얼굴을 떠올릴 때마다 무척 미묘한 감정이 되곤 했다.

멀어지는 1왕자 슈바이첸과 4왕자 리카르도, 그리고 호위기사 빌스턴 프레이머의 뒷모습.

에리히는 불현듯 알 수 없는 그리움에 사로잡혔다.

자신의 감정을 인정하고 싶지 않았기에 검을 휘둘렀다. 검을 휘두르고 또 휘둘러 상념을 털어버리고자 애썼다.

하지만 오늘의 수련은 여기까지인 모양이었다.

'습격인가.'

어둠 속에서 일렁이는 호리호리한 그림자.

에리히는 허리에 차고 있던 진검을 곧장 뽑아 들었다. 수상한 낌새를 보이는 순간 바로 베어 죽여버릴 생각이었다.

그런데 뜻밖에도 저쪽에서 먼저 인기척을 드러냈다.

"검을 넣으시지요, 저는 싸우러 온 게 아닙니다."

희미하게 비치는 달빛 사이로, 호리호리한 체구의 사내가 걸어 나왔다.

리카르도 폰 카이제닉스, 제도의 4왕자.

"안 그래도 지금 너를 베고 싶었다. 제 발로 찾아와주니 고
맙군."

"여기서도 여전히 검을 좋아하시는군요."

살벌한 기세를 풍긴 에리히가 검을 곧추세우자, 4왕자는 자
신의 검을 바닥에 내려놓았다. 에리히가 눈을 가늘게 떴다.

"무슨 꿍꿍이지?"

"어차피 십 분만 지나면 근위병이 달려와서 저를 포위할 테
고, 또 경의 실력이라면 저를 제압하는 것쯤 힘든 일도 아니겠
지요."

"그래서?"

"순순히 항복하겠습니다. 경에게 체포되어 사형장으로 가겠
다는 얘기입니다."

평소 4왕자가 제정신이 아니라는 사실은 알고 있었다. 하지
만 이런 경우는 예상하지 못했다.

1왕자의 도움으로 바로 얼마 전에 탈출했는데, 제 발로 걸
어와서 사형을 당하겠다고?

에리히는 의심을 거두지 않은 채 4왕자를 향해 다가갔다.

4왕자는 정말로 비무장 상태였다.

에리히는 기회를 놓치지 않고 4왕자를 포박했다.

달빛에 천진하게 빛나는 눈동자가 그녀를 마주 보았다.

"그 대신 십 분만 제 이야기를 들어주셨으면 합니다."

"그럴 일은 없다."

"죽을 사람 부탁인데, 들어주지 않으시면 나중에 찜찜하실 겁니다."

에리히는 복잡한 얼굴로 4왕자를 내려다보았다.

"그대의 억울함을 호소하는 것이라면 듣지 않겠다."

4왕자는 죄가 없다는 것은 안다. 하지만 제도의 왕은 바뀌었고, 에리히는 새로운 왕을 모시는 근위대장이었다.

4왕자가 웃으며 고개를 흔들었다.

"그런 이야기가 아닙니다."

"그럼?"

"솔직히 고민을 많이 했습니다. 무슨 말을 해야 내가 아는 당신을 돌려받을 수 있을까, 짐작도 가지 않기 때문입니다."

갑작스러운 서두에 당황한 에리히가 눈살을 찌푸렸다.

새로운 종류의 수작인가?

4왕자가 교묘한 말솜씨로 여인들을 꾄다는 것은 제도에서도 유명한 이야기였다.

"오래전, 한 여인이 있었습니다."

그러거나 말거나 4왕자의 이야기는 시작되고 있었다.

"검도를 좋아했고, 구 대표로 대회에 참가할 만큼 재능도 있었지요."

희미한 통증과 더불어 알 수 없는 감각이 머릿속을 쿡쿡 찔렀다.

"그 검으로, 그녀는 소중한 전우를 몇 번이나 구했습니다."

아주 오래전에 사라진 무엇.

"시나리오의 불의에 맞서 몇 번이고 검을 휘둘렀고, 그 검으로 저를 지켜주기도 했죠."

"지금 무슨 이야기를 하는 거지? 나는 오직 폐하의 검이다."

4왕자가 애석하다는 듯 에리히를 올려다보았다.

"정말 아무것도 기억하지 못하시는군요."

어둠 속에서 또 다른 목소리가 들려온 것은 그때였다.

"리카르도 왕자님. 제가 이야기하고 싶습니다."

4왕자를 포박하던 에리히가 흠칫 놀라며 몸을 일으켰다.

언제부터였을까. 어둠 속에 두 명의 사내가 서 있었다.

에리히가 으르렁거리며 말했다.

"역시 함정이었군."

"함정이 아닙니다."

어둠 속에서 나타난 사내는 빌스턴 프레이머였다. 이 제도에서 그녀가 유일하게 인정하는 기사.

"에리히 경."

빌스턴이 그녀를 향해서 한 걸음 다가오자 에리히가 경고했다.

"한 발짝만 더 다가오면 4왕자의 목을 베겠다."

이것은 함정이다. 달아나야만 한다. 에리히는 그런 생각을 하며 검무장의 출입구를 살폈다.

그런데 뭔가 이상했다.

[당신과 관계된 설화들이 일제히 날뛰기 시작합니다!]

마치 굳어버리기라도 한 것처럼, 몸이 움직이지 않았다.

[당신의 설화들이 '카이제닉스 제도'의 통제에 반발합니다!]

"우리, 잊지 않기로 했잖습니까."
슬픈 눈으로 그녀를 보는 빌스턴.
아니, 그의 이름은⋯⋯.

[당신과 관계된 설화들이 오래된 기억들을 반추합니다.]

"희원 씨."

[잊힌 설화들이 이야기를 시작합니다.]

세계가 무너졌다.
흘러내린 설화가 에리히의 기억을 덮었다.
그것은 사라진 십 년의 이야기.
아직 에리히가 에리히가 아니고, 빌스턴이 빌스턴이 아닌
시절의 이야기였다.

✤ ✤ ✤

이현성과 정희원이 이 세계에 온 것은 정확히 십 년 전의 일이었다.

"현성 씨! 역시 현성 씨 맞죠?"

"엇, 희원 씨?"

비슷한 시기에 이 세계로 빙의한 두 사람은 운 좋게 일찍이 서로 알아보았다.

―여기서는 [전음]을 써야 할 것 같아요.

둘은 이 세계에 대한 정보를 차근차근 모아갔다.

예를 들면 이곳이 '성마대전'에 참가하기 위한 마지막 예비 무대라는 것.

또 〈김독자 컴퍼니〉의 일행들은 시차를 두고 이곳으로 소환되는 중이며, 정해진 배역이 모두 모이기 전에 시나리오는 발동하지 않는다는 것.

―그나저나, 현성 씨는 꼭 현성 씨 같은 사람한테 빙의했네요.

―희원 씨도 무척 잘 어울리십니다.

마지막으로, 시간이 지날수록 이 세계는 그들의 자아를 갉아먹는다는 것.

[거대 설화, '카이제닉스 제도'가 당신의 행위를 감시합니다.]

[세계의 개연성이 당신의 배역을 강요합니다.]

거대 설화의 시선을 느낄 때마다, 둘은 설화의 신경을 거스르지 않기 위해 배역을 연기해야 했다.

─아무래도 수영 씨는 다 잊어버린 것 같습니다. 무슨 말을 해도…….

─우리도 언젠가 저렇게 될까요?

─분명 그 전에 독자 씨가 올 거라 믿습니다.

그들은 기다리고 또 기다렸다.

─지혜랑 아이들은 잘 있을까요?

─그 아이들이라면 괜찮을 겁니다.

세상에 의지할 사람은 단둘뿐.

[설화, '가장 순수한 전우애'가 이야기를 시작합니다.]

누구도 그들의 이야기를 모르는 곳에서, 둘은 자신을 지키기 위해 끊임없이 이야기를 나눠야만 했다.

까가강!

"에리히 경! 해치워버리십시오!"

"갑시다! 빌스턴 경!"

두 사람이 배역상 라이벌이 된 것은 자연스러운 발로였다. 서로 붙어 있을 기회를 늘려야 [전음]을 사용할 기회도 늘어나는 까닭이었다.

─검술이 많이 느셨네요. '강철검제'라는 이름에 딱인데요?

—돌아가면 독자 씨에게 검을 하나 사달라고 해야겠습니다.

검이 마주칠 때마다 [전음]이 오간다.

—이러다 독자 씨 올 때쯤이면 소드마스터라도 되어 있는 거 아닌가 모르겠어요.

그렇게 일 년이 지나고, 이 년이 지났다.

두 사람은 성향에 따라 소속이 달라졌다.

이현성은 '4왕자 리카르도'의 파벌로.

정희원은 '검은 마법사'의 휘하로.

소속이 달라지자 전처럼 자주 검을 나눌 수 없게 되었고, 정희원이나 이현성이 아닌 '에리히 스트라이커'나 '빌스턴 프레이머'로 살아야 하는 날이 많아졌다.

에리히 스트라이커처럼 밥을 먹고, 빌스턴 프레이머처럼 말했다. 원래부터 이 세계에 살던 사람처럼, 이현성과 정희원은 이현성과 정희원을 잊어갔다. 조금씩 '제도 카이제닉스'의 등장인물이 되어가고 있었다.

한 번은 술을 마신 정희원이 이현성을 찾아와 말했다.

—난 끔찍한 인간이에요, 현성 씨.

—왜 그런 말을 하십니까.

—그래서 벌받고 있는 게 아닐까요?

그녀는 그동안 누구도 이야기하지 않던 것들을 이야기했다.

—금호역 모녀…… 기억해요? 우리랑 같이 철두파에 맞서 싸우던.

―기억합니다. 암흑성에서도 만났지요.

이현성은 금호역의 모녀를 떠올렸다. 아이를 지키기 위해 싸우던 엄마와 그런 엄마의 손을 잡고 있던 작은 여자아이. 암흑성에서 엄마는 목숨을 잃었고, 홀로 남은 여자아이는 방랑자들의 손에 맡겨졌다.

―둘 다 살 수도 있었어요. 내가 '낙원'의 정체를 더 빨리 깨달았더라면.

―희원 씨 잘못이 아닙니다. 우리가 막을 수 없는 일이었습니다.

―사실 우리보다 더 작은 설화도 있었잖아요. 어쩌면, 설화조차 되지 못한 설화들이.

취한 정희원이 웃었다. 그러자 그녀의 손에 맺힌 설화의 잔재들이 하얗게 빛났다. 모두 그녀가 쌓아온 이야기였다. 〈김독자 컴퍼니〉의 일원으로, 위대한 성좌들과 맞서 싸우며 만들어온 이야기.

정희원은 그 이야기를 자랑스러워했고, 자신의 삶에 떳떳하게 살아왔다.

하지만 요즘은 조금 다른 생각이 들었다.

―어쩌면 우리가 모아온 설화는 전부 그런 작은 설화를 짓밟고 만들어진 게 아닐까요.

―희원 씨.

―그리고 이젠 우리 차례가 된 건지도 몰라요.

사 년, 그리고 오 년이 지났다.

정희원과 이현성은 포기하지 않았다.

—근데 유승이랑 길영이 성씨가 뭐였죠?

—이유승, 신길영…… 아닙니까?

—뭔가 이상한 것 같은데…….

기억은 조금씩 사라져갔다.

그렇게 육 년이 지났고.

—독자 씨는 지금 어디서 뭘 하고 있는 걸까요?

—제 생각엔 올해 안에 오실 것 같습니다.

칠 년이 지났다.

—칠 년이나 임금을 체불하다니, 완전 악덕 기업 아니에요?

—나중에 꼭 노조를 설립합시다.

—꼭 그렇게 해요. 잊지 말고.

적어도 일주일에 한 번은 만나 이야기를 나누자던 약속은 한 달에 한 번이 되었고, 이내 두 달에 한 번이 되었다.

만나서 아무 이야기도 나누지 않는 날도 많아졌다.

팔 년이 되던 어느 날, 정희원이 멍한 목소리로 물었다.

—우리 뭔가 기다리고 있지 않았나요?

이현성은 그 질문에 답할 수 없었다.

—있잖아요, 현성 씨. 만약 내가 현성 씨를 잊게 되면.

—제가 기억하겠습니다.

—날 죽여줘요.

그것이 정희원과 이현성의 마지막 만남이었다.

얼마 후 '검은 마법사'가 혁명을 일으켰다.

그리고 이현성은 옛 왕조의 편에 서서 정희원을 맞이하게
되었다.

─희원 씨.

허공에서 몇 번이고 둘의 검이 부딪쳤다.

눈부신 검광 속에서 이현성의 몸에는 상처가 늘어갔다. 검
술 대련과는 확연히 다른 궤적들. 명백하게 이현성을 죽이고
자 하는 의도가 담긴 검격.

─희원 씨.

반복된 [전음]에도 정희원은 대답이 없었다. 침묵이 곧 대
답이었다.

마치 이제까지는 봐주고 있었다는 것처럼 에리히의 무자비
한 검이 이현성을 갈랐다.

까마득해지는 시야. 이현성은 비틀거리면서도 그가 기억하
는 정희원을 향해 다가갔다.

한 걸음, 두 걸음.

마침내 가까워진 정희원의 두 눈을 보며, 이현성은 오랫동
안 자신이 하지 못한 말을, 그리고 앞으로도 할 수 없을 말을
처음으로 건넸다.

─좋아합니다, 희원 씨.

¤ ¤ ¤

[설화, '가장 순수한 전우애'가 이야기를 마칩니다.]

나는 묵묵히 설화를 읽었다. 어떤 문장은 잔잔히 슬펐고, 어떤 부분은 가슴이 찢어질 듯이 아팠다.

[등장인물 '정희원'의 자아가 조금씩 깨어납니다.]

빌스턴과 에리히의 몸 위로 희미한 빛이 떠돌았다. 두 사람의 영혼이 설화에 공명하는 것이 느껴졌다.

쓰러진 채 미소 짓고 있는 이현성.

나는 그 얼굴을 가만히 내려다보다가 중얼거렸다.

"아무래도 사내 연애 규정을 바꿔야 할 것 같은데."

어쨌든 이걸로 두 번째 목적도 달성했다. 이제 다음은…….

"저쪽이다!"

"에리히 경이 위험하다!"

유중혁이 쓰러진 정희원과 이현성을 양팔에 들었다. 그러나 우리가 채 달아나기도 전에, 검무장 문이 열리며 근위대가 들이닥쳤다.

근위대만 온 것이 아니었다.

도열한 근위대를 물리며 이쪽으로 다가오는 이가 있었다.

「카이제닉스 제도 최초의 트리플 마스터」

「만 18세의 나이로 소드마스터의 경지에 오른 천재」

「최연소 9서클 대마법사」

「사악한 검은 용을 부리는 제도의 왕」

현시점의 카이제닉스 제도에서 명실공히 최강의 존재.

은빛의 크라운을 쓴 왕이 고요히 웃었다.

"감히 짐의 기사를 훔치려 하는가?"

근위대가 일제히 그녀 앞에 무릎을 꿇었다.

표정이 굳어진 유중혁이 메시지를 보냈다.

—이것도 계획에 있던 일인가?

—그건 아니지만, 차라리 잘됐어.

어차피 우리의 다음 목표는 한수영이다.

이곳의 〈김독자 컴퍼니〉는 넷. 성운의 설화는 성운 구성원
이 많이 모일수록 강해진다.

나는 왕의 얼굴을 보며 입을 열었다.

"폐하, 저희는 싸우러 온 게 아닙니다."

분명 저 안에는 한수영의 자아가 잠들어 있을 것이다. 나는
저 등장인물에게서 한수영의 자아를 돌려받아야만 했다.

그리고 지금이라면 우리의 설화를 이용해…….

"알고 있다. 이야기를 들려주러 왔겠지."

나는 흠칫 놀라 녀석을 바라보았다.

[거대 설화, '카이제닉스 제도'가 당신을 향해 조소합니다.]

"뭘 그렇게 놀라지? 짐도 이야기를 무척 좋아한다. 하지만

짐은 듣는 것보다는 이야기하는 쪽을 더 좋아하지. 그러니 귀를 열고 잘 듣거라. 리카르도 폰 카이제닉스."

활짝 팔을 벌린 왕이 나를 향해 웃었다.

"아니, '구원의 마왕' 김독자."

✳

3

나는 한수영의 얼굴을 한 왕을 바라보았다.

저자는 분명 한수영이 아니다. 그런데 대체 어떻게 내 이름을 알고 있을까.

"어떻게 그대의 이름을 아는지 궁금하겠지."

왕은 이 세계관의 등장인물이고, '거대 설화'의 의지에 따라 행동하는 존재에 불과하다. 그런 존재가 나를 '리카르도'가 아닌 '김독자'로 인식하는 것은 불가능했다.

심지어 세계관 외적인 발언에도 불구하고, 개연성의 스파크는 왕을 억압하지 않았다.

[세계관이 장르의 확장 가능성을 고려합니다.]

[거대 설화, '카이제닉스 제도'가 상황을 묵인합니다.]

[특정 발언에 관한 개연성 규제가 완화됩니다.]
[세계관에 대한 메타적 발언이 인정됩니다!]

나는 왕을 가만히 들여다보다가 스킬을 발동했다.

[전용 스킬, '등장인물 일람'을 발동합니다!]

〈인물 정보〉

이름: ???
나이: 50세
종합 평가: 해당 인물은 당신에게 증오를 품고 있습니다.

여전히 왕의 정보는 떠오르지 않았다.

처음에는 한수영 때문이라 생각했다. 등장인물 일람에 등록
되지 않은 존재인 한수영이 빙의함으로써, 빙의체인 왕의 정
보까지 불확실해진 것이라고.

하지만 그게 아니라면?

"너는 한수영인가?"

"한때는 그런 이름으로 불리었지."

"무슨 뜻이지?"

왕은 대답하지 않았다. 그 대신 긴 속눈썹을 천천히 깜빡이며 유중혁을 돌아보았다.

"가엾은 정인이여, 파혼을 무르고 다시 나의 것이 되러 왔는가?"

"한 번만 더 그딴 식으로 부르면 목을 날려버리겠다."

거의 동시에 두 사람의 신형이 사라졌다.

귀청이 찢어지는 듯한 폭음과 함께 두 존재가 격돌했다. 검무장의 천장이 파괴되어 부서진 조각들이 날아올랐고, 검풍과 마력파의 충돌이 하늘에서 용오름을 형성했다. 얼핏 보기에는 막상막하의 대결이지만, 전투의 세부를 살펴보면 그렇지 않았다.

순식간에 전개된 수십 합 끝에, 유중혁은 왼팔에 경미한 부상을 입었다. 하지만 왕은 약간의 생채기도 보이지 않았다.

유중혁이 밀린다. 저 강력한 유중혁도, 이 세계관의 왕을 당해내지 못하는 것이다.

심지어 왕의 왼팔에서는 한수영의 특기인 [흑염]의 아우라가 피어오르고 있었다.

"독자 씨! 피하십시오!"

달려오는 근위대에 맞서 이현성이 나를 보호했다.

"……독자 씨?"

정희원도 간신히 정신을 차리는 듯했다. 하지만 지금은 그들에게 신경을 쓸 여유가 없었다. 백중세이던 전투는 시간이 흐를수록 유중혁에게 급격하게 불리해졌다.

애초에 저쪽은 설정상 무려 '트리플 마스터'의 빙의체다. 원래부터 그랬는지 한수영이 저렇게 만들었는지는 모르겠지만, 아무튼 괴물이라는 얘기다.

"한수영! 정신 차려!"

나는 망설이지 않고 '거대 설화'의 힘을 끌어왔다.

[거대 설화, '마계의 봄'이 이야기를 시작합니다.]

힘껏 허공으로 쏘아 보낸 설화가 일시적으로 전투에 공백을 만들었다.

나는 틈을 놓치지 않고 전장에 뛰어들었다.

왕이 웃으며 팔을 벌렸다.

"구원의 마왕이여. 네가 찾는 여인은 이미 오래전에 죽었다."

"웃기지 마. 한수영은 그딴 식으로 말 안 해."

"오십 년이라는 세월이 한 인간에게 어떤 의미인지 아느냐?"

모른다. 나는 그만한 시간을 살아본 적 없으니까.

[거대 설화, '카이제닉스 제도'가 이야기를 시작합니다.]

세계가 꿈틀거리며, 이 세계를 살아온 한수영의 모습이 허공에 떠올랐다.

그것은 한수영의 설화였다. 이 세계에서 살아온 한수영의 역사.

　정확히는 한수영의 빙의체인 '유리 디 아리스텔'이 겪어야 했던 역사.

「아름다운 백작가의 영애.」
「오직 왕비가 되기 위해 키워진 여식.」
「"너는 열여덟 살이 되었을 때 입궁할 거란다."」

　난잡하게 떠오르는 문장 속에 내가 아는 한수영이 있었다.

「"좋아, 그럼 열여덟 살까지는 소드마스터가 되어볼까."」

　세계와 맞서 싸우는 한수영. 분명한 얼굴로 이 세계를 살아가는 한수영.

　내가 모르는 표정으로 이 세계를 살아낸 한수영.

「"어째서 여자아이가 검을 다루는 것이냐."」
「"마법은 단지 눈속임일 뿐이다."」

　어떤 클리셰는 클리셰라는 변명으로 인물에게 구속이 된다.

　그리고 내가 아는 한수영은, 누구보다 클리셰를 싫어하는 존재였다.

「"아, 그까짓 결혼 한다고, 해! 나보다 강한 놈 있으면 해줄게!"」

아름다운 백작가의 영애를 차지하기 위해 수많은 사내가 나섰다. 그중에는 제도의 기사도 있었고, 유명한 마법사도 있었다.

한수영은 다가오는 구혼자를 자기 손으로 물리치기 위해 강해졌다. 피나는 고련 끝에 소드마스터가 되었고, 9서클의 대마법사가 되었으며, 사악한 용의 힘을 다루는 공포의 주인이 되었다.

소드마스터의 힘은 그녀의 육체를 젊게 만들었고, 사악한 흑염의 아우라는 그녀의 신비감을 더욱 증폭시켰다.

모순적이게도 그녀가 강해질수록, 세계는 그녀를 더욱더 욕망하게 되었다.

한수영은 그런 세계와 싸웠다. 지구에서보다 더 긴 세월을 이곳에서 보냈고, 그 세월을 충실하게 견뎠다.

설화는 이야기를 계속하고 있지만, 어느 순간 나는 그 이야기를 들을 수가 없었다.

외로웠고, 반발감이 들었다. 분명 한수영이 이 세계에 함께 있음에도, 그녀가 너무나 멀리 있는 것처럼 느껴졌다.

"여긴 한수영의 세계가 아니야."

"왜 그걸 네가 결정하지? 네가 한수영을 알아온 시간은 고작해야 사 년도 되지 않을 텐데. 함께 있던 시간만 따지면 일 년도 채 되지 않을 거고."

사실이었다.

"네가 한수영에 대해 뭘 알지?"

나는 내가 아는 한수영을 떠올렸다.

자존심이 강해서 좀처럼 사과할 줄도, 주장을 굽힐 줄도 모르는 사람.

누구보다 효율을 추구하지만, 일행들을 위해 때로 그 효율을 포기하기도 하는 사람.

이기적인 것처럼 굴면서도, 언제든 "너흰 나 없인 안 된다니까"를 중얼거리며 자신의 목숨을 걸 수 있는 사람.

한수영은 여전히 그렇게 말할 수 있는 사람일까.

내가 아는 한수영은, 정말로 '한수영'일까.

한수영은 아직도 내가 아는 이야기 속에 있을까.

"네가 알던 한수영은 이제 없다. 지난 오십 년은 그녀를 완전히 새로운 존재로 만들었다. 그게 바로 나다."

왕의 등 뒤로 밀려온 거대 설화가 우리를 향해 강대한 패기를 내뿜었다.

[거대 설화, '카이제닉스 제도'가 당신들의 존재를 배척합니다.]

오십 년이라는 시간 앞에서 나와 한수영이 함께한 짧은 기억들은 낡고 초라해졌다. 그 기억을 더 초라하지 않게 만들기 위해 나는 웃으며 입을 열어야 했다.

"역시 너는 한수영이 아니야. 그 녀석은 너처럼 진지하지 않거든."

왕의 표정에 희미한 동요가 일었다. 그 동요로 인해, 나는 눈앞의 왕이 누구인지 확신했다.

분명 녀석은 한수영에 가까운 존재다. 하지만 결코 한수영이 될 수는 없는 자다.

"너는 오랫동안 한수영의 삶을 지켜본 백작가의 영애, '유리 디 아리스텔'이야. 보나 마나 한수영이 거대 설화에게 먹힌 틈을 타서 몸을 빼앗았겠지."

"……."

"말해. 진짜 한수영은 어디에 있지?"

대답 대신 왕이 전신에서 가공할 격을 뿜어냈다. 지금까지의 격전이 장난이었다는 것처럼, 왕의 몸에서 해방된 격의 파도가 우리 몸을 옭아맸다. 유중혁도, 이현성도, 정희원도, 그리고 나도.

움직임이 봉쇄당한 우리를 향해 왕이 다가왔다.

나는 물었다.

"우릴 죽일 건가?"

"죽여?"

왕의 입가에 비웃음이 감돌았다.

"아직도 이 시나리오에 대해 잘 모르는 모양이군. 여기까지 살아남았으니 너희는 죽지 않는다. 짐도…… 한수영도 그걸 원하고."

"하지만 처음엔 날 사형시키려 했잖아?"

"정해진 역경이었지. 거기서는 1왕자가 널 구하게 되어 있었다."

왕은 마치 한수영처럼 웃었다.

"이제 이 시나리오의 끝이 다가왔다."

허공에서 스파크가 튀며 시나리오 메시지가 들려왔다.

[장르 선택의 분기가 다가왔습니다!]
[이 세계관의 장르를 선택하십시오!]

왕이 허공을 보며 말했다.

"이 세계의 끝은 항상 똑같지. 온갖 위험과 역경을 헤치고 자라난 주인공은 마침내 부와 명예와 사랑을 얻고 해피 엔딩으로 향하게 된다."

분명 '해피 엔딩'이라고 말했다. 그런데 그녀는 그 예정된 행복에도 전혀 기뻐 보이지 않았다.

나는 그녀가 살아온 삶을 약간은 짐작할 수 있었다.

환생자들의 섬은 낡고 오래된 설화들이 박제되는 섬이자, 다른 시나리오에 무대를 제공하며 생을 연명하는 설화들의 무덤.

아마 그녀는 '유리 디 아리스텔'로서 이 시나리오를 수백 번 반복해왔으리라. 멸살법의 유중혁이 그랬던 것처럼.

"그래도 이번 시나리오는 전개가 조금 특이했다. 그 많은 생을 살면서도 왕이 되어보기는 처음이거든."

왕은 자신의 손을 물끄러미 내려다보았다. 영애의 것이라기에는 지나치게 투박한 상처투성이의 손. 한수영이 그녀에게 내준 삶이 그곳에 있었다.

"처음 '카이제닉스 제도'가 만들어졌을 때만 해도 이런 전개는 생각조차 할 수 없었어. 도깨비들은 항상 대세를 따르는 시나리오만 만들었으니까. 버림받은 백작 영애가 뜬금없이 검과 마법을 수련하더니, 궁중 암투의 한복판에서 정적들을 밀어내고 왕이 되다니. 내 시절에는 수요가 거의 없던 이야기야."

"······."

"수영이 말로는 이제 이런 시나리오에도 수요가 생겼다던데. 정말이지 세월이 무상해."

왕의 뒤쪽에서 옅은 한숨이 들려왔다. 마치 한 세계의 끝을 준비하는 배역들처럼, 근위기사들은 아쉬운 표정이었다.

"좀 더 이 이야기를 즐길 수 있다면 좋겠지만 어쨌거나 마무리는 지어야겠지. 그만 끝내자."

지겹다는 듯한 말투. 왕이 내게 명령했다.

"나와 결혼해라, 리카르도 폰 카이제닉스."

얼빠진 유중혁의 표정이 보였다. 경악한 이현성과 정희원이 이쪽을 향해 뭐라 소리치고 있었다.

나는 태연히 되물었다.

"그게 이 시나리오의 결말인가?"

"그렇다. 말 그대로 해피 엔딩이지."

"당신과 결혼하면 우릴 다음 시나리오로 보내줄 건가?"

"맞아, 한 사람을 제외하고는."

한 사람.

왕의 눈동자에서 뿌리 깊은 탐욕의 그림자가 아른거렸다.

"한수영은 이 세계에 남아야 한다. 나는 그녀가 무척 마음에 들었거든. 그리고 너희는 시나리오 속에서 헤어진 비운의 연인이 되겠지."

[해당 시나리오의 장르가 '로맨스' 쪽으로 기울기 시작합니다.]

[장르 확정과 동시에 시나리오 클리어 조건이 완수될 것입니다.]

이 세계가 우리에게 거래를 요청하고 있었다.

한수영을 버리라고.

"그녀는 본래의 세계보다 이 섬에서 살아가는 게 더 잘 어울린다."

어쩌면 정말 그럴지도 모른다. 〈김독자 컴퍼니〉의 한수영보다, '카이제닉스 제도'의 한수영이 더 행복한 삶을 살아갈지도 모른다.

오만한 눈으로 나를 내려다보던 왕이 자신의 손등을 내밀었다.

"일어나 입을 맞춰라. 그리고 너의 오랜 동료에게 작별 인사를 하도록 하라."

하얀 손등에 생채기와 굳은살이 박여 있었다. 이 손으로 한수영은 이 세계와 싸워왔을 것이다.

　　한수영은 대체 무엇을 위해 그렇게 열심히 싸웠을까.

　　품속에 있는 한수영의 책을 떠올리며 나는 말했다.

　　"네 말대로 나는 한수영을 몰라."

　　"그래, 이제야 인정하는 모양이군."

　　"그러니까 여기서 놓아줄 수 없어."

　　"뭐라?"

　　"아직 녀석에게 이 이야기의 결말을 듣지 못했거든."

　　나는 천천히 자리에서 일어났다.

　　내가 가진 모든 힘을 다해 이 세계의 설화에 저항하면서.

　　<u>ㅊㅊㅊㅊㅊ츳!</u>

　　[거대 설화, '신화를 삼킨 성화'가 포효합니다!]

　　[거대 설화, '마계의 봄'이 고개를 끄덕입니다.]

　　표정이 변한 왕이 나를 노려보았다.

　　"다 된 시나리오를 망치는구나."

　　"아니, 이게 제대로 가는 거야."

　　"뭐?"

　　"난 처음부터 궁금했어. 왜 하고많은 시나리오 중에 하필 이 카이제닉스 제도로 오게 됐을까. 그런데 생각보다 이유는 간단하더라고."

나는 품속의 검을 뽑아 들었다.

"그건, 내가 이 시나리오의 적법한 왕이기 때문이다."

환하게 빛나는 '부러지지 않는 신념'이 눈부신 백광의 빛을 내뿜었다.

[세계관이 성유물, '부러지지 않는 신념'에게 반응합니다!]

[해당 성유물은 이 세계관의 것입니다.]

[성유물 본연의 능력이 크게 증폭됩니다!]

카이제닉스 제도의 초대 가주.

전설 속 폭풍왕, 율리시즈 카이제닉스의 검.

"저, 저 검은……!"

"폭풍왕의 검이다!"

검을 알아본 근위대들이 일제히 자리에 주저앉았다.

당황한 왕은 나를 향해 강기와 마력을 퍼부어댔다. 그러나 소드마스터의 힘도, 대마법사의 힘도 '부러지지 않는 신념' 앞에서는 소용없었다.

[성유물, '부러지지 않는 신념'이 울음을 토합니다!]

이것이 '성유물'의 진짜 힘이었다.

성유물의 탄생 설화 안에서는 무적의 힘을 발휘하는 아이템.

검을 쥔 손이 벌벌 떨렸다.

성유물은 강하지만, '리카르도 폰 카이제닉스'에게는 이 검을 오랫동안 다룰 힘이 없었다. 그러니 최대한 빠르게 일을 마무리해야 한다.

나는 왕의 마력파를 쳐내며 한 걸음씩 그녀에게 다가갔다.

왕은 주저앉아 있었다.

[당신은 '역성혁명' 루트를 택했습니다.]

[왕을 죽이십시오.]

[해당 시나리오의 장르가 '판타지' 쪽으로 기울기 시작합니다.]

왕은 자신의 목을 겨눈 '부러지지 않는 신념'을 올려다보며 말했다.

"그래, 그 또한 방법이겠지."

오히려 잘되었다는 듯 왕이 웃고 있었다.

"내가 갑자기 왕이 되다니 이상하다고 생각은 했어. 다시 정해진 이야기의 귀결로 돌아가겠구나."

여기서 왕을 죽이면 한수영도 함께 죽는다.

그렇다고 왕과 결혼하면 한수영은 이곳에 남게 된다.

그렇다면 이 이야기는 어떻게 완결되어야 할까. 한수영이 원하는 이 시나리오의 끝은 무엇이었을까.

왕이 말했다.

"정했다면 어서 죽여라. 그러면 너는 왕이 되고, 시나리오는 여기서 끝날 것이다."

한수영은, 자신의 책에서 이 시나리오를 완수할 세 가지 방법이 있다고 했다.

하지만 어떤 방법이 정답인지는 알려주지 않았다.

가볍게 숨을 들이켠 내가 입을 열었다.

"방법이 세 가지나 있다는 건, 그 방법을 '방법'이 되게끔 만든 무언가가 존재한다는 뜻이겠지."

"뭐?"

나는 천천히 허공을 올려다보았다.

[거대 설화, '카이제닉스 제도'가 당신들을 바라봅니다.]

눈에는 보이지 않아도 확실히 느낄 수 있는 게 있었다.

나는 유호성의 말을 떠올렸다.

─네가 설화를 제대로 읽지 않으면, 오히려 설화가 너를 읽게 될 거다.

저 거대 설화는 오랫동안 자신의 이야기를 실현하기 위해 이 세계의 배역들을 조종해왔다. 이곳의 환생자는 모두 저 거대 설화의 실현 도구로서 수백 수천 번 배역을 반복해왔겠지.

[거대 설화, '카이제닉스 제도'가 당신의 시선을 느낍니다.]

허공에서 가벼운 스파크가 내리치며, 눈에 보이지 않아야 할 설화가 어렴풋하게나마 모습을 드러냈다.

무수한 활자의 구름처럼 떠 있는 거대 설화. 활자 구름을 중심으로, 역시나 활자로 만들어진 실들이 우리를 향해 내려오고 있었다. 그것은 나에게도, 유중혁에게도, 정희원과 이현성에게도, 그리고 왕에게도 닿아 있었다.

그 활자들이 우리에게 배역을 주었고, 대사를 주었다. 이 세계를 살아가도록 만들었다.

나는 생각했다.

만약, 이 배역을 그만두는 것조차 하나의 '이야기'일 수 있다면 어떨까.

[거대 설화, '카이제닉스 제도'가 당신을 향해 적의를 드러냅니다!]

왕의 눈동자가 커지고 있었다.

"잠깐. 너는 설마—"

나는 '부러지지 않는 신념'에 정신을 집중했다. 지금부터 내가 하려는 일은 본래라면 불가능한 일이었다.

[거대 설화, '카이제닉스 제도'가 당신은 이 이야기에 그 정도로 개입할 자격이 없다고 말합니다.]

맞다. 나는 외부인이다.

[성유물, '부러지지 않는 신념'의 주인이 당신을 바라보고 있습니다.]

하지만 동시에 이 이야기의 주인공이기도 했다.
내 안의 '리카르도 폰 카이제닉스'가 묻고 있었다.

「그대는 진심인가. 정말로 이 오래된 이야기를 바꿀 셈인가.」

나는 고개를 끄덕였다.
정말로 리카르도가 폭풍왕의 후예라면, 그래서 이 검을 가진 내가 이 세계에 오게 된 거라면. 나 역시 단 한 번은 이 검의 진짜 힘을 쓸 수 있을 것이다.
'부러지지 않는 신념'의 검극이 환한 빛을 발했다. 지금 검극에 담긴 것은 마력이 아니었다.

[거대 설화, '신화를 삼킨 성화'가 이야기를 시작합니다.]

이것은 나와 〈김독자 컴퍼니〉가 살아온 역사.
"무슨─"
왕이 눈을 커다랗게 뜨는 순간, 까마득한 창공에서 거대 설화가 움직였다.

[거대 설화, '카이제닉스 제도'가 당신을 향해 고함을 지릅니다!]

나는 내리치는 개연성의 스파크와 함께 검을 휘둘렀다. 왕을 향해서가 아니었다. 정확히는 왕과, 우리의 머리에 꽂힌 저 아득한 활자들을 향해서.

이야기와 존재를 잇는, '설화의 맥락'을 향해서.

실패할 수도 있다. 그럼에도 충분히 실현 가능성 있는 '이야기'였다.

왜냐하면,

[<스타 스트림>이 이야기의 개연성을 납득합니다.]

[새로운 장르의 가능성이 발아합니다!]

[거대 설화, '카이제닉스 제도'가 경악합니다!]

빌어먹을 <스타 스트림>은 결국 더 재미있어 보이는 방향으로 개연성을 흐르게 만드니까.

츠츠츠츠츳!

눈부신 개연성의 스파크와 함께 한순간 정신이 아득해졌다.

꾸역꾸역 피를 토하며 정신을 차렸을 때, 나는 바닥에 주저앉은 채였다.

주변을 둘러보니 다른 이들도 모두 실 끊어진 인형처럼 자리에 널브러져 있었다.

나는 유중혁과 이현성의 부축을 받아 자리에서 일어났다.

[당신을 지배하던 '거대 설화'의 영향력이 약해집니다.]

나를 옥죄던 거대 설화의 개연성이 더는 느껴지지 않았다.

아마 눈앞의 여자 역시 같은 감각을 느끼고 있겠지.

"어째서…… 이런 선택을 한 것이지?"

왕은 혼란스러운 목소리로 중얼거렸다.

"해서는 안 되는 짓을 했다. 세계가 네게 분노할 것이다!"

"이미 충분히 미움받는 몸이라."

"왜, 대체 왜 그런 것이냐! 너는 왕이 될 수 있었다."

"난 이미 '왕이 없는 세계의 왕'이야."

"뭐?"

"게다가 〈김독자 컴퍼니〉 대표에, 〈명계〉의 후계자이기도 하고. 이제 감투는 지긋지긋해."

나는 하늘을 올려다보았다.

비록 잠깐 거대 설화의 영향력에서 벗어나기는 했으나, 이 상황이 오래가지는 않을 것이다.

쉽게 갈 수도 있는 시나리오였다. 유리 디 아리스텔의 말처럼 그녀와 결혼하거나, 그녀를 죽이고 시나리오를 끝낼 수도 있었다.

하지만 이번에는 그렇게 하고 싶지 않았다.

왕당파와 혁명파로 분열된 세계.

이 세계의 사람들을 지키면서 거대 설화의 영향력에서 벗어날 방법.

세계관이 부여한 '배역'에서 벗어난 삶을 살아갈 방법.

어쩌면, 나는 이미 그런 삶을 선택한 인물을 본 적이 있다.

나는 왕의 손을 잡아 천천히 일으켜 세웠다.
한수영은 이 손으로 소드마스터가 됐고 대마법사가 됐다.
내가 아는 한수영은, 이 세계에서 고작 '생존' 따위를 목표
로 할 만한 위인이 아니다. 그녀는 훨씬 큰 그림을 그리는 작
가니까.

[당신은 한 번도 이루어진 적 없는 전개를 선택했습니다.]
[세계관이 당신의 결정적인 행동을 기다리고 있습니다.]

나는 왕의 손에 입을 맞추는 대신, 들고 있던 '부러지지 않
는 신념'을 쥐여주었다.
깜짝 놀란 왕이 말했다.
"무슨 짓이지? 지금……."
"이야기가 아직 끝나지 않았잖아."
"뭐?"
"오해하지 마. 너한테 왕위를 주려는 게 아니니까. 왕이 되
는 것은 네가 아니라, 내 동료."
커지는 왕의 눈을 보며, 나는 말을 맺었다.
"〈김독자 컴퍼니〉의 한수영이다."

그리고 다음 순간, 눈앞에서 시나리오 메시지가 폭발했다.

[시나리오 선택지에 오류가 발생했습니다!]
[장르 선택지 '판타지'가 붕괴합니다!]
[장르 선택지 '퓨전 판타지'가 붕괴합니다!]
[장르 선택지 '로맨스'가 붕괴합니다!]
[당신은 어떤 장르 선택지도 선택하지 않았습니다.]
……

그리고, 누군가가 내게 말했다.

「용케도 알아냈네, 김독자.」

＊

4

"……한수영?"

언뜻 한수영 목소리가 들려온 것도 같아서, 나는 허공에 대고 중얼거렸다. 하지만 그 이상의 목소리는 들려오지 않았다.

[거대 설화, '카이제닉스 제도'가 당신의 선택을 납득하지 못합니다!]
[세계관이 이상 반응을 일으키고 있습니다.]

엉겁결에 '부러지지 않는 신념'을 쥔 유리 디 아리스텔이 몸을 떨며 외쳤다.
"감히, 감히 이런 짓을 하다니……!"

[당신은 카이제닉스 제도의 적법한 왕위 계승자입니다.]

[당신의 왕위가 등장인물 '한수영'에게 이양됩니다.]

[세계관이 당신의 선택을 이해하지 못합니다.]

유리 디 아리스텔의 몸에서 환한 빛이 새어나왔다.

그녀의 것이 아닌 설화. 내가 잘 아는 한수영의 설화였다.

"한수영! 가만히 있어! 내가 다 책임진다고 했잖아!"

유리 디 아리스텔은 그 설화를 하나라도 놓지 않으려는 듯 자기 어깨를 끌어안은 채 외쳤다.

"이런 전개를 원한 게 아냐! 나는, 나는 그저 네가 계속 이 섬에 머물렀으면……!"

유리 디 아리스텔이 누구와 이야기하는지, 그리고 어떤 이야기를 나누는지 알 것 같았다.

[전용 스킬, '전지적 독자 시점'이 활성화 중입니다.]

유리 디 아리스텔과 한수영이 보낸 시간이 파편처럼 흘러가고 있었다.

「"같이 있어주겠다고 했잖아! 내 수호령이 되어주겠다며! 나는 네가 보여준 시나리오가 좋아. 이대로 너를 보내줄 수는 없다고! 나는……!"」

「"미안, 유리."」

유리 디 아리스텔이 꾸르륵 피거품을 물더니 비틀거리며 쓰러졌다. 나는 황급히 그녀를 안아 들었다. 지금쯤 그녀의 안에서는 한수영과 유리 디 아리스텔의 전쟁이 벌어지고 있을 것이다.

[거대 설화, '카이제닉스 제도'가……!]
[거대 설화, '신화를 삼킨 성화'가……!]

그녀의 몸을 차지하기 위해 거대 설화들이 싸우고 있었다.

느닷없는 혼란에 빠진 근위기사들이 중얼거렸다.

"진짜로 왕이 바뀌었다고?"

"하지만 이런 식으로는……."

"그러니까 지금, 적법한 왕이 나타났다는 건가?"

근위대는 복잡한 눈으로 서로 보며 수군거렸다.

"그럼 우리 세계의 장르는 어떻게 되는……."

"쉿, 그런 발언은 금지라는 걸 잊었나? 자네 배역에 충실하게!"

"설화의 힘이 전혀 느껴지지 않네. 마치 내 배역이 사라진 것처럼."

혼란에 빠진 인물들이 서로 말을 주워섬기고 있었다.

하긴 나여도 저들이라면 당황스러울 것이다. 수백 번이나 반복된 삶에 처음으로 오류가 발생했으니까.

내 곁에선 유중혁이 말했다.

"김독자, 너무 서둘렀다."

"알아."

"이 제도는 아직 새로운 이야기를 받아들일 준비가 되지 않았다."

카이제닉스 제도는 단 한 번도 전통적인 엔딩의 굴레에서 벗어난 적이 없을 것이다. 카이제닉스 제도가 그것을 원했으니까.

그런데 우리는 그런 오랜 전통에 지금 막 반기를 들었다.

"한수영이 지반을 잘 다져놨기에 가능할 줄 알았어. 얼마 전까지 이 녀석이 왕이기도 했잖아."

"적법한 왕은 아니었지. 그녀를 인정하지 않는 세력이 있기에 '혁명단'이 존재하는 것이다."

강제적인 정권 교체는 반드시 진통을 유발하게 되어 있다.

심지어 이번 시나리오에서 발생한 유리 디 아리스텔의 '왕위 찬탈'은 본래의 '카이제닉스 제도' 시나리오에는 없던 일.

왕의 돌발행동에 이은 우리의 돌발행동은 똑같은 시나리오를 무수히 반복해온 '카이제닉스 제도'의 환생자들에게 낯선 것이었다.

[장르 선택이 완료됐습니다.]

[해당 장르의 클리어 조건 충족 여부가 확인되지 않았습니다.]

유중혁 말이 맞았다.

이 세계는 아직 우리가 만든 새로운 장르를 받아들일 준비가 되어 있지 않았다.

¤ ¤ ¤

[<스타 스트림>이 해당 시나리오의 클리어 여부를 논의 중입니다.]

"이렇게 서두를 필요 없는 일이었다."

유중혁과 나는 호화스러운 침대에 잠든 한수영을 내려다보고 있었다.

왕성 바깥에서는 아까부터 소란스러운 폭음이 연신 울려 퍼지고 있었다. 새로운 왕에 찬성하는 세력과, 새로운 왕을 거부하는 백성들이 혈투를 벌이는 소리였다.

"어차피 유리 디 아리스텔의 왕권은 무너지게 되어 있었다."

유중혁은 힐난하는 목소리였다.

"먼저 제도 곳곳의 유력 가문에 흩어진 왕의 기수들을 모았어야 한다. 그다음에 서서히 왕권을 무너뜨리고, 마지막에 '부러지지 않는 신념'을 선보였어도 될 일이었다. 그랬으면 지금처럼 제도가 혼란에 빠지지는 않았을 것이다."

"물론 그게 최선이었겠지."

"그걸 잘 아는 놈이—"

"하지만 그 계획대로 진행했다면."

나는 잠시 말을 멈추고 한수영의 얼굴을 다시 내려다보았다.

"이 녀석의 오십 년이 더 길어졌을 거야."

"……."

"녀석의 오십 년을 일 분이라도 더 늘리고 싶지 않았어."

진심이었다.

처음 이 세계로 빙의되고 한수영의 오십 년을 깨달은 순간부터 나는 줄곧 한 가지 감정에서 벗어나지 못하고 있었다.

또, 나 때문에 누군가가 희생되었다.

오십 년의 세월을 견딘 한수영은 과연 제정신을 유지할 수 있을까.

정말 내가 알던 한수영의 자아를 유지하고 있을까.

"모두, 내가 '환생자들의 왕'과 거래했기 때문이야."

「차 라리 내가 희 생하 는 편 이더 나았 어」

고개를 돌리자 유중혁이 한심하다는 눈으로 나를 노려보고 있었다. 녀석은 몇 번인가 나를 향해 입술을 달싹거리더니, 화를 참는 듯 구석에 있는 소파로 걸어가 앉았다. 그러고는 눈을 꾹 감은 채 등을 완전히 기대었다.

"한마디 하고 싶지만, 다른 녀석이 대신해줄 것 같군."

"뭐?"

다음 순간, 화끈한 통증이 뒤통수를 물들였다.

"야, 김독자."

돌아보니 익숙한 미소가 나를 기다리고 있었다.

"너 때문에 다 망했잖아!"

머리를 털며 부스스 일어난 한수영이 다시 한번 내 머리통을 갈겼다.

¤ ¤ ¤

한수영이 깨어난 후 우리는 긴급회의에 돌입했다.

한수영은 안색이 파리한 것만 빼면 무척 괄괄한 상태였다.

"내가 쓰라고 적어둔 방법 있잖아. 어떻게 된 게 매뉴얼대로 하라는 것도 못하냐? 너흰 이현성보다 멍청해! 알았어?"

정희원과 함께 병실을 지키던 이현성이 문 사이로 머리를 빼꼼 내미는 것이 보였다.

"김독자. 내가 써둔 세 가지 방법 읊어봐."

"첫 번째 방법, '퓨전 판타지' 루트."

"내용은?"

"이계의 신격의 힘을 빌려서 시나리오를 클리어…… 야, 애초에 이건 말도 안 되는 방법이잖아."

"그래서, 두 번째는?"

나는 알 수 없는 억울함을 느끼며 교과서를 읽듯 한수영의 책을 읽었다.

"두 번째 방법, '판타지'."

"내용은?"

"역성혁명을 일으켜 왕을 살해한다. 아니, 왜 내가 이걸 읽어야 하는…….”

한수영의 손바닥이 다시 한번 내 뒤통수를 갈겼다.

제기랄, 이 자식이.

“세 번째 방법, ‘로맨스’.”

“내용은?”

“유리 디 아리스텔과 결혼한다.”

“그래서 네가 택한 건 뭐지?”

“네 번째 방법.”

“내가 방법이 세 개라고 써놨지?”

나는 고개를 끄덕였다. 한수영이 말했다.

“첫 번째랑 두 번째는 그렇다 쳐도, 세 번째는 가능했잖아.”

나는 잠시 생각했다.

“그런가?”

“왜 나랑 결혼 안 했어?”

“아니, 그게.”

“왜!”

나는 날아오는 한수영의 손바닥을 피하며 외쳤다.

“이딴 게 진짜 제대로 된 방법일 턱이 없잖아. 이걸 진짜 실
천하라고 써둔 거냐?”

“그럼 감상하라고 써놨겠냐!”

한수영이 씩씩거리며 손가락질했다.

“네가 혼인을 받아들였으면 다 해결됐을 거라고! 네 적법성
과 유리 디 아리스텔의 무력이 혼인을 통해 결합했다면, 제도

가 지금처럼 분열될 일은 없었단 말이야!"

"하지만 그런 짓을 하면 넌 이곳에 남게 되는—"

"유리는 내가 설득할 수 있었어! 내 계획은 우리가 결혼한 다음에 다 같이 이 세계를 탈출하는 거였다고!"

"……아깐 용케도 방법을 찾았다고 칭찬하지 않았냐?"

"네 빌어먹을 오독에 감탄한 거지."

젠장, 그런 거였나.

한수영이 한숨을 내쉬며 말했다.

"이제 어쩔 거야."

바깥에서는 혁명대와 근위대가 치고받고 있다. 어느 쪽을 편들더라도 사태는 최악으로 치달을 것이다.

[시나리오에 오류가 발생했습니다.]

[세계관이 해당 시나리오의 결말을 납득하지 못합니다.]

[세계관이 등장인물 '한수영'에게 왕의 자격이 있는지 의심합니다.]

[<스타 스트림>이 해당 시나리오의 클리어 여부를 논의 중입니다.]

나는 한수영을 보며 말했다.

"내가 또 너무 늦어서 미안하다."

한수영이 어깨를 으쓱하며 말했다.

"너무 늦긴 했지. 근데 사실 잘 기억도 안 나."

"그럴 리 없잖아."

"넌 내가 진짜 오십 년을 살았을 거라 생각해?"

"그럼?"

"대부분은 잊었어. 정확히는 일부러 지웠지. 그걸 다 기억하고 있었으면 나도 미쳐버렸을걸."

그제야 어떻게 된 상황인지 알 수 있었다.

녀석에게는 [아바타] 스킬이 있다. 그리고 [아바타] 스킬은 사용하기에 따라서 자신이 가진 기억을 소거하는 데도 유용하다.

"책을 남겨둔 건 내가 잊은 것들을 기록해두기 위해서였어."

"현명한 선택이었네."

"비겁한 방법이지. 그리 칭찬받을 만한 건 아냐."

한수영이 방 한쪽 구석을 흘끗거리며 말했다.

"세상에는 나보다 더 긴 세월을 살아도, 아무것도 잊지 않는 괴물도 있으니까."

누구를 지칭하는지는 말하지 않아도 알 수 있었다.

나는 어색해진 분위기를 환기하기 위해 과장스러운 제스처와 함께 입을 열었다.

"자, 그보다 지금부터 해결책을 생각해보자고. 독자의 입장에서 말하건대, 다음 전개는—"

내 의도를 눈치챈 한수영도 끼어들었다.

"아니지, 작가의 입장에서 판단하건대, 지금부터 우리가 해야 할 일은—"

한수영과 나는 입에서 나오는 대로 지껄이기 시작했다. 도깨비를 불러서 항의해보자든가, 만만한 하위 격의 이계의 신격을 불러보자든가, 그냥 시나리오고 뭐고 다 때려 부수고 여기서 탈출하자든가…….

"모두 입 다물어라."

유중혁의 말에 우리는 입을 다물었다.

녀석의 눈치를 살피던 한수영이 슬그머니 내 쪽으로 붙으며 중얼거렸다.

"가끔은 주인공의 직감을 믿어보는 것도 괜찮겠지."

나는 고개를 끄덕였다. 유중혁이 입을 열었다.

"오늘 오후에 제도의 기수들이 왕성으로 모일 것이다. 그때, 승부를 본다."

"정공법이군."

"방법은 그것뿐이다."

유중혁 말이 맞다.

때로는 정공법만이 최선의 방책일 때도 있다.

✵ ✵ ✵

밤은 금방 찾아왔다. 유력한 가문의 귀족이 모두 알현실로 모였고, 우리도 알현실로 발걸음을 재촉했다.

제도 전체가 알 수 없는 적의로 들끓고 있었다.

적법한 왕을 가리자는 세력. 검은 마법사에 동조하는 세력.

그리고 우리 일행 모두에게 적의를 보이는 세력까지.

흉흉한 기세가 느껴지는 회랑을 돌며 정희원이 중얼거렸다.

"아이들이 있었다면 좋았을 텐데, 아쉽네요."

테이밍 스킬을 가진 신유승과 이길영, 또는 대군 전투 능력을 보유한 이지혜가 있었다면 이 정도로 압박감을 느끼지는 않았을 것이다.

"그 애들은 따로 해야 할 일이 있습니다. 아마 지금쯤 다른 시나리오를 진행하고 있을 거예요."

"하영 씨는 어떻게 됐죠?"

"하영이는 엄밀히 따지면 〈김독자 컴퍼니〉 소속원이 아니라서, 같은 시나리오로 소환되지 않았을 겁니다."

멸살법대로라면 장하영도 지금쯤 자신의 역할을 찾았을 것이다.

나는 정희원과 이현성의 호위를 받으며 회랑으로 가는 걸음을 재촉했다.

내 앞쪽으로는 경보라도 하듯 앞서거니 뒤서거니 가는 한수영과 유중혁이 있었다. 황새와 뱁새의 대결을 보는 느낌이었다.

같은 광경을 보던 정희원이 슬그머니 내게 귓속말을 했다.

"독자 씨."

"네?"

"괜한 오지랖일 수도 있지만, 어쩐지 독자 씨가 아셔야 할 것 같아서요."

"뭘 말입니까?"

정희원이 앞서가는 유중혁과 한수영의 뒷모습을 보며 은근히 목소리를 더 낮췄다.

　"저 두 사람 관계에 대해서요."

✳

5

"저 두 사람, 약혼했어요."

"예?"

정희원의 어마어마한 뒷북에 나는 입을 쩍 벌리고 있다가 슬그머니 고개를 돌려 이현성 쪽을 바라보았다.

시선이 마주친 이현성이 얼굴을 붉히며 고개를 돌렸다.

유중혁과 한수영.

제도 카이제닉스의 1왕자와 백작가의 영애.

키 차이가 좀 심하긴 한데…… 계속 보니 잘 어울리는 것 같기도 하다. 둘이 성격은 잘 안 맞겠지만 은근히 닮은 점도 있으니까.

나는 불쑥 치밀어 오른 장난기에 입을 열었다.

"어이, 너희 그렇게 보니 흑곰과 아기 새 같기도—"

그와 동시에 무시무시한 살기가 나를 향해 날아왔다.

"죽여버린다."

"한 마디만 더하면 입을 찢어버리겠다."

등 뒤로 식은땀이 흘렀다.

정희원이 내게 속닥거렸다.

"도발하지 않는 게 좋겠어요."

"그렇겠군요. 그런데…… 뭔 일이 있었던 건 희원 씨 쪽도 마찬가지 아닙니까?"

"네?"

나는 어리둥절해하는 정희원에게 씩 웃어준 뒤 유중혁과 한수영의 사이로 뛰어들었다.

내 장난에 기분이 상했는지 둘 다 얼굴이 빳빳하게 굳어 있었다.

"한수영. 네 역할이 중요해. 알지? 네가 먼저 잘 말해야—"

한수영은 대답이 없었다.

"한수영?"

한수영의 몸에서 기이한 스파크가 튀었다.

나는 무슨 일이 벌어지는지 곧바로 눈치챘다.

유리 디 아리스텔의 자아가 한수영을 밀어내고 있었다.

「널 보내주지 않을 거야.」

유리 디 아리스텔이 절규하고 있었다.

「이곳을 떠나면, 너희는 후회하게 될 거야.」

「너희가 가진 설화들은 언젠가 인적이 끊어진 유적지처럼 낡아버릴 테고, 누구도 너희의 설화를 기억하지 못하게 될 거야.」

「그래서 결국엔, 이 섬에 박제되지도 못한 채 소멸해갈 거라고.」

유리 디 아리스텔. 이 시나리오의 본래 주인공.

본래 시나리오였다면 그녀는 평범하게 자라나 지금쯤 왕의 여인이 되었을 것이다.

「이 세계에 남아 있으면 너희는 안전해.」

안전하다라.

「이곳에서는 희극도 비극도 크지 않아. 이 작은 세계의 장점이지. 하지만 제도 바깥으로 나가게 되면, 너희는 '진짜 죽음'과 마주해야 해.」

나는 그렇게 말할 수밖에 없는 그녀를 이해했지만, 동시에 그걸 이해한다고 말해서는 안 된다고 생각했다. 나는 그녀와 같은 설화를 살지 않았으니까.

아무리 많은 이야기를 읽어도, 어쩌면 그건 그냥 읽은 것일 뿐이다. 그러니 내가 해야 할 일은 건방진 설득이 아니라 치열한 상상이다.

한수영이 나라면, 어떻게 말해줬을까.

「내가 '환생자들의 왕'에게 청할게. 그냥 다 함께 이곳에 남아. 그리고 윤회의 벽에 몸을 맡겨. 그러면—」

"매번 똑같은 시나리오를 수행하며 살아가게 되겠지."

「…….」

"유리 디 아리스텔. 네가 원한 진짜 '해피 엔딩'은 뭐였어?"

유리 디 아리스텔의 눈동자가 격렬하게 흔들렸다.

'환생자들의 섬'은 시대의 뒤안길로 사라진 낡은 설화들의 박물관.

이 제도의 근간은 오래된 중세 판타지 중 하나였다.

그리고 유리 디 아리스텔은, 거대 설화의 양식에 알맞은 배역과 행동만을 수행하며 삶을 반복해왔을 것이다.

한수영은 그것을 알았기에, 유리에게 새로운 이야기의 가능성을 알려주고 싶었을 것이다. 그녀에게 새로운 것을 배우게 하고, 새로운 삶을 살게 만들어주고 싶었을 것이다.

우리가 설화에 지배당하는 노예가 아니라고 알려주고 싶었을 것이다.

「나는, 그저.」

아마 유리 디 아리스텔도 이미 느끼고 있으리라.
"한수영을 좋아하지?"

「……」

"그러면 한수영을 믿어봐. 그 녀석은 절대 널 버리지 않을
거야."
유리 디 아리스텔은 잠시 나를 바라보더니 복잡한 표정을
지으며 자취를 감추었다.
츠츠츳, 하고 가볍게 스파크가 튀더니 하얗게 물들었던 한
수영의 눈동자가 원래대로 돌아왔다.
현기증이 나는지 가볍게 휘청거린 한수영이 감탄했다는 듯
나를 보며 말했다.
"제법인데?"
"너한테 배웠다."
"유리가 진짜 너랑 결혼하고 싶어할지도……."
"헛소리 말고 준비해. 이제 진입할 거니까."
우리는 곧장 알현실 문을 열었다.
열리자마자 위협적인 기세가 알현실 양옆에서 쏟아졌다.
그와 거의 동시에 정희원이 내 곁으로 다가서며 말했다.
"그땐 미안했어요, 독자 씨."

뭐가 미안했다는 건지는 묻지 않아도 알 수 있었다.

"이번엔 잘 지켜줄게요."

"믿겠습니다."

이현성과 정희원이 양옆에 서자, 내게 쏟아지던 기세가 한결 누그러졌다. 최고의 검과 방패가 한자리에 모이니 이렇게 든든할 수가 없다.

나는 알현실에 도열한 인파를 살폈다.

한쪽에는 혁명단의 대표가, 다른 한쪽에는 귀족과 그 기수들이 서 있었다.

우리는 그들을 지나쳐 왕좌를 향해 걸어갔다. 왕좌를 코앞에 둔 순간, 인파 사이에서 누군가가 외쳤다.

"왕은 누구입니까?"

왕은 누구인가. 이들은 그 의문의 답을 확인하기 위해 여기 모였다.

"소문대로 검은 마법사가 왕이 된 것인가?"

"적법한 왕을 가려내시오!"

"왕자들이여! 진실을 알려주십시오!"

그 얼굴을 보는 순간 깨닫는다. 이들은 자신의 의지로 여기 있는 것이 아님을.

이들을 이곳으로 부른 것은 이 세계의 설화다.

나와 유중혁은 동시에 한수영을 바라보았다.

고개를 끄덕이며 한수영이 앞으로 나섰다.

"내가 제도 카이제닉스의 왕이다."

그러자 혁명단 측 인사들이 앞으로 나섰다.

"감히!"

"카이제닉스의 정통 계승자는 어디 있는가!"

"저 여자를 죽여라!"

한수영은 당황하지 않고 검을 뽑았다.

"이 검이 왕의 증거다."

'부러지지 않는 신념'이 눈부신 백광을 토해냈다. 검을 알아본 몇몇이 무릎을 꿇었지만, 대다수는 여전히 불신의 눈빛을 하고 있었다.

그리고 유중혁이 나섰다.

"그녀가 제도의 왕이 맞다."

1왕자가 나서자, 1왕자의 지지자들이 당황하는 표정을 지었다.

혁명단에서 곧장 거센 항의가 튀어나왔다.

"어떻게, 어떻게 이런…… 이런 일은 한 번도 벌어진 적이 없소!"

"뭐든 처음이 있는 법이지."

"우리 가문은 이런 결과를 인정할 수 없소!"

급기야 자기 역할을 벗어난 발언을 하는 존재도 나타났다.

"당신들의 선택은 이 세계관에 맞지 않소이다!"

"우리 세계관은 그저 —"

나는 그들을 향해 말했다.

"당신들의 세계관이 뭔데."

사람들이 도로 입을 다물었다.

나는 말없이 허공의 메시지를 올려다보았다.

[현재 해당 세계관의 장르가 정해지지 않은 상태입니다.]

근위대와 귀족, 그리고 혁명단원들 역시 그 메시지를 보고 있었다.

결말을 앞둔 지금까지도 세계관의 장르는 정해지지 않았다.

군중은 어떻게 해야 할지 모르겠다는 얼굴들이었다.

"대체 언제까지 '카이제닉스 제도'의 배역으로 살아갈 생각이야?"

내 물음에 군중 하나가 목소리를 떨며 말했다.

"왜, 왜 이런 짓을 하는 거요."

그의 머리 위로 거대 설화의 힘이 일렁이고 있었다. 아마도 지금 그에게 말을 시키는 것은 거대 설화의 의지일 것이다.

"우리는 이 제도에 굉장히 오래 있었소. 이 세계관을 벗어나면 우리는 아무것도 아니오. 어서 장르를 정하시오. 이 이야기를 끝내달란 말이오!"

"마르텔 경."

나를 대신해 그의 이름을 부른 이는 한수영이었다.

이름이 불린 귀족이 입술을 떨었다.

"이 제도가 당신이 살아온 역사의 전부는 아니잖아."

"네가, 네가 무엇을 안다고—"

"당신 장르는 '로맨스'가 아니야."

[거대 설화, '카이제닉스 제도'의 영향력이 돌아옵니다!]
[거대 설화, '카이제닉스 제도'가 적개심을 드러냅니다.]

서서히 주변의 스파크가 강해지고 있었다. 연결이 끊어졌던 거대 설화의 힘이 다시 우리를 구속하려는 것이다.

하지만 한수영은 굴하지 않았다.

"'판타지'나 '퓨전 판타지'도 아니고."

설화가 없는 존재는 없다. 단지, 그것이 너무 작다는 이유로 설화라 부르지 않을 뿐이다.

"당신의 장르는 '마르텔 디 루트비어'야."

귀족의 눈동자가 서서히 커졌다.

한수영은 그 옆의 귀족들을 바라보았다.

"케인 폰 발로드. 에리메인 반 에크리드. 슈트리안 엑셀롯……."

오래전에 사라진 이야기의 이름을 되찾아주듯, 한수영은 모두의 이름을 차례차례 불러주었다. 기억력이 좋은 한수영이기에 가능한 일이었다.

귀족도, 혁명단원도, 근위기사도. 그 순간만큼은 얌전히 자신의 이름이 불리기를 기다리고 있었다.

한수영은 이름을 다 부른 후 이렇게 말했다.

"그 이름이 당신들의 장르야."

그 말에 누군가는 눈을 떨구었고, 또 다른 누군가는 생각에 잠겼다.

반발하듯 앞으로 나온 이도 있었다.

"지금 우리가 밖으로 나가면 어떤 꼴이 될 줄 알고요?"

방금 이름이 불린 귀족 여인이었다.

"당신 말은 무척 고맙지만, 이제 우리를 기억해주는 이들은 아무도 없어요. 우리가 이야기하는 설화는 〈스타 스트림〉에서 잊혀졌다고요. 무대 바깥으로 나가서 또 지난날 같은 수치를 당하라는 이야긴가요?"

[거대 설화, '카이제닉스 제도'가 미소 짓습니다.]

그러자 한수영이 되물었다.

"왜 수치를 당한다는 건데?"

"이제 우리 설화는 인기가 없으니까요."

"왜 당신들 설화가 인기 있어야 해?"

그 물음에, 한순간 여인의 표정이 굳었다.

"그걸 고민해야 하는 건 저 위에 있는 녀석들이야. 당신들은 작가가 아니라 주인공이야. 당신들은 당신들 마음대로 해도 돼. 당신들 삶이잖아. 도깨비나 성좌가 뭐라고 하든, 당신들이 행복해야 하는 거잖아."

한 마디 한 마디에 한수영의 진심이 담겨 있었다. 나는 실시간으로 변하는 인물들의 표정을 볼 수 있었다. 한수영의 말이 이어질 때마다 그들의 얼굴 위로 표정이 그려졌다. 나는 할 수 없는 일이었다.

"당신들이 도와준다면, 우리 모두 함께 나갈 수 있어. 원한다면 우리와 같이 설화를 만들어나가도 좋아. 아니, 그랬으면 좋겠어."

다른 선택을 할 수도 있었다. 이들의 작은 이야기들을 짓밟고 앞으로 나아갈 수도 있었다. 이제껏 그래왔듯 시나리오 깨기에 천착할 수도 있었다.

하지만 이번에는 그렇게 하지 않았다. 적어도 여기서만큼은 이렇게 하고 싶었다.

이곳에 모인 〈김독자 컴퍼니〉 모두의 뜻이었다.

그러자 누군가가 물었다.

"당신들은…… 대체 무슨 이야기를 하고 싶은 겁니까? 당신들의 '장르'는 대체 뭡니까?"

"우리도 몰라. 다만 우리가 알고 있는 건."

한수영은 나를, 유중혁을, 정희원과 이현성을 일별했다.

시선을 받은 내가 말했다.

"우리는 〈김독자 컴퍼니〉다."

'부러지지 않는 신념'을 치켜든 한수영이 그것을 그대로 바닥에 꽂았다.

[성유물, '부러지지 않는 신념'의 특수 효과가 발동합니다!]

'부러지지 않는 신념'의 세 가지 속성. 불, 어둠, 빛의 에테르가 한꺼번에 타올랐다. 그런 기적을 본 적 없는 제도의 백성들은 귀신에 홀린 듯 이쪽을 보고 있었다.

유중혁이 말했다.

"우리는 겨우 '카이제닉스 제도'를 차지하기 위해 이곳에 온 게 아니다."

"우리는 여러분을 해방하기 위해 이곳에 왔습니다."

덧붙인 내 말에 몇몇 군중이 중얼거렸다. 겁에 질린 몇몇은 신음을 흘리며 뒷걸음질 쳤다.

「다들 알고 있었잖아요.」

그 말을 한 것은 나도, 한수영도, 유중혁도 아니었다.

「우리도 언제까지 같은 시나리오만을 반복할 수는 없어요.」

유리 디 아리스텔이 말하고 있었다. 우리가 정말 원하는 이 시나리오의 결말을 그녀는 정확히 이해한 것이다.

「나는…… 이들과 함께 가보려고 합니다.」

유리 디 아리스텔의 말에, 군중은 충격에 빠진 얼굴이었다.

그런데 결심을 한 사람은 유리만이 아니었다.

순간 심장이 강하게 뛴다 싶더니, 누군가가 내 입으로 말을 하고 있었다.

「그녀가 함께한다면 나 역시 그럴 것이다.」

　내 빙의체인 4왕자 리카르도의 말이었다.
　뒤이어 유중혁에게서도 목소리가 흘러나왔다.

「연약한 동생을 혼자 보낼 수는 없지.」

　1왕자 슈바이첸.
　뒤이어 이현성과 정희원 쪽에서도 목소리가 들려왔다.

「왕자님이 가시는 곳에 저의 검이 있을 것입니다.」
「폐하는 제가 지키겠습니다.」

　빌스턴 프레이머와, 에리히 스트라이커까지.
　우리 이야기를 지켜보고 있던 것은 유리 디 아리스텔만이 아니었다.
　우리에게 몸을 빌려준 원래 주인공들도 지켜보고 있었다.

　[거대 설화, '신화를 삼킨 성화'가 포효합니다!]
　[거대 설화, '마계의 봄'이 세계를 바라봅니다.]

"우리는 성마대전에 참가할 겁니다."

모든 군중이 〈김독자 컴퍼니〉를 바라보고 있었다.

나는 그 컴퍼니의 대표로서 말을 이었다.

"그리고 이 섬의 모든 존재를 '환생'으로부터 해방할 겁니다."

오랫동안 거대 설화의 시나리오에 종속되어 있던 군중이, 우리를 바라보고 있었다.

"모두 함께 갑시다."

내 말과 함께 바닥에 균열이 발생했다. 하늘이 흔들리고, 세계가 울고 있었다.

[거대 설화, '카이제닉스 제도'가 울부짖습니다!]

하나의 세계가 무너지는 소리였다.

[거대 설화, '카이제닉스 제도'가 제도의 모든 백성에게 통제권을 발동합니다!]

커다란 이야기는 존재를 소비하여 자신의 생을 연명한다. 그것은 〈스타 스트림〉의 오랜 법칙이었고, 나 역시 지난날을 통해 잘 아는 사실이었다.

그런데 거대 설화는 알고 있을까. 결국 저와 같은 '거대 설

화'를 만드는 것은,

[제도 '카이제닉스'의 모든 환생자가 거대 설화의 통제를 거부합니다.]

바로 존재들임을.

[거대 설화, '카이제닉스 제도'가 경악하며 백성을 바라봅니다!]

제도의 백성이 서로를 보고 있었다.
"······그래, 유리가 저렇게까지 말하는데 한번 가보자고."
"뒈지면 어쩌려고 그러나."
"뒈져도 뒈진 게 아닌 삶보단 낫지 않겠나."
그들 역시, 각자의 삶을 택한 것이었다.

[거대 설화, '카이제닉스 제도'가 우울한 표정을 짓습니다.]

오랜 설화의 맥락이 하나씩 끊어지고 있었다. 늙은 배우들
이 마침내 제도에서 벗어나 자신의 삶으로 돌아가고 있었다.
"슬퍼하지 마라. 그들이 가는 곳이 곧 네가 존재하는 곳이니
까."
나는 원망스레 나를 내려다보는 '거대 설화'를 향해 말했다.
"너도 우리와 함께 가자."

[세계관이 당신의 대답을 납득합니다.]

[시나리오 클리어 조건을 충족했습니다!]

[서브 시나리오 – '장르 선택'이 종료됐습니다!]

[해당 세계관의 장르는 '메타물'입니다.]

[시나리오 클리어 보상을 정산 중입니다.]

[해당 시나리오 지역에 '성마대전'의 시공간에 동기화됩니다.]

['성마대전'의 포털을 개방합니다!]

허공에 눈부신 빛을 흩날리는 광대한 포털이 만들어졌다.

성마대전으로 가는 문이었다.

"먼저 가겠다."

제일 먼저 유중혁이 그 안으로 걸어 들어갔다. 유중혁을 따라, 결심을 마친 환생자들이 포털을 기웃거렸다.

누군가는 내게 이렇게 묻기도 했다.

"우리가 정말 할 수 있을 거라 생각하시오?"

"모릅니다. 하지만 그럴 수 있기를 바랍니다."

"솔직하군."

머쓱하게 웃은 환생자가 포털 속으로 발을 들이밀었다.

밀려나가는 인파들. 나와 한수영은 대열의 끝에서 그들을 지켜보았다.

한수영이 말했다.

"너 먼저 들어가."

아마 한수영은 이 세계에 꽤 애정이 남았을 것이다.

그러니 그녀에게 여운을 즐길 시간을 주는 것도 나쁘지 않겠다 싶었다.

그런데 내가 포털 안으로 발을 들이미는 순간, 한수영이 나를 붙잡았다.

"야, 김독자."

뭔가 물어보고 싶은 게 있는 눈이었다. 잠시 녀석을 보고 있자, 한수영은 이내 한숨을 내쉬며 손사래 쳤다.

"됐어, 아무것도 아냐."

"뭔데 그래."

"아무것도 아니라니까."

한수영이 투덜거리며 시선을 피했다.

뭔가 불안해진 나는 한숨을 쉬며 포털에서 발을 빼냈다.

"그냥 말해. 전에도 이런 식으로 의미심장하게 헤어져서 뭔가 불길하니까."

"별거 아냐."

"그럼 말해도 되잖아."

"집요하네, 진짜."

다시 한번 한숨을 내쉰 한수영이 입을 열었다.

"언젠가."

바닥을 보던 녀석이, 천천히 고개를 들며 말을 이었다.

"언젠가 이 모든 시나리오가 끝나면, 다시 소설을 쓰고 싶어질지도 몰라."

그렇게 진지한 눈으로 나를 바라본 것은 처음이어서, 조금 놀랐다.

　　한수영이 계속해서 말했다.

　　"그때, 내 소설 읽어줘."

　　"네 소설을?"

　　한수영이 고개를 끄덕였다.

　　"제일 먼저 읽을 기회를 주는 거야."

　　"난 그렇게 좋은 독자는 아닌데."

　　"토 달지 말고 읽으라면 읽어."

　　"알았어. 읽을게."

　　나는 흔쾌히 대답했다.

　　뭐, 읽어준다고 나쁠 것도 없지. 난 소설 좋아하기도 하고.

　　하지만 한수영은 내 반응이 의외였는지, 재차 물어왔다.

　　"……진짜로?"

　　"진짜로."

　　한수영은 믿을 수 없다는 듯 나를 바라보더니 말했다.

　　"어쩌면 3,000편 넘을지도 몰라."

　　"딱 내 취향이겠네."

　　"재미없을지도 몰라."

　　"네가 쓰는데 재미가 없겠냐?"

　　내 말에 한수영이 눈을 크게 떴다.

　　뭔가 머쓱해진 내가 말을 덧붙였다.

　　"무슨 장르로 쓸 건데?"

"그건 그때 봐서……."

"로맨스는 어때?"

"……로맨스를 어떻게 3,000편이나 쓰냐?"

우리는 그런 시답잖은 대화를 나누며 포털 쪽으로 시선을 돌렸다. 그곳에는 포털을 향해 함께 걸어가는 이현성과 정희원이 있었다. 뭔가 미묘하게 어색한 기류가 느껴지는 것이 보기 좋았다.

"저쪽은 3,000편 정도 걸릴 것 같은데."

그 순간, 하늘에서 반가운 메시지가 들려왔다.

[간접 메시지 제한이 해제됐습니다.]

[성좌, '긴고아의 죄수'가 기쁨의 환호성을 지릅니다!]

[성좌, '심연의 흑염룡'이 훈훈한 분위기를 좋아합니다!]

[성좌, '악마 같은 불의 심판자'가 경악합니다!]

아무래도 시나리오가 종료되며 채널이 다시 활성화된 모양이었다.

[성좌, '악마 같은 불의 심판자'가 자신의 화신을 보호합니다.]

[성좌, '악마 같은 불의 심판자'가 성좌, '강철의 주인'을 경계합니다.]

[성좌, '강철의 주인'이 억울해합니다.]

피식 웃은 한수영이 중얼거렸다.

"로맨스라……."

나는 한수영과 함께 포털 속으로 발을 내디뎠다.

멀리서 우리를 기다리고 있는 성좌들의 모습이 보였다.

[드디어 왔군, 〈김독자 컴퍼니〉.]

마침내, 성마대전의 개막이었다.

73
Episode

지옥의
가장 뜨거운 자리

Omniscient Reader's Viewpoint

✳

1

눈부신 헤드라이트에 신유승은 눈을 떴다.

허공을 누비는 새하얀 불빛들. 떠다니던 드론 한 기가 신유
승의 얼굴 근처에서 팽그르르 돌더니 검은 하늘 속으로 멀어
졌다.

"으, 머리야……."

어질어질한 현기증에 신유승은 비틀거리며 일어났다. 주변
을 둘러봐도 고철 폐기물 더미뿐. 함께 있던 일행들 모습은 보
이지 않았다.

설마 혼자 외따로 떨어진 건가?

"신유승?"

폐기물 더미 속에서 소년이 꼴뚜기처럼 머리를 내밀었다.

"이길영?"

신유승이 반가움에 그쪽을 바라보는 순간, 이길영의 머리통을 짓누르고 폐기물 더미 속에서 솟아난 한 여인이 있었다.

"비켜! 냄새나잖아!"

"지혜 언니!"

대충 누구랑 함께 오게 됐는지는 알 것 같았다.

일행들은 몸에 덕지덕지 묻어 있던 폐기물을 털어내며 일어섰다.

"뭐야, 우리뿐이야?"

"그런 거 같아요."

"부산 연합 재결성이네."

이지혜는 약간 신난 듯한 목소리였지만, 신유승은 그렇지 않았다.

하필 이지혜와 이길영이라니.

두 사람의 얼굴을 번갈아 보던 신유승은 속으로 결심했다.

'여기서 어른은 나뿐이야. 내가 잘해야 돼.'

그런 신유승의 속을 아는지 모르는지, 이지혜와 이길영은 서로 노려보더니 갑자기 서열 정리를 시작했다.

"흠흠, 얘들아. 늘 그랬듯 대장을 정해야지?"

"부산 연합 땐 누나가 했잖아. 그러니까 이번엔 나야."

"야, 내가 유치원 입학했을 때 넌 태어나지도 않았어."

"아, 그게 뭔 상관인데."

"쉿. 둘 다 조용히 해요!"

신유승의 목소리가 들려온 순간, 세 사람은 약속이나 한 듯

반사적으로 담벼락에 붙었다. 그리고 간발의 차이로 벌레처럼 날아다니던 드론이 방금 전까지 그들이 서 있던 골목을 비추었다.

기이이이잉…….

드론은 잠시 자리를 맴돌더니 이내 센서를 기우뚱하며 골목 바깥으로 사라졌다.

이지혜가 긴장하며 물었다.

"저거 드론 아냐?"

그때, 허공에서 시스템 메시지가 들려왔다.

[시나리오 시스템에 누군가가 개입했습니다!]

[당신들은 미증유의 힘에 의해 '본섬'의 '넥스트 시티'로 강제 소환됐습니다!]

['넥스트 시티'는 현재 '성마대전'의 분쟁 지역과 시공간적으로 단절되어 있습니다.]

[해당 지역의 서브 시나리오를 해결하면, '성마대전'에 진출할 수 있습니다.]

"넥스트 시티?"

이길영의 눈이 초롱초롱해졌다.

"얼른 가보자!"

"애처럼 굴지 마, 이길영. 이거 게임 아니거든?"

신유승의 만류에도 불구하고 이길영은 달려나갔다.

다행히 근처에 드론은 보이지 않았고, 그들이 숨어 있던 담은 생각보다 고지대에 있었다.

"와, 이거……."

도시가 한눈에 보이는 절경. 밤거리를 휘황하게 밝히는 광전자. 머리에서 푸른 빛을 내뿜는 안드로이드들이 시위대 행렬처럼 거리를 배회하고 있었다. 어떤 세계관인지 단번에 눈에 들어오는 광경이었다.

이길영이 자신만만하게 말했다.

"여기서 겁나 쎄져서 독자 형 깜짝 놀라게 해줘야지."

"네가 여기서 죽으면 제일 놀랄걸."

"누난 나 왜 그렇게 싫어해?"

티격태격하는 이지혜와 이길영을 내버려둔 채, 신유승은 도시 아래의 전경을 관찰했다.

시위로 인한 약간의 소요를 제외하면, 도시는 정연한 시스템에 따라 체계적으로 흘러가는 것 같았다. 이제껏 한 번도 보지 못한 수준의 질서가 갖춰진 SF 세계관.

환생자들의 섬은 쇠락한 설화들의 무덤이라고 했다.

왜 이런 세계가 멸망한 걸까.

물론 신유승이 그런 고민을 하거나 말거나, 이지혜와 이길영은 신나서 떠들기 바빴다.

"혹시 광선검 같은 것도 있나?"

"하여간 도검 오타쿠……."

"시끄러워."

"어, 저기 쟤들 진짜 광선검 같은 거 차고 있는데?"

"뭐? 어디?"

도시를 순찰하는 가드들이 인근 지역을 배회하는 것이 보였다. 세계관의 영향일까. 그들을 자세히 관찰하자 정보창이 눈앞에 떠올랐다.

[Lv.12 순찰용 안드로이드]

[해당 유닛은 지금의 당신보다 약 4배 강합니다.]

기겁한 이지혜가 중얼거렸다.

"뭐야, 쟤들 왜 저렇게 세?"

"우리가 약해진 것 같은데요."

실제로 이 세계관으로 들어온 뒤, 주변에서 느껴지는 마력의 농도가 눈에 띄게 줄어들었다.

[해당 세계관에서 당신들의 주요 능력치는 초기화됩니다.]

[이 세계관은 '레벨 시스템'의 보정을 받습니다.]

"빌어먹을, 이쪽으로 온다!"

어떻게 눈치챘을까. 갑자기 이쪽을 향해 가드들이 달려오고 있었다.

허공을 올려보니 드론 몇 기가 그들의 위를 배회하는 중이었다.

[설화 에너지 반응 탐지!]
[설화 에너지 반응 탐지!]

경고성과 함께, 가속도를 붙인 가드들이 등에서 부스터를 뿜으며 일제히 날아들었다.

이지혜와 신유승, 그리고 이길영은 제각기 병장기를 꺼내 들었다.

"망할, 여기 벌레도 없는데…… 신유승, 키메라 드래곤 소환할 수 있어?"

"아직 쿨타임 안 돌아왔어."

[현재 당신의 레벨은 1입니다.]
[레벨이 낮은 적을 사냥하여 경험치를 쌓으세요.]

이지혜는 죽을상을 하며 장도를 꺼내 들었다. 일행 중 근접전에 특화된 사람은 이지혜뿐. 재빨리 [귀살]과 [귀신 걸음걸이]를 발동한 그녀는 아이들을 지키기 위해 가드와 맞섰다. 가드의 광선검이 그녀의 장도와 충돌하려는 바로 그 순간.

기이이이잉!

광선검이 이지혜의 검을 그대로 흘리며 그녀의 팔뚝을 베었다.

"아아악!"

[안드로이드 '이지혜'가 중상을 입었습니다!]

[생존을 위해 설화 에너지를 투여하세요.]

이지혜가 뒷걸음질 쳤지만 때는 이미 늦었다.

"비켜요!"

이지혜를 밀치며 끼어든 것은 신유승이었다.

안색이 파랗게 질린 이지혜가 그녀를 향해 소리를 질렀고,
이길영이 손을 뻗었다.

하지만 광선검은 이미 신유승의 정수리를 향해 내리꽂히는
중이었다.

'아저씨.'

그 순간 신유승은 자신의 짧은 생을 반추했다. 고작 이런 장
소에서 삶이 끝나게 된다는 억울함. 그럼에도 자신의 선택은
틀리지 않았다는 만족감.

신유승은 생각했다.

어쩌면 이것이 '구원의 마왕'의 화신다운 최후라고.

그리고 다음 순간.

[해당 공격은 당신에게 통하지 않습니다.]

츠츠츠츳, 튀는 스파크와 함께, 무형의 벽에 막히기라도 한
듯 가드의 광선검이 코앞에서 멈췄다.

"어?"

연달아 허공에 떠오르는 메시지.

[시나리오 시스템에 오류가 발생했습니다.]

[거대 설화, '넥스트 시티'가 화신 '신유승'의 존재에 의문을 표합니다.]

상황은 이길영 쪽도 마찬가지였다. 아이들에게 공격을 시도하던 광선검이 일제히 전원이 꺼지고 있었다.

멍하니 허공을 올려다보던 이길영이 중얼거렸다.

"뭐지?"

시야 오른쪽 상단에 옅은 회색으로 빛나는 폰트가 보였다.

[이 시나리오는 18세 이용가입니다.]

[해당 세계관은 심의에 따라 아동 및 청소년 유닛에 대한 살해 행위가 제한되어 있습니다.]

신유승과 이길영의 눈이 허공에서 마주쳤다.

'……개이득인데?'

어떻게 이곳에 소환되었는지는 모른다.

하지만 이런 세계관이라면.

뒤쪽에서 멍하니 입을 벌리고 있는 이지혜를 향해, 이길영이 씩 웃었다.

"누나, 공짜 버스 탈 준비해."

가드의 대퇴부에 단검을 박아 넣는 이길영을 보며, 신유승은 생각했다.

'어쩌면, 조금만 더 어린애로 있는 것도……'

이 시나리오의 끝에 무엇이 기다릴지 신유승은 아직 알지 못했다.

하지만 알 수 있는 것도 하나 있었다.

이 시나리오가 끝나면, 그들은 아마 김독자가 깜짝 놀랄 만큼 강해져 있을 것이다.

※ ※ ※

포털 너머에서 우리를 기다리는 성좌들을 보고 나는 깜짝 놀랐다. 얼핏 세어봐도 하나둘이 아니었다.

설마 우리가 올 줄 알고 있었나?

"독자 씨."

긴장한 이현성의 말에 나는 고개를 끄덕였다.

유중혁, 한수영, 이현성, 정희원, 그리고 나. 다섯 일행은 하나의 별자리처럼 뭉쳐 섰다.

곧이어 시나리오 메시지가 떠올랐다.

[메인 시나리오가 갱신됐습니다!]

[당신과 당신의 성운은 '성마대전'의 중립 지대에 입장했습니다!]

[당신은 '성마대전'의 진영을 선택할 수 있습니다!]

뒤이어 하늘을 오색으로 물들이는 알림 메시지도 있었다.

[성운, <김독자 컴퍼니>가 '성마대전'에 참전했습니다!]

보나 마나 도깨비 놈들 짓이겠지.
오자마자 동네방네 홍보를 다 하는군.

[다수의 성좌가 당신의 존재를 눈치챘습니다!]
[일부 성운이 당신들의 행보를 주목합니다!]

썩 좋은 상황은 아니지만, 벌어진 일이니 어쩔 수 없었다.
나는 건너편에서 우리를 보는 성좌들을 마주 보았다. 꽤 쟁
쟁한 격을 뿜어대는 성좌들.
내가 이미 아는 성좌도 보였다.
[후인이여, 너무 늦었군.]
이쪽을 향해 중후한 미소를 짓는 사내. 나는 반가운 마음에
외쳤다.
"고려제일검!"
그는 '중섬 시나리오'에서 우리와 이별한 척준경이었다. 설
화급에 오른 성좌답게 그 또한 무난히 본섬으로 진입한 모양
이었다.

[제법 장대한 시나리오를 수행한 모양이지? 일행이 많아졌군.]

척준경의 시선이 우리를 따라 포털에서 나온 환생자들을 응시했다.

나와 함께 본섬으로 건너온 '카이제닉스 제도'의 사람들이었다.

"'성마대전'을 함께할 사람들입니다."

척준경이 고개를 끄덕였다.

[전력은 많을수록 도움이 되겠지. 그보다…… 후인은 뭔가 달라진 것 같군.]

탐색이라도 하듯, 척준경이 나를 위아래로 훑어보았다.

[그대들의 설화에서 묘한 깊이가 느껴진다.]

"그렇습니까?"

척준경의 시선이 나를 지나쳐 한수영을 향했다. 한수영은 뭘 보냐는 듯 불경한 시선으로 척준경을 마주 보았다. 척준경의 눈빛에 이채가 스쳤다.

[과연.]

문득 '만다라의 수호자'가 한 말이 떠올랐다.

─보살이여, 시간을 견뎌보십시오.

카이제닉스 제도를 클리어한 뒤 우리 성운의 설화들은 모종의 변화를 겪었다.

이현성, 정희원, 특히 한수영. 그들이 카이제닉스에서 견뎌 낸 시간은 결코 허투루 보낸 세월이 아니었던 것이다.

모든 것은 설화로 기록되고, 설화는 다시 우리의 격을 키운다.

척준경의 말 때문인지는 모르겠지만, 뒤쪽에서 염탐하던 성좌들이 한층 더 노골적으로 우리를 보는 것이 느껴졌다.

[성좌, '양다리 전문가'가 당신에게 관심을 가집니다.]

[성좌, '신궁왕'이 당신을 흥미롭게 지켜봅니다.]

[성좌, '입은 셋 머리는 하나'가 '카이제닉스 제도'의 환생자들을 비웃습니다.]

성좌들의 조소에 '카이제닉스 제도' 출신 환생자들이 뒷걸음질 쳤다.

'카이제닉스 제도' 바깥으로 벗어난 그들은, 이제 세계관의 보호를 받지 못한다.

[성좌, '심연의 흑염룡'이 으르렁거립니다!]

환생자들을 보호하듯 나선 것은 한수영이었다. 대기가 꿈틀거리며, 한수영의 배후로 흑염룡의 기세가 떠올랐다. '카이제닉스 제도'의 환생자들은 그녀를 향해 존경의 염을 담아 고개를 숙였다.

과연, 저게 바로 왕의 면모라는 거겠지.

하지만 성좌들은 그런 한수영이 못마땅한 모양이었다.

성좌들의 기세가 삽시간에 흉흉해졌다.

[감히 소성운의 화신이……!]

나는 어쩐지 귀찮은 마음에, 이쯤에서 흐름을 끊어야겠다는 생각이 들었다.

[거대 설화, '신화를 삼킨 성화'가 성좌들을 노려봅니다!]

거대 설화의 준동에 성좌들이 흠칫 놀라며 몇 발짝을 물러섰다.

나는 그 틈을 놓치지 않고 척준경을 향해 물었다.

"그쯤 해두고, 저희를 기다리신 이유는 무엇입니까?"

척준경은 조금 곤란한 표정이었다. 말해도 될지 아닐지를 가늠하는 눈빛.

몇 가지 떠오르는 가정이 있었고, 나는 그중 하나를 시험해보기로 했다.

"이곳은 중립 지대인 것으로 압니다. 고려제일검께서는 성마대전의 진영을 결정하셨습니까?"

[아직이다.]

그렇군. 아직도 편을 고르지 않았다?

척준경이 말을 이었다.

[그대도 알다시피, 성좌들의 선악善惡이란 필멸자의 그것과

같지 않다. 솔직히 말하면, 나는 둘 중 어디에도 속하고 싶지 않다.]

　나처럼 필멸자로 시작해 혼자만의 힘으로 성좌위에 오른 척준경은, 대천사나 마왕이 주장하는 선악의 개념이 마음에 들지 않았겠지. 그러니 그의 고민도 이해가 가지 않는 바는 아니었다.

　하지만 그건 어디까지나 척준경에 한정된 이야기.

　나는 뒤쪽의 성좌들을 일별하며 물었다.

　"저분들도 편을 고르지 않은 상태겠군요."

　척준경이 고개를 끄덕였다.

　드넓은 평원 곳곳에 천막을 치고 흩어져 있는 성좌 무리가 보였다.

　[현재 전황은 어떻게 돌아가고 있지?]

　[대충 알아본 바로는…….]

　곳곳에서 희미하게 들려오는 진언들.

　나는 속으로 실소를 흘렸다. 아직도 진영을 결정하지 않았다는 것은, 사실 속이 뻔한 일이었다.

　이곳 중립 지대의 성좌들은 눈치를 보며 때를 기다리다가 유리한 편을 골라 '성마대전'에 참전하려는 것이다.

　유중혁과 한수영이 동시에 '한낮의 밀회'를 걸어왔다.

　―어떻게 돌아가는 상황인지 알 것 같군.

　―이 자식들 지금 그거지?

　나는 고개를 끄덕였다. 진영을 선택하지 않은 '중립'의 힘이 강해질수록, 진영을 선택했을 때 얻을 이득도 커진다.

[성좌, '긴고아의 죄수'가 중립 지대의 성좌들을 경멸합니다.]
[성좌, '지옥의 필경사'가 지옥의 가장 뜨거운 곳은 도덕적 위기의 시
대에 중립을 지킨 자들에게 예약되어 있음을……]

선이든 악이든, 때가 되었을 때 자신들의 세력을 최상의 거
래 조건에 팔아치울 셈이리라.

한수영이 피식 웃었다.

—목적이 뻔하네.

고민에 고민을 거듭하던 척준경이 한숨처럼 입을 연 것은
그때였다.

[그대를 만나고 싶어하는 이가 있다.]

[누굽니까?]

[성운 〈홍익〉의 고위급 성좌다.]

역시나.

아무래도 척준경은 지금 우리를 포섭하기 위해 이 자리에
나온 듯했다.

나는 옅은 실망감을 감추며 물었다.

"〈홍익〉의 고위급 성좌들은 사라졌다고 하지 않았습니까?"

분명 오래전 그런 말을 들은 적이 있었다.

한 번은 '별자리의 연회'에서. 그리고 다른 한 번은 암흑성
에서 '시조의 어머니'를 상대하면서.

[사라지지 않았다. 지금 바로 너의 앞에 있으니.]

고고한 격이 담긴 진언. 성좌들의 대열이 갈라지며, 새하얀 섭선을 쥔 신선神仙이 이쪽을 향해 걸어왔다. 걸음걸음 느껴지는 웅혼한 바람의 힘.

이거, 누구신지 알 것 같은데.

[무릎을 꿇고 예를 보여라, 반도의 후예여.]

갑자기 나타나선 대뜸 무릎을 꿇으라니.

곁에 있던 한수영은 어이없다는 표정이었고, 유중혁은 벌써 칼자루로 손이 가고 있었다. 이마를 짚은 척준경은, 아무래도 이런 사태가 일어날 줄 알고 있었던 모양이다.

―미안하다, 후인이여. 어떻게든 말려보려 했으나 잘 되지 않았다.

하긴, 저 양반이 이런 상황을 좋아할 리가 없지.

〈홍익〉에 빚진 게 있으니 자리 주선을 거부하지도 못했을 테고…….

―그대 뜻에 맡기겠다.

나는 고개를 끄덕이며 선인 쪽을 바라보았다.

[반도의 바람을 지배하는 성좌가 자신의 수식언을 드러냅니다!]
[성좌, '천제의 풍신'이 당신을 바라봅니다!]

천제의 풍신.

천왕天王과 함께 〈홍익〉을 창시한 성좌.

우리에게는 바람의 신으로 익숙한 '풍백風伯'이 바로 그의 진명이었다.

쿠구구구구.

자신의 수식언을 드러낸 성좌의 격. 거대한 봉황이 날갯짓을 하듯 가공할 강풍이 주변을 휩쓸었다. 그리고 주변의 모든 소리가 사라졌다.

바깥의 환생자들이 이쪽을 향해서 뭐라고 소리치고 있지만, 들리지 않았다. 풍백이 내 주변의 소리를 모두 끊어버린 것이다.

지금부터 할 대화를 알리고 싶지 않다는 제스처겠지.

[반도의 후예여, 너의 용맹은 익히 들어왔다. 그 명성이 널리 울려 퍼지며 반도의 위상도 올라갔다. 본신은 그런 상황을 무척 흡족하게 생각하는 바이다.]

나는 기세를 끌어올리는 유중혁에게 눈짓을 했다.

잠깐만 일단은 좀 들어보자고.

[그런데 최근, 그대가 타국의 성좌들과 부적절한 연대를 쌓고 있다는 이야기가 들리더군.]

계속 들어야 할까 싶기는 한데.

[대천사나 마왕은 반도나 동아시아에 유래를 둔 성좌가 아니다. 즉, 외세外勢라는 이야기다.]

한수영이 눈치를 주었다.

—야, 저거 두고 볼 거야?

—내가 베겠다.

─뭐야, 혼선인가? 왜 유중혁 목소리가 들리지?

─내가 밀회방 통합했어.

내 말에 한수영과 유중혁의 메시지가 머릿속에서 폭발했다.

─야, 장난쳐? 이제 머릿속에서까지 저 건방진 말투를 들으라고?

─내가 할 말이군.

으르렁거리는 두 사람을 보며 나는 한숨을 내쉬었다.

─둘 다 그만해. 지금 그게 중요한 게 아니잖아.

우리가 단톡방으로 싸우는 와중에도 풍백의 따분한 훈화는 계속되고 있었다.

[……즉, 후예의 친외세적인 행동은 반도의 명예에 큰 누를 끼쳤으며, 본신은 그것을 심각한 죄악이라 여기는 바이다. 하지만 만약 후예가 그 일을 깊이 뉘우치고 반성하여…….]

심지어는 그의 말에 동의하는 성좌도 등장했다.

[성좌, '쇄국정책의 창시자'가 '천제의 풍신'의 말에 일부 동의합니다.]

물론 모두가 그런 것은 아니었다. 이 작은 반도에는 놀라울 만치 다양한 성좌가 있으니까.

[성좌, '대머리 의병장'이 자신의 머리를 닦습니다.]
[성좌, '조선제일술사'가 혀를 찹니다.]

[성좌, '긴고아의 죄수'가 하품을 합니다.]

[한반도의 일부 성좌가 '천제의 풍신'의 발언을 고리타분하게 생각합니다.]

[누가 감히 익명의 수식언 뒤에 숨어 입을 놀리는가!]

쩌렁쩌렁 울리는 풍백의 진언과 함께, 하늘의 기상이 변하기 시작했다. 가공할 위세에 눌린 몇몇 성좌가 입을 다물었다.

어쨌든 반도의 조상신에 가까운 존재.

각자 정도는 다르지만 〈홍익〉의 수혜를 받아온 반도의 성좌들은, 그의 권위에 정면으로 도전할 수 없었다.

심지어는 저 척준경조차.

[그런데 그대는 왜 아직도 서 있는 것이냐?]

그리고 풍백의 시선이 내게 꽂혔다.

지금까지와는 분위기가 사뭇 달라졌다.

[무릎을 꿇으라 했을 텐데?]

거대한 압력이 나를 내리눌렀다. 나뿐만 아니라, 〈김독자 컴퍼니〉 전체를 내리누르는 압력이었다.

[성운, <홍익>의 설화가 <김독자 컴퍼니>를 응시합니다!]

늙은 거목이 허리를 숙여 이쪽을 내려다보는 느낌이었다.

막 자라난 새싹의 양분을 탐하는 거목.

나는 그런 시선을 가만히 마주 보다가 대답했다.

"싫은데요."

[그래, 싫…… 무어라?]

"싫다고 했습니다."

[성좌, '긴고아의 죄수'가 당신의 태도를 좋아합니다.]

[성좌, '심연의 흑염룡'이 일단 원펀치를 먹이고 시작하라고 종용합니다.]

"저는 '성마대전'에 참가하러 온 거지, 당신에게 무릎을 꿇으러 온 게 아닙니다."

[아주 오만하구나. 내 너의 용맹함을 높이 사서 지은 죄를 용서해주려 했거늘─]

"용서해준 다음에는요?"

내 언사에 풍백의 눈썹이 꿈틀거렸다.

"〈홍익〉의 권위로 〈김독자 컴퍼니〉를 흡수 합병하려는 생각이셨겠죠. 아닙니까?"

정곡을 찔렸는지 고고한 성좌의 표정에도 감정이 묻어나고 있었다.

[너희가 〈홍익〉의 휘하에 들어오는 것은 당연한 일이다.]

"어째서죠?"

[태초에 〈홍익〉이 힘을 쓰지 않았더라면 너희 성운은 태어나지도 못했다.]

마치 자식에게 배반이라도 당한 부모처럼, 풍백이 나를 향해 외쳤다.

　[〈홍익〉은 반도의 창시자다! 우리가 너희를 낳았고, 너희가 따를 뜻을 정하고 규율을 입법했다. 지금 너희가 보고, 느끼고, 생각하는 모든 것은 우리가 정한 것이다. 〈홍익〉의 설화가 있었기에 너희가 존재하고, 그 설화를 통해 너희는 살아남을 수—]

　"지구 시간으로 사 년 전, 한반도에 '시나리오'가 시작됐습니다."

　나는 풍백의 말을 끊어버렸다.

　"반도가 위기에 빠졌을 때 〈홍익〉은 무얼 하셨습니까?"

　[……!]

　"한반도 시나리오가 시작되고, '절대왕좌'가 나타나고, 이계의 신격과 재앙이 강림하고, 그래서 반도의 화신과 성좌가 일제히 힘을 모았을 때……."

　한 마디 한 마디 내뱉을 때마다 떠오르는 기억이 있었다.

　누구에게도 의지할 곳 없는 사람들이 모여 극복한 시나리오들.

　눈먼 왕좌를 향해 내리꽂히는 사인참사검, 그 검에 개연성을 빌려준 반도의 성좌들.

　[설화, '왕이 없는 세계의 왕'이 '천제의 풍신'을 노려봅니다.]
　[설화, '왕이 없는 세계의 왕'이 이야기를 시작합니다!]

설화가 내 의지와는 관계없이 꿈틀거리고 있었다.

「왕이 없는 세계의 왕」은 절대왕좌의 붕괴와 함께 태어난 설화였다.

나는 설화를 이야기하고, 설화는 나를 통해 자신을 말한다.

"그때 당신과 〈홍익〉은 대체 어디서 무얼 하고 있었지?"

[네놈!]

피라도 토할 것 같은 얼굴로 풍백이 나를 보고 있었다.

"물론 당신과 〈홍익〉이 초창기 반도를 이롭게 만드는 데 힘썼다는 건 알고 있습니다. 당신들의 설화가 가진 가치를 인정합니다. 하지만 그것이, 반도의 모두가 당신에게 충성해야 할 이유는 되지 않습니다."

부들부들 떨리는 풍백의 콧수염을 보며, 나는 말을 마쳤다.

"각자 '시나리오'를 수행하는 방식이 있는 겁니다. 당신이 반도의 최상위 격 성좌라 해서 〈김독자 컴퍼니〉의 행사에 간섭할 수는 없습니다."

내 맹랑한 말투에 척준경은 오히려 즐거워 보였다.

풍백이 이런 식으로 당하는 모습은, 아마 그도 처음 보는 것일 터다.

[감히, 감히 —]

말문이 막힌 풍백을 대신해, 그의 뒤에서 설화의 기백이 떠올랐다.

[성운, 〈홍익〉의 거대 설화가 당신을 바라봅니다!]

[성운, <홍익>이 <김독자 컴퍼니>를 향해 뿌리를 뻗습니다!]

하나둘 떠오른 〈홍익〉의 거대 설화들이 하늘을 향해 가지처럼 솟아오르더니, 이내 거대한 나무의 형상을 이루었다.

그리고 나는 그것이 무엇인지 알아보았다.

「하늘과 땅을 잇는 나무이자, <홍익>이 실천하는 설화들의 총체, 그 모든 설화를 지탱하는 단 하나의 설화.」

「설화목說話木 신단수神壇樹.」

〈홍익〉의 모든 설화는 바로 저 나무와 함께 시작되었다.

신성한 기운을 흩뿌리며 설화의 가지를 뻗어오는 신단수.

훈화만으로는 안 되니, 이제 실력 행사라는 거겠지. 씁쓸한 일이었다.

하지만 정말 씁쓸했던 것은—

"확실히 〈홍익〉의 최상위 신격들이 사라진 게 맞나 보군요."

[무슨 뜻이냐?]

신단수는 내가 아는 그것과는 달리 훨씬 남루하고 조그만 소체에 가까웠다. 게다가 우리를 향해 뻗어오는 신단수의 뿌리는 모두 그 끝이 흉측하게 상해 있었다. 오래도록 양분을 빨아들이지 못해 형체를 유지하지 못하는 거대 설화들. 심지어 위쪽으로 돋아난 가지는 대부분 말라 있었다.

저것이 지금의 〈홍익〉이 가진 전부였다.

"당신이 안타까워서 하는 말입니다."

내가 알고 있던 원작의 '풍백'은 이런 꼬장꼬장한 노인네가 아니었다.

다정하지는 않지만, 훨씬 품격 있고 정의로운 성좌였다.

그런데 〈홍익〉에 무언가 일이 발생했고, 성운의 세력이 급격하게 축소되었다.

풍백이 이처럼 구차해진 것은 분명 그 일과 관계되어 있을 터다.

[감히 본신을 능멸하려는 것이냐?]

괴성을 지른 풍백이 바람의 힘을 발산하자, 주변에 폭풍의 기운이 몰려들기 시작했다. 일대를 압박하는 엄청난 격에, '카이제닉스 제도' 출신의 환생자들이 고통스러운 듯 몸을 뒤틀었다.

한수영이 다시 한번 채근했다.

─김독자.

나는 고개를 끄덕였다.

〈홍익〉의 모습이 안타깝긴 했지만 어디까지나 그건 저쪽 사정이었다.

내가 한 발짝 앞으로 나서자 곁에 있던 유중혁이 검을 뽑아 들었고, 한수영이 왼팔의 붕대를 풀었다. 그리고.

[거대 설화, '마계의 봄'이 이야기를 시작합니다!]

[거대 설화, '신화를 삼킨 성화'가 이야기를 시작합니다!]

억눌렸던 '거대 설화'들이 동시에 입을 열었다.

심지어는.

[거대 설화, '카이제닉스 제도'가 못마땅한 듯 이야기를 거듭니다.]

우리의 '거대 설화'가 아닌 거대 설화까지 함께.

콰드드드득.

우리를 향해 날아들던 거목의 뿌리가 〈김독자 컴퍼니〉의 설화가 일으킨 파랑에 부서지고 있었다.

[거대 설화, '신단수'의 소체가 고통스러워합니다!]

우리를 당장이라도 삼킬 듯 뻗어오던 뿌리들이 주춤거리며 흩어졌다. 삼킬 수 없는 이야기에 겁이라도 먹은 것처럼. 멀쩡한 뿌리들이 뒤늦게 되돌아갔고, 말라비틀어진 앙상한 가지들이 비명을 질렀다.

[거대 설화, '신단수'의 소체가 '천제의 풍신'의 명을 거부합니다.]

[이런……?]

뿌리를 거둔 신단수의 형체가 순식간에 사라졌다.

우리가 가진 거대 설화의 격이 이 정도일 거라곤 생각도 못했는지, 경악한 풍백이 비틀거리며 뒷걸음질 쳤다. 중립 지대에서 벌어진 소요 사태에, 곳곳에 흩어져 있던 성좌들이 놀라 이쪽을 보는 것이 느껴졌다.

[바앗!]

기다렸다는 듯 내 머리 위에 나타난 비유. 그와 동시에 비유의 채널이 활짝 열리는 소리가 들렸다.

[다수의 성좌가 채널에 입장합니다!]

비형 녀석이 즐거워하는 모습이 눈에 선했다. 비유의 채널은 비형의 중계 채널과 연결되어 있기 때문이다. 비형이 무슨 의도로 이런 상황을 유도했는지는 뻔하다.

하지만 내 입장에서도 한 번은 이런 자리가 필요하긴 했다.

[성좌, '대머리 의병장'이 당신의 목소리에 주목합니다!]
[성좌, '해상전신'이 당신의 이야기를 기다립니다.]
[마왕, '지옥 동부의 지배자'가 당신을 지켜봅니다.]
[성좌, '하늘의 서기관'이 당신을 기다리고 있습니다.]
[선과 악과 중립 계통의 성좌들이 당신을 주시하고 있습니다.]

무수히 떠오르는 성좌들의 간접 메시지.

나는 풍백을 바라보며 입을 열었다.

이것은 〈홍익〉에게 하는 경고가 아니다.

"우리가 행하는 모든 일이 정의라고 말하지는 않겠습니다. 하지만 우리가 나아갈 선택지는 우리 스스로 정할 겁니다."

세상의 성좌들을 향해 나는 선언했다.

"누구도 그 선택을 막을 수는 없습니다."

✳

2

기다렸다는 듯, 하늘에서 시선이 쏟아졌다.

[성좌, '대머리 의병장'이 당신의 말에 동의합니다.]
[성좌, '해상전신'이 당신의 말에 고개를 끄덕입니다.]
[성좌, '긴고아의 죄수'가 당연한 걸 뭘 두 번 말하느냐고 중얼거립니다.]
[성좌, '심연의 흑염룡'이 꼰대에게 빨리 원펀치를 갈기라고 종용합니다.]

심연의 흑염룡의 말에 풍백이 어이없다는 듯 하늘을 쏘아보았다.
뭐라고 말을 붙이려던 그가 흠칫 몸을 떤 것은, 이어진 간접 메시지 때문이었다.

[성좌, '고려제일검'이 '구원의 마왕'의 말이 옳다 여깁니다.]

풍백의 고개가 척준경 쪽을 향해 홱 돌아갔다.
[준경, 너마저……!]
척준경은 민망한 듯 그의 시선을 피했다.
솔직히 의외였다.
아무리 몰락하고 있다 해도 〈홍익〉은 여전히 한반도의 주력 성운이다.
그런 상황에서, 척준경이 〈홍익〉의 뜻에 항거하여 내 편을 드는 것은 결코 쉬운 일이 아니었을 것이다.

[다수의 성좌가 <김독자 컴퍼니>와 <홍익>의 충돌에 관심을 가집니다!]

척준경의 선언 때문인지 성좌들이 나를 주목하는 것이 느껴졌다. 중립 지대에 불어오는 새로운 바람에 나를 경계하는 이들도 있었다.
나는 풍백을 보았다.
"계속하실 겁니까?"
풍백의 눈꺼풀이 격렬하게 떨리는 것을 보니 솔직히 마음이 편치는 않았다. 아까는 〈홍익〉을 비난하듯 말했지만, 사실 풍백이 한반도 시나리오를 완전히 손 놓고 있지는 않았다는 것도 알고 있다.

'귀환전쟁'이 벌어졌을 때 어머니에게 손을 빌려준 성좌가 바로 풍백이기 때문이다. 빌어먹게도 그 일로 어머니의 수명을 죄다 앗아가긴 했지만. 사실 이렇게나 열받는 건 그 때문인지도 모르겠다.

[바람은 오늘의 일을 잊지 않을 것이다.]

한참이나 나를 노려보던 풍백은 섭선을 탁 접으며 먼지처럼 사라졌다.

[상당수의 성좌가 당신의 기개에 감탄합니다!]

[소수의 성좌가 <김독자 컴퍼니>의 이름이 허명이 아님을 기억합니다.]

[<스타 스트림>의 호사가들이 해당 사건을 기록합니다.]

유중혁, 한수영, 정희원, 이현성.

모두 나를 지켜보고 있었지만, 누구의 표정에도 두려움은 보이지 않았다.

아마 다 나와 같은 생각을 하고 있을 것이다.

남들이 우리 성운을 어떻게 보고 무어라 판단하는지는 상관없다.

그저 우리가 옳다고 믿는 이야기를 향해 나아갈 뿐.

[후인다운 선택이로군.]

우리를 지켜보던 척준경이 말했다.

[그대의 그런 면모에 어떤 성좌는 그대를 좋아하고 따르겠지. 실제로 한반도의 많은 성좌가 이제 〈홍익〉보다 그대를 주목하고 있다. 하지만 그만큼 그대를 적대하는 이도 많아졌다.]

새삼 주변 시선들이 새롭게 의식되었다.

어떤 성좌는 우리를 노려보고 있었고, 어떤 성좌는 우리를 부러워하듯 보고 있었다. 그리고 어떤 성좌는 결국 너희도 마찬가지가 될 것이라는 듯한 눈으로 고개를 절레절레 젓고 있었다.

「우리도 한때는 너와 같았다.」

성좌들이 겪어온 설화들이 손에 닿을 듯 가깝게 느껴졌다.

[오래된 거대 설화들이 <김독자 컴퍼니>의 설화를 바라봅니다.]

모든 설화는 곧 시나리오를 극복해낸 흔적이다.

한때는 누군가의 유희거리였던 시간들.

이곳까지 온 모든 설화는 살아남기 위해 스스로 겪었다. 〈스타 스트림〉의 현실과 타협하고, 성좌와 도깨비의 요구를 승낙하면서 삶을 연명해왔다. 그리하여 마침내 이 자리에 있는 것이다.

그 시간을 대표하듯 척준경이 말했다.

[〈스타 스트림〉은 꺾이지 않는 이야기를 싫어하지. 그대들처럼 순수한 이야기는 더욱.]

그 말을 듣자 나도 모르게 입가가 움직였다.

세상이 우리를 그렇게 보고 있었다는 게 놀라웠다.

왜냐하면 그 말은 지금껏 우리가 걸어온 모든 길을 부정하는 말이니까.

"우린 이미 수십 번도 더 꺾였습니다."

〈김독자 컴퍼니〉는 처음부터 두 발로 서 있지 않았다.

한반도 시나리오가 시작되고, 성좌들의 농락과 근본 모를 증오를 견디며 여기까지 왔다.

"하지만 그때마다 다시 일어났고, 그래서 지금 여기에 있는 겁니다."

그런 우리에게 '순수하다'라는 말은 차라리 모욕이었다.

[거대 설화, '마계의 봄'이 침착하게 당신을 바라봅니다.]
[거대 설화, '신화를 삼킨 성화'가 거친 울음을 삼킵니다.]

내 말에 동조하듯 두 개의 거대 설화가 반응했다.

"앞으로도 몇 번이고 다시 일어날 겁니다."

[발아 중인 세 번째 '거대 설화'가 태동합니다.]

거기다 곧 깨어날 세 번째 거대 설화까지.

우리를 보던 척준경이 천천히 고개를 끄덕였다.

[그대의 이야기를 지켜보겠다.]

그 말과 함께 척준경이 돌아섰다. 그를 따르는 한반도의 성좌들도 우리 쪽을 흘끔거리며 사라졌다.

척준경은 이제 위인급을 넘어서 설화급에 도달한 성좌.

성좌로서의 연식도 나보다 훨씬 오래되었고, 타고난 싸움꾼인 만큼 같은 편으로 들일 수만 있다면 최고의 아군이었다.

물론 어디까지나 같은 편에서 싸울 수 있을 때의 이야기겠지만.

내가 너무 오래 폼을 잡고 있었는지, 곁에서 나를 보던 한수영이 어깨를 툭 치며 말했다.

—야, 누가 보면 네가 주인공인 줄 알겠어.

머쓱한 마음에 유중혁 쪽을 보았더니, 유중혁은 내가 아니라 먼 지평선을 바라보고 있었다.

"시작됐다."

[시나리오 이벤트가 발생합니다!]

[해당 지역의 인근에서 '성마대전'의 국지전이 예정되어 있습니다!]

이어진 시스템 메시지에 곳곳에 막사를 치고 있던 중립 성좌 및 화신들이 화들짝 놀라 몸을 일으켰다.

[분쟁 지역에 개입할 시 진영 선택지가 발생합니다!]

멀리서 강대한 두 개의 세력이 진격하는 것이 보였다.

눈부신 갑주를 입은 새하얀 날개의 천사들이, 화신과 환생자를 이끌고 벌판을 은빛으로 물들이고 있었다.

그리고 다른 한쪽에서는 탁기와 마기로 물든 마왕들이 자신의 권속을 이끌고 돌격해 오고 있었다.

[갱신된 메인 시나리오가 도착했습니다!]

〈메인 시나리오 #80 - '성마대전'〉

분류: 메인

난이도: 측정 불가

클리어 조건: 절대선 또는 절대악 진영 중 하나를 선택하여 '성마대전'에 참가하시오. 소속 진영이 시나리오에서 승리를 누적할수록 진영별 '선악 수치'가 증가하며, 특정 진영의 수치가 100을 넘으면 전쟁의 승패가 결정됩니다.

제한 시간: 해당 시나리오의 제한 시간은 '혼돈 수치'의 영향을 받습니다.

보상: '성마대전'과 관계된 거대 설화, ???

실패 시: 사망

[성마대전 진행 현황]

절대선 수치: 56

절대악 수치: 56

혼돈 수치: 51

* 성마대전의 진행 기간이 길어질수록 혼돈 수치가 증가합니다.

[해당 전장에 참가하기 위해서는 반드시 진영을 선택해야 합니다.]

[진영 선택 시기가 빨라질수록 시나리오 보상이 커집니다.]

우리는 시나리오 내용을 읽으며 잠시 침묵했다.

한수영이 먼저 입을 열었다.

"김독자, 어쩔까? 또 늘 하던 대로?"

[성좌, '지옥의 필경사'가 지옥의 가장 뜨거운 곳은 도덕적 위기의 시대에 중립을 지킨 자들에게 예약되어 있음을……]

"저 양반은 저거 자기가 한 말도 아니면서 종알종알 시끄럽네, 진짜."

[성좌, '지옥의 필경사'가 흠칫 놀라 입을 다뭅니다.]

'지옥의 필경사'는 《신곡》의 저자인 단테였다. 그리고 단테의 저 유명한 격언은, 사실 후대의 정치가에 의해 각색된 것이었다.

어쨌든 본인의 유명세를 키워준 말이니 단테는 그것을 자신의 설화로 받아들였겠지.

「지옥의 가장 뜨거운 자리는 도덕적 위기의 시대에 중립을 지킨 자들에게 예비되어 있다.」

듣기에는 멋진 말이다. 도덕적 선택조차 누군가의 유희가 되는 세계에서 무슨 의미가 있는지는 모르겠지만.

"이번엔 우리도 선택해야 돼. 언제까지 요령 좋게 빠져나가긴 힘들어."

어쨌거나 단테의 말과는 무관하게, 우리 역시 양자택일의 기로에 선 것은 마찬가지였다. '성마대전'은 선악 중 어느 한쪽을 택하지 않으면 애초에 참가할 수 없으니까.

메시지를 보던 유중혁이 말했다.

"1,863회차의 '성마대전'은 악의 승리로 끝났다. 한수영이 악의 편을 들었지."

"왜 또 나야? 그리고 여긴 1,863회차 아니거든?"

한수영의 말이 맞다.

이곳은 1,863회차가 아니다. 이곳은 3회차 〈김독자 컴퍼니〉의 세계다.

"가자."

멀리서 두 개의 선악이 부딪치는 격전지가 보인다. 이 드넓은 '성마대전'의 전장 중 하나가 지금 막 개막한 것이다.

['성마대전'의 113번 국지전이 발생합니다!]

[해당 국지전의 참가자 명단이 공개됩니다.]

그리고 그 성마대전의 최전선에 내가 잘 아는 성좌가 서 있었다.

[성좌, '악마 같은 불의 심판자'가 해당 시나리오에 참가 중입니다.]

¤ ¤ ¤

"살려, 살려주세요."

푸우욱!

"대천사님, 제발……!"

곳곳에서 들려오는 신음.

양자택일의 선택지에서 악을 선택한 화신들이 대천사들의 검에 목이 달아나고 있었다.

이것이 설화의 전쟁이다.

어느 한쪽 설화에 속해 있다는 사실만으로, 다른 한쪽에게는 완전히 배제되어야 하는 것.

쓰러진 화신들을 뒤로하고, 우리엘은 무표정한 얼굴로 전장을 응시했다.

대천사 우리엘은 한때 그들을 동정했다. 거대 서사에 휩쓸려 소모되는 화신을 안타까워했고, 그들이 겪는 불행에 분노했다. 꽤 오랫동안 그랬다. 그것만이 그녀가 가진 삶의 전부였을 때도 있었다.

'……밀린 성류 방송 봐야 되는데.'

밀려오는 마왕군 인파를 보며 우리엘은 입술을 잘근잘근 깨물었다.

선을 전파하기 위해 태어났다고 해서, 그것만 행하며 평생을 살아갈 수는 없다.

성좌를 갉아먹는 것은 육체의 위협이 아니라 정신의 마모다. 억겁의 세월 동안 지속된 감정 노동은 그녀에게 세상 자체에 대한 뿌리 깊은 환멸과 깊은 광기를 불러왔다.

[성좌, '악마 같은 불의 심판자'의 영혼이 불완전하게 흔들립니다.]

강한 성좌든 약한 성좌든, 시나리오 속에서 안심할 수 있는 존재는 없다.

시나리오란 애초에 그런 시스템이니까.

<u>고오오오오.</u>

자신들 역시 시나리오 속에 소모되고 있다는 사실을 잊기 위해, 그리고 다시 하루를 더 살아가기 위해, 성좌는 또 다른 설화를 소비한다. 시나리오를 관음하고, 누군가에게 분노하거나, 비난을 퍼붓거나, 동경하거나 감동한다.

대천사인 우리엘 또한 마찬가지였다.

[■■■■■ 꺼져! 너희 때문에 본방 놓쳤다고!]

우리엘의 검신에서 뻗어나온 [지옥염화]에 마왕의 권속들이 불타올라 잿더미가 되었다.

급한 마음에 내갈긴 힘은 제대로 조절되지 않았다. 허겁지겁 진체의 절반만 소환해 참전한 영향도 컸다.

[국지전에 참가 중인 마왕들이 대천사의 힘에 경악합니다!]

물론 반신이라 해도 무려 대천사 우리엘의 반신.
그러니 어지간한 마왕은 상대도 되지 않았다.

[마왕, '별과 논리학의 군주'가 자신의 격을 발산합니다!]

[마왕, '용과 악취의 대공작'이 거대 설화를 개방합니다!]

[마왕, '음속의 마왕'이 핏빛 울음을 토합니다!]

[마왕, '예제공'이 흥분과 광기에 휩싸입니다!]

문제는 이번에 참전한 마왕 또한 어지간한 놈들이 아니라는 점이었다.

우리엘은 자신의 [지옥염화]를 헤치고 다가오는 마왕들을 보며 표정을 굳혔다.

[미친 대천사가 코앞에 있다!]

[두려워하지 마라! 나 마왕 부에르가 너희와 함께한다!]

본래 저들은 이번 국지전에 참전할 예정이 아니었다. 그런데 갑자기 마왕군 측에서 전력 편성을 변경했고, 졸지에 우리엘은 혼자 마왕들을 감당해야 할 상황이 되었다.

[■■■들아! 꺼져!]

마기를 품은 화살이 빼곡하게 전장을 덮자, 우리엘은 [지옥염화]를 배리어처럼 발동해 그것을 막았다. 허겁지겁 후퇴하는 하급 천사들을 보살피는 동안 어느새 우리엘의 몸 곳곳에도 화살이 박혔다.

[우습군. 천사들이여, 달아나는 건가?]

['악마 같은 불의 심판자'의 명성이 아깝구나.]

[닥쳐! 내가 진체 전부만 강림할 수 있었으면 너희는 죄다 죽었어.]

쏟아지는 공격에도 우리엘은 신음 하나 흘리지 않은 채 씩씩거렸다.

[비겁하게 다구리 치지 말고 일대일로 붙어 ■■들아! ■발! 일대일이었으면 아가레스든 가미긴이든 마르바스든 내가 다 조질 수 있거든?]

흥분한 우리엘의 외침에 마왕들은 조소했다. 우리엘이 강하다는 것은 알고 있다. 알기에, 대천사 하나를 잡겠다고 무려

넷이 몰려온 것이다.

그리고 마지막 순간까지 마왕들은 치밀했다.

[이것이 전쟁이다, 천사여.]

피 칠갑을 한 우리엘의 [지옥염화]가 마왕들과 격돌했다.

대천사 우리엘은 강했다. 고작 반신의 힘만으로 '별과 논리학의 군주'의 팔을 잘라냈고, '용과 악취의 대공작'이 아끼던 애완 용을 으깨버렸다. 심지어 '음속의 마왕'은 두 다리를 잃었다.

하지만 거기까지였다.

스산한 느낌에 뒤를 돌아본 순간, 투명한 예제공의 단도가 우리엘의 심장을 노리고 날아들었다.

[오늘은 대천사의 설화를 먹겠구나.]

아차 싶어 뒤늦게 검을 휘둘렀지만, 상처를 입어 둔해진 화신체로는 대응하기 어려웠다.

그리고 다음 순간.

푸슈슉!

새하얗게 빛나는 검신이, 예제공의 가슴을 뒤에서 꿰뚫었다.

후두둑 떨어지는 검은 피.

검은 몇 번이나 반복해서 예제공의 등을 찔렀다. 설화 파편이 그로테스크하게 튀어나오고, 망가진 화신체의 숨통이 철저하게 끊어질 때까지.

그리고 이어서 날아든 한 줄기 백광검이 예제공의 목을 날려버렸다.

[누군가가 마왕, '예제공'을 사살했습니다.]

우리엘은 쓰러진 예제공의 뒤에 서 있는 두 사람을 보았다.

아무리 먼 곳에서도 알아볼 수 있는 이들이 그토록 가까이 있었다.

"내 성좌가 그렇게 맞고 있는 꼴은 못 봐."

이 세상에 하나뿐인 그녀의 화신.

그리고.

[마왕, '구원의 마왕'이 '마왕승격전'에서 승리했습니다!]

[마계 등급이 조정됩니다!]

[마왕, '구원의 마왕'이 '50번째 마계의 마왕'이 됐습니다!]

오랫동안 지켜봤던 이야기의 주인공이 말했다.

"오랜만입니다, 우리엘."

[마왕, '구원의 마왕'이 자신의 소속 진영을 결정했습니다.]

✳

3

누군가의 표정이 날것 그대로 느껴질 때가 있다.

저게 바로 저 사람이 가진 진짜 표정이구나, 하고 느껴지는 순간.

[김독자―!]

지금의 우리엘의 모습이, 바로 내게는 그랬다.

힘껏 팔을 뻗은 우리엘은 정희원과 나를 부둥켜안은 채 한참이나 뺨을 비벼댔다.

결국 정희원이 핀잔을 줬다.

"우리엘, 숨 막혀요."

[미, 미안.]

당황해 물러서면서도 반짝이는 눈동자. 이런 푼수 대천사가 어떻게 '악마 같다'라는 수식언을 받게 되었는지 가끔은 이해가 가지 않는다.

[여긴 어떻게 알고 온 거야? 응? '카이제닉스 제도' 시나리오는 잘 끝났어? 나도 간신히 몇몇 부분 보긴 했는데 볼 시간이 많지가 않아서…… 진짜 미안해! 후원 안 해줘서 기분 상하거나 그런 건 아니지? 일부러 그런 게 아니라―]

표정만이 아니라 나오는 대사도 전부 날것 그대로다.

우리엘의 목소리를 들으며, 나는 정희원과 마주 보았다. 내 기분을 아마 정희원도 느끼고 있을 것이다.

세련된 표현도 곡진한 퇴고도 없는 말들. 하지만 어떤 말은 날것 그대로일 때 가장 큰 감동을 준다.

"우리엘. 잘 알겠습니다. 하지만 자세한 이야기는 나중에 하는 게 좋겠습니다."

[응? 앗, 맞아. 이럴 때가 아니었지.]

나를 보던 우리엘의 시선이 건너편에서 이쪽을 노려보는 마왕군을 향해 꽂혔다. 순식간에 식어버린 그녀의 표정을 보는 순간 나는 내 생각이 기우였음을 깨달았다.

이 천사는 틀림없는 '악마 같은 불의 대천사'다.

[마왕, '별과 논리학의 군주'가 당신의 행동을 이해하지 못합니다.]

그리고 그 대천사와 대적하는 마왕들이 있었다.

마왕 서열 10위, '별과 논리학의 군주' 부에르.

마왕 서열 18위, '음속의 마왕' 바신.

마왕 서열 29위, '용과 악취의 대공작' 아스타로트.

내 손에 명을 달리한 예제공 외에도 여전히 마왕은 셋이나 남아 있었다. 하나하나가 상대하기 쉽지 않은 적이었다.

특히 '별과 논리학의 군주'나 '음속의 마왕'은 더욱.

부에르의 양팔이나 바신의 양다리가 멀쩡했더라면, 나는 이 자리에서 목숨을 걸어야 했을지도 모른다.

[구원의 마왕!]

[이게 대체 무슨 짓이지? 어째서 같은 마왕을 대적하는 것인가.]

나는 뻔뻔하게 어깨를 으쓱하며 둘러댔다.

"전 그냥 승격전을 한 것뿐인데요."

[그게 지금 말이 되는 변명이라고…….]

"'성마대전'이 진행 중이라고 해서 마왕 승격전을 시도하지 말란 법은 없지 않습니까? 실제로 '1차 성마대전'에서도 그런 일은 빈번히 있었고요."

[무슨……!]

내 말에 격분한 바신이 당장이라도 내 목을 따버리겠다는 듯 흉악한 표정을 지었지만, 두 다리가 사라진 그가 뭘 어떻게 할 수 있을 턱이 없었다.

[당신은 '1차 성마대전'의 일부를 재현했습니다!]

[마왕, '격노와 정욕의 마신'이 당신의 돌발행동에 흥미를 보입니다.]

실제로 내가 한 짓은, 1차 성마대전에서 마왕 아스모데우스가 저지른 짓과 똑같은 것이었다.

표정을 굳힌 '별과 논리학의 군주' 부에르가 물었다.

[이런 짓을 하고도 괜찮을 거라 생각하나?]

"물론 안 괜찮겠죠."

나는 마왕들의 기세에 전혀 주눅 들지 않은 채 격을 끌어올렸다.

"하지만 지금 걱정해야 할 쪽은 제가 아닐 겁니다."

[마왕의 격을 해방합니다!]

[전용 스킬, '책갈피'를 발동합니다!]

[5번 책갈피가 활성화됐습니다!]

[전용 스킬, '전인화 Lv.23(+13)'가 활성화됐습니다.]

[현재 당신의 육체 구성이 해당 등장인물의 육체 구성과 상이합니다.]

[당신의 '격'이 육체 조건의 페널티를 극복합니다.]

피부를 뚫고 나온 날개의 감각에 어깨가 간지러웠다.

그에 더해 전인화의 짜릿한 감각까지 겹치면서, 내 몸은 하나의 전격으로 뒤덮였다.

급격하게 치솟는 내 격에, 세 마왕은 당혹스러운 표정이 되었다.

'별과 논리학의 군주'는 한쪽 팔을 잃었고.

'용과 악취의 대공작'은 애완 용을 잃고 상처투성이였으며.

'음속의 마왕'은 두 다리를 잃었으니 이미 전력에서 논외인 상태.

곁에 있던 정희원이 '심판자의 검'을 꺼내어 [귀살]을 발동했다.

"안 그래도 전에 마왕이랑 붙다가 말아서 아쉬웠는데…….'

마왕들이 뒷걸음질 치기 시작하자 금세 의기양양해진 우리엘이 입을 열었다.

[이 ■■들, 아깐 잘 나불댔잖아? 어디 또 지껄여보시지?]

"……"

[독자야, 희원아. 가자! 저 마왕 ■■들 전부 다 조져버리자고…….!]

나는 분기탱천한 채 망가진 화신체를 이끌고 나아가는 우리엘의 어깨를 붙잡았다. 너무나 연약해진 어깨.

내 손에 힘없이 붙들린 우리엘이 토끼 눈을 뜨고 나를 돌아보았다.

"우리엘, 뒤로 물러나십시오."

[응? 아…… 나 걱정하는 거야? 괜찮아. 나 우리엘이야!]

우리엘은 감동한 표정으로 내 손을 꼭 잡았다. 그 모습을 보는 것이 조금 서글퍼서, 나는 가만히 미소했다.

"그런 뜻이 아닙니다."

[그럼?……]

[마왕, '구원의 마왕'이 자신의 소속 진영을 결정했습니다.]

허공에 나의 참전 메시지가 떠올라 있었다. 아마 우리엘은 저 메시지를 제대로 읽지 않았을 것이다.

이윽고 의아해하던 우리엘의 몸이 뻣뻣이 굳기 시작했다. 천천히 커지는 우리엘의 눈동자.

나는 그런 우리엘의 눈을 마주 보며 말했다.

"가만히 계십시오 우리엘. 금방 끝날 겁니다."

어쩌면 우리엘도, 지금쯤 내가 보는 메시지를 읽고 있을지도 모르겠다.

[마왕, '구원의 마왕'이 선택한 진영은 악愿입니다.]

¤ ¤ ¤

"김독자가 또 김독자했네."

멀리서 전장의 풍경을 지켜보던 한수영이 중얼거렸다.

소강상태로 접어들던 전장은 김독자의 갑작스러운 개입으로 인해 혼돈을 향해 걸어가고 있었다.

마왕을 죽인 마왕. 그럼에도 자신이 '악'임을 숨기지 않는 마왕.

김독자를 포위하는 하급 천사들의 움직임과 함께 곤란해하는 정희원의 얼굴도 보였다.

걱정되었는지 이현성이 물었다.

"정말 저래도 괜찮은 겁니까?"

"안 괜찮으면? 이제 와서 〈에덴〉 편 들라고 할까? 김독자는 태생이 마왕이야."

한수영이 투덜대며 유중혁 쪽을 보았다.

"그냥 두고 볼 거 아니지?"

"물론."

"물어보나 마나, 나는 '악'이야."

한수영의 배후성은 '심연의 흑염룡'.

애초에 그다지 선택지가 있는 상황도 아니었다.

"넌 어쩔 거야 유중혁."

"……."

"네 배후성은 어떻게 하래? 답 없냐?"

유중혁은 그 말에 대답하는 대신 전장에 널브러진 화신체들을 바라보았다.

천사와 마왕의 시체도 보였지만, 기실 대부분은 인간— 즉, 환생자들이었다.

"아는 얼굴이라도 있어?"

유중혁은 말없이 쓰러진 환생자들을 내려다보았다. 꿈틀거리는 환생자 몇몇이 유중혁을 향해 손을 뻗었다. 상세가 심각해 구하기에는 너무 늦어버린 이들.

유중혁은 허리를 숙여 그들의 목에 단검을 꽂았다. 그러자 이내 평안한 얼굴로 잠들었다.

그 모습을 보던 유리 디 아리스텔이 말했다.

「수영.」

'걱정 마, 유리. 널 저렇게 만들진 않을 거야.'

죽은 환생자들의 영혼이 흩어지는 것이 보인다.

만다라의 굴레에 갇힌 환생자는 이 섬에서 죽어도 다시 살아나게 된다. 하지만 불멸한다고 해서, 그들이 죽어도 좋다는 뜻은 아니었다.

[이름을 잃은 거대 설화가 소멸합니다.]

다른 시나리오에 동원될 때마다 그들은 자신의 세계를 잃어간다. 본래 살던 삶을 잊고, 이내는 죽음마저 잊는다.

[가장 오래된 선이 환생자들에게 선을 종용합니다.]
[가장 오래된 악이 환생자들에게 택일을 강요합니다.]

죽은 이는 대부분 선악이라는 거대한 개념을 생각해본 적도 없는 자들일 것이다.

한수영은 죽은 환생자의 눈을 감겨주었다.

눈을 감은 환생자의 얼굴은, 당연한 말이지만 선도 악도 아니었다.

[해당 전장에 개입하기 위해서는 진영을 선택해야 합니다!]

"진영을 선택하겠다."

유중혁이 입을 여는 순간, 한수영이 실눈을 뜨고 물었다.

"너 혹시 딴생각하는 거 아니지? 카이제닉스 제도 가기 전에 너희 대판 싸웠잖아."

유중혁은 대답 없이 한수영을 응시했다. 그 답답한 표정에 드러나는 생각이 뭔지 알 것 같은 한수영이 빽 소리를 지르려는 순간, 유중혁이 대답했다.

"이 전쟁은 '성마대전'이 아니라 우리의 싸움이 되어야 한다. 이곳이 다른 이들의 전장이 되어서는 안 된다는 뜻이다."

성마대전이 아닌 〈김독자 컴퍼니〉의 싸움.

그게 무슨 의미인지 한수영은 바로 눈치챘다.

"그래야 선도 악도 승리하지 않을 수 있다. 그리고 그것이 김독자가 원하는 전개일 거다."

"무슨 말인지는 알겠는데, 그건 아주 힘든 길이야."

한수영은 곧장 태클을 걸었다.

"그렇게 되면 우린 〈마계〉와 〈에덴〉을 동시에 적으로 돌리게 된다고."

"이곳이 1,863회차가 아니라고 말한 것은 너다."

한수영은 한 방 먹은 표정으로 입술을 비죽였다.

"김독자…… 진짜 지독한 놈. 이런 상황에서 저딴 방법을 해결책이랍시고 제시하는 녀석은 저놈뿐이겠지."

"저놈은 원래 그런 놈이다."

"너도 마찬가지고. 둘이 아주 똑같아."

그 말에, 유중혁이 무뚝뚝한 목소리로 대답했다.

"너도 그리 달라 보이지는 않는군."

"뭐래, 난 너희 같은 명청이랑은 달라. 그만 떠들고 슬슬 움직이자."

멀리서 천사에게 둘러싸인 채 밟히고 있는 김독자가 보였다. 하긴 저 진영에서 갑자기 악을 선언했으니 〈에덴〉의 천사들이 배신감에 떨 법도 하다.

유중혁이 선언했다.

"대충 하지는 않을 것이다."

"누가 뭐래? 나도 수틀리면 너 죽일 생각인데?"

"좋군, 그 정도는 되어야 싸울 맛이 나겠지."

"카이제닉스에서 못다 한 승부를 여기서 보자고."

두 사람의 신형이 동시에 전장을 향해 사라졌고, 졸지에 홀로 남겨진 이현성이 울부짖었다.

"자, 잠깐만요! 수영 씨! 중혁 씨! 저는 어떡합니까!"

"알아서 해!"

[화신 '한수영'이 자신의 소속 진영을 결정했습니다.]
[화신 '유중혁'이 자신의 소속 진영을 결정했습니다.]

[화신 '한수영'이 선택한 진영은 악입니다.]

[화신 '유중혁'이 선택한 진영은 선입니다.]

마침내 그들의 '성마대전'이 시작되었다.

※ ※ ※

천계天界의 모든 병력이 집결한 본섬의 대평원.

천계의 수장인 메타트론은 집무실을 본떠 만든 막사 안에서 다른 주천사들에게 현황 보고를 듣고 있었다.

―〈올림포스〉 쪽에서 참가 의사를 밝혔습니다.

―〈베다〉도 참가하겠다고 타전해 왔습니다.

―〈파피루스〉도 일부 성좌를 보내겠답니다.

―〈아스가르드〉도 참전 선언을 했습니다. 이쪽은 본인들의 거대 설화 때문에 다수 성좌가 참전할 것 같지는 않습니다.

―아직 연락은 없었지만, 〈황제〉 쪽에서도 움직임이 보입니다. 이쪽이야 예전부터 화전양면을 펼치기로 유명하니…….

―'지옥의 필경사'가 중립 지대에서 성실히 활동 중입니다. 덕분에 성좌와 환생자를 막론하고 참여율이 부쩍 올라가고 있다 합니다.

메타트론은 보고 하나하나를 꼼꼼하게 메모한 뒤, 그에 적당한 응대를 덧붙여 송신했다.

이 '성마대전' 시나리오는 말 그대로 선악의 명운을 건 전쟁.

그런 만큼 메타트론은 이번 시나리오에 신중에 신중을 기하고 있었다.

[현재 해당 진영의 절대선 수치는 56입니다.]

그리고 현재까지 전쟁은 무난하게 흘러가고 있었다.
딱 하나, 이번 '성마대전' 한정으로 특수하게 따라붙은 제약을 제외하면.

[현재 혼돈 수치는 51입니다.]

혼돈 수치. 이에 관해서 물었을 때 대도깨비는 이렇게 대답했다.
―낡은 거대 설화의 대립에 이만한 규모의 무대를 제공하는 경우는 드뭅니다. 그러니 개연성에 의거하여 마땅한 위험 부담도 있어야겠죠.
―무슨 뜻이지?
―자세히 설명드리면 재미가 없으니 길게 말하진 않겠습니다. 다만 명심하십시오. 무슨 일이 있어도, 혼돈 수치를 100으로 만들어서는 안 됩니다. 아시겠습니까? 그러면 정말 끔찍한 일이 벌어질 겁니다.
대도깨비들이야 성운의 명운 따위에는 관심이 없다.
오직 더 자극적인 시나리오를 만들기에 혈안이 된 자들.

혼돈 수치는 그처럼 사악한 구상의 발로일 것이다.

[지루하군, 서기관.]

그 말을 한 것은 막사 구석에서 검을 갈던 미카엘이었다.

[내가 아가레스의 목을 따 오겠다. 날 내보내줘.]

중섬 시나리오에서 김독자와 유중혁에게 당해 두 번이나 치욕을 맛본 미카엘은 부활의 권능을 통해 화신체를 복원한 뒤, 본섬 시나리오에 진출한 상태였다.

메타트론은 의지를 불태우는 미카엘을 향해서 옅게 웃어주었다.

[그러면 전쟁이 너무 빨리 끝나버립니다.]

[지루한 전쟁이야 빨리 끝날수록 좋은 거 아닌가?]

[그렇지 않습니다. 이 전쟁은 지금껏 존재한 그 어떤 시나리오보다 더 길고 처절해야 합니다.]

메타트론은 각지에서 전송된 화면을 바라보았다.

스스로 선 또는 악을 선택한 이들이 상대를 향해 무기를 들이대고 있었다. 비록 지금은 용병으로 참전한 자들이지만, 시간이 지날수록 양상이 달라지리라는 것을 메타트론은 알고 있었다.

[가장 오래된 선이 위대한 성전을 독려합니다.]

이 전쟁에 참전한 성좌들은 언젠가 선악의 이름으로 서로 증오하게 될 것이고, 그 증오는 다시 불타올라 후대의 설화를 만들게 되리라.

전황을 지켜보던 미카엘이 퉁명스럽게 말했다.

[그러면 〈김독자 컴퍼니〉 녀석들이라도 해치우게 해주든가. 놈들에겐 갚아야 할 빚이 있어.]

메타트론이 고개를 저었다.

〈김독자 컴퍼니〉는 이 시나리오의 중요한 변수. 이용할 수 있는 한 최대한 이용해야 할 세력이었다.

[전이라면 모를까, 지금은 안 됩니다. 그들은 따로 쓸 곳이 있습니다. 미카엘이 나서버리면―]

시나리오 메시지가 들려온 것은 그때였다.

['성마대전'의 113번 국지전이 강제 종료됐습니다.]

메타트론은 메시지에 첨부된 내용을 확인했다.

113번 국지전은 우리엘이 참전한 전장이었다.

[강제 종료?]

지금껏 그런 메시지가 뜬 적은 한 번도 없었다.

메시지는 거기서 끝이 아니었다.

[혼돈 수치가 5만큼 증가했습니다.]

[현재 혼돈 수치는 56입니다.]

[경고합니다! 혼돈 수치가 55를 넘었습니다!]

(…)

[지옥의 가장 뜨거운 자리에서 무언가가 몸을 뒤틉니다.]

[모든 것의 종말을 결정하는 묵시록의 재앙이 태동하기 시작합니다.]

74
Episode

성마대전

✳

1

　허공에서 푸른빛 전류가 튀어 오르며, 달려들던 마지막 안 드로이드가 주저앉았다.

　푸슈슉.

　잘린 케이블 틈에서 검을 뽑아낸 이지혜가 이마를 닦았다.

　[레벨이 올랐습니다!]

　곁에서 그 광경을 보던 이길영이 코를 후비며 말했다.

　"누나 이제 꽤 하네?"

　하늘을 찌르는 건방에 이지혜는 꿀밤을 한 대 갈겨주려 다가 말았다.

[대상은 공격할 수 없습니다.]

어차피 이 세계관에서 꼬맹이들은 무적이다. 괜히 심기를 건드려서 좋을 게 없었다.

이지혜는 이길영과 신유승을 번갈아 보며 물었다.

"너희 지금 몇 렙이야?"

"난 84."

"전 87이요."

"뭐? 너 며칠 전까지 83이었잖아!"

"거짓말이지 멍청아."

티격태격하는 두 아이를 보며 이지혜는 한숨 쉬듯 말했다.

"난 79인데……."

그래도 아이들 덕분에 빠르게 레벨을 올릴 수 있었다. 말 그대로 비행기를 탄 듯 광속의 레벨 업이었고, 그 덕에 그들은 넥스트 시티의 수배자 명단에도 올랐다.

[안드로이드 이지혜 - 1,888G]

정확히는 그녀 혼자 올랐다. 애초에 아이들은 공격 자체가 불가능한 대상이니 수배 명단에도 오르지 않는다.

"슬슬 이 세계관에서 탈출할 때가 된 거 같은데."

"저걸 무너뜨리면 끝날 거 같아요."

신유승의 손끝이 가리킨 곳에 넥스트 시티의 중심부를 차지한 거대한 탑이 있었다. 탑 꼭대기에는 전함 한 기가 부유하고 있는데, 그 전함을 볼 때마다 이지혜는 배후성의 메시지를 받곤 했다.

[성좌, '해상전신'이 저 성유물을 가져야 한다고 주장합니다.]

"웬일이래. 검소하신 우리 장군님께서."

[성좌, '해상전신'이 헛기침을 합니다.]

하지만 이지혜도 배후성의 심정을 이해 못 할 바는 아니었다. 전함의 생김새를 보면 누구라도 그 마음을 이해할 것이다.
"왜 저게 저기 있는지는 모르겠지만……."
만약 저걸 가져갈 수 있다면, 이 모든 세계의 하늘은 '해상전신'의 바다가 되겠지.
칼자루를 불끈 쥔 이지혜가 말했다.
"아저씨랑 사부랑 깜짝 놀라게 해주는 것도 재밌겠네. 얘들아, 이제 그만 클리어할까?"
"좋아, 슬슬 버그 쓰는 것도 지겨워지던 참이라."
"그렇게 해요."
뜻밖의 메시지가 들려온 것은 의기투합한 세 사람이 탑을 향해 걸음을 옮기는 순간이었다.

[긴급 패치가 업데이트됐습니다!]

[금일 자정을 기점으로 해당 시나리오에 셧다운shutdown 제도가 도입됩니다.]

[앞으로 0시부터 6시 사이에 18세 미만 청소년은 해당 시나리오를 이용할 수 없습니다.]

올망졸망 잘 뛰어가던 이길영과 신유승이 휘청거렸다.

이길영이 당황한 목소리로 중얼거렸다.

"누나, 나 졸려."

"언니, 도망……!"

두 아이는 그 말을 마지막으로 풀썩 쓰러져버렸다.

코에 손을 가져다대보니 죽은 것은 아니었다.

[해당 플레이어는 현재 셧다운 상태입니다.]

이지혜로서는 어이가 없는 노릇이었다.

"아니, 애초에 이 세계관 18금 아니었어? 셧다운제는 왜 도입되는데?"

하지만 한가롭게 불평을 늘어놓고 있을 틈은 없었다. 활짝 열린 탑에서, 그녀를 잡기 위해 드론 수백 기가 일제히 출격했기 때문이었다.

"이런 망할."

아무래도 오늘은 유독 긴 밤이 될 것 같았다.

✿ ✿ ✿

[113번 국지전이 종료됐습니다.]

[해당 국지전은 승패가 가려지지 않았습니다.]

전쟁에는 승자도 패자도 없었다. 중상을 입은 마왕들은 서로 부축하며 물러났고, 패닉에 빠진 우리엘도 하급 천사들에게 떠밀려 사라졌다.

텅 빈 전장에 남은 것은 패잔병처럼 늘어진 환생자들과, 그런 환생자 사이에 함께 널브러진 다섯 명의 남녀뿐.

"……이게 될 줄은 몰랐네."

한수영이 어이가 없다는 듯 중얼거렸다.

국지전에 참가한 〈김독자 컴퍼니〉가 한 일은 간단했다.

선악의 전장에 참가해, 그들을 제외한 모든 참가자를 제압하는 것.

그리고 승부가 나지 않는 전쟁을 남은 사람끼리 계속하는 것.

[해당 전장의 승패를 가릴 수 없습니다.]

[해당 전장의 참가자들에게 전투 의사가 없음을 확인했습니다.]

〈김독자 컴퍼니〉의 대결은 사투가 아닌 놀이였고, 대련이었으며, 승자나 패자가 존재하지 않는 게임이었다. 그랬기에 선악의 전쟁이 아니었으며, 자연히 성마대전도 아니었다.

[해당 국지전은 '성마대전'의 분류에서 제외됩니다.]
[새로운 113번 국지전이 생성을 기다리고 있습니다.]

강제로 하나의 전장을 해체해버리는 무력. 그것이 바로 지금의 〈김독자 컴퍼니〉가 가진 힘이었다.

"제 배후성이 꽤 섭섭해하겠는데요."

"이번에는 어쩔 수 없었습니다, 희원 씨."

"가능하면 우리엘이랑은 싸우고 싶지 않아요."

"저도 마찬가집니다."

살짝 씁쓸한 표정을 지은 정희원이 이현성과 함께 전장의 환생자들을 살폈다. 많은 사람이 죽어 환생의 굴레로 되돌아갔지만, 살아남은 이도 있었다. 정희원과 이현성은 가지고 있던 '엘라인 숲의 정기'를 쪼개어 건네주었다. 김독자 또한 주변 환생자들을 하나씩 부축하여 [점혈]로 상처를 지혈했다.

그런 김독자를 보던 한수영이 말했다.

"이번엔 생각하고 저지른 거 맞지?"

"난 늘 생각하고 저질렀어."

"그럼 언제까지 이런 식으로 버틸 수 없을 거라는 것도 알겠네."

이번에야 전장에 난입하는 타이밍이 좋았다지만, 다음번에도 운이 좋으리라는 법은 없었다.

선이나 악에 속한 성좌나 마왕 중에는 〈김독자 컴퍼니〉의 힘만으로 당해낼 수 없는 존재도 있을 것이고, 전력 격차가 심한 전장에 뛰어들었다가 위험에 처할 수도 있다.

하지만 김독자는 침착한 표정이었다.

—오래 버틸 필요 없으니 괜찮아.

자연스럽게 밀회로 전환되자, 한수영도 밀회로 속삭였다.

—그럼?

—혼돈 수치가 90을 돌파할 때까지만 버티면 돼.

[현재 혼돈 수치는 56입니다.]

기다렸다는 듯 허공에 떠오른 메시지를 한수영은 유심히 노려보았다.

—이 수치는 뭐야? 선악 수치랑은 다른 거 같은데?

—맞아.

김독자는 혼돈 수치에 관해 짧게 설명해주었다.

선이나 악, 둘 중 누구도 승리하지 않았을 때. 그리하여 이 세상의 질서가 무너졌을 때 상승하는 것이 바로 '혼돈 수치'라고.

—이거 꽉 차면 어떻게 돼?

—묵시록의 재앙이 발생하지.

—묵시록의 재앙? 잠깐만, 설마 '묵시룡' 말하는 거야?

묵시록의 파멸룡, 혹은 묵시록의 최후룡.

소위 '묵시룡'이라는 이름으로 불리는 존재.

1,863회차의 95번 시나리오에 재림해, 꼬리짓 한 번으로 〈스타 스트림〉의 성좌들을 휩쓸어버린 대재앙.

김독자가 씩 웃으며 고개를 끄덕였다.

—맞아. 잘 아네?

—그걸 알고도 혼돈 수치를 올리겠다고? 너 미친놈이냐? 묵시룡이 부활하면 어쩌게? 1,863회차에서 어떻게 됐는지 잊었어?

묵시룡이 이 시나리오에서 깨어난다면 '성마대전'은 비교도 안 될 대파멸을 불러올 것이다.

하지만 김독자의 표정은 단호했다.

—부활 안 할 거야.

—그걸 어떻게 알아?

한수영의 물음에, 김독자는 그저 어깨만 으쓱해 보이고 돌아섰다.

발끈한 한수영이 뭐라고 외치려는 순간, 누군가가 불쑥 끼어들었다.

"작가라더니, 상상력이 부족하군."

"뭐 이 자식아?"

유중혁은 한수영의 작은 주먹을 가볍게 받아냈다.

한수영이 으르렁거렸다.

"왜 남의 대화에 끼어들어?"

"네가 한심한 소리를 해서 참을 수 없었던 것뿐이다."

"뭘 개소리야?"

"1,863회차에서 있었던 일을 아는 건 저놈만이 아니다."

한수영은 유중혁의 말을 바로 알아들었다.

김독자는 1,863회차에 혼자서 다녀온 것이 아니었다. 두 명의 대천사와 함께 떠났고, 돌아올 때도 한 명이 함께했다.

그리고 그 사실이 뜻하는 바는…….

"……〈에덴〉도 그곳의 일을 알겠네. 그리고 저 녀석은 그걸 이용하는 거고."

김독자의 의도는 명백했다.

혼돈 게이지가 100이 되면 묵시룡이 해방된다. 그리고 〈에덴〉은 1,863회차의 정보를 들어 묵시룡이 해방되면 무슨 일이 벌어지는지 알고 있다.

〈에덴〉이 멸망하는 꼴을 보고 싶지 않다면, 지금 당장 '성마대전'을 중지하라는 것.

그게 바로 김독자가 전하고자 하는 메시지인 셈이었다.

태연자약한 얼굴로 환생자를 다독이는 김독자를 보며, 한수영은 살짝 어이가 없었다. 어떤 성좌가 대성운을 상대로 그런 협박전을 펼칠까.

"저 사악한 자식…… 다 같이 살거나, 다 같이 죽거나 둘 중 하나를 선택하라는 거잖아."

"잘만 된다면 그렇겠지. 우리만 죽는 미래가 올 수도 있다."

표정을 굳힌 채 흑천마도를 닦는 유중혁은 그 어느 때보다

진중한 표정이었다. 한수영은 그 표정에서 유중혁의 각오를 읽을 수 있었다. 아마 지금쯤 유중혁의 머릿속에서는 최악의 가설들이 줄줄이 이어지고 있을 것이다.

김독자의 계획이 실패하고, 이곳에서 〈김독자 컴퍼니〉의 일행이 전멸하며, 그가 다시 한번 회귀하게 되는 것.

한수영이 투덜거렸다.

"끔찍한 미래만 떠올리는 건 회귀자 특유의 버릇이냐?"

"최악을 가정해야 최악 이후도 가정할 수 있는 법이다."

"누가 들으면 1만 번쯤 회귀한 줄 알겠네."

"어떤 우주에서는 그럴지도 모르지."

"네가 그런 말도 할 줄 아냐?"

한수영은 피식 웃으며 멀찍이 떨어진 김독자를 바라보았다. 여전히 비실대는 꼴이 흐느적거리는 바람 인형 같았다.

텅 빈 바람 인형의 속을 읽을 수 없듯, 한수영은 김독자의 속내를 읽을 수 없었다. 가끔 알 것 같은 기분이 들 때도 있었지만, 그건 대개 인형에서 새어나온 바람 같은 것이었다.

저런 걸 뭘 믿고.

어쩌면 정말 알 수 없는 것은 자기 자신이었다. 왜 자신은 김독자와 함께 싸우고 있는가. [예상표절]을 돌리면 알 수 있을지도 모르지만, 한수영은 구태여 그러지 않았다. 그러면 안 된다고 생각했기 때문이다.

돌아보니 유중혁도 자신과 같은 광경을 보고 있었다.

"야, 물어볼 거 있어."

"내가 순순히 대답해줄 거라 착각하고 있다는 게 신기하군."

"하긴, 너 지독하긴 하더라. '카이제닉스 제도'에서 그렇게나 고문을 당하고도 신음 한 번 안 흘린 걸 보면."

유중혁의 표정이 굳어졌다.

"역시 네놈이 시킨 짓이었나?"

"내가 시킨 건 아니고, 착한 우리 유리가 내 마음을 알아준 거지."

[설화, '카이제닉스의 왕'이 고개를 주억입니다.]

유중혁은 그 지독한 고문을 당하면서도 자신의 정체나 관련된 정보를 밝히지 않았다. 일어나 툭툭 엉덩이를 털며 한수영이 물었다.

"아무튼, 너 이제 진짜 괜찮은 거냐? 전에는 김독자 죽이려고 했잖아."

"네가 상관할 바가 아니다."

"너 같은 녀석이 그렇게 생각이 빨리 바뀔 리는 없고. 생각이 바뀐 게 아니라면 원래부터 저놈을 죽일 생각이 없었다는 얘긴데……."

"……."

"그때 널 부추긴 게 누구야? 메타트론?"

그 이름에 유중혁의 굵은 눈썹이 살짝 움직였다.

"흐음, 관계가 있긴 한가 보네."

"뒷조사라도 한 모양이지?"

"그딴 걸 할 시간이 어딨냐? 네가 갑자기 〈에덴〉 이야기를 하니까 떠봤을 뿐이야. 그런데 반응을 보니 '메타트론'이 핵심은 아닌 것 같네."

한수영의 추리력에, 이번에는 유중혁의 양쪽 눈썹이 동시에 꿈틀거렸다.

"흐음, 누굴까나. 우리 망할 회귀자님의 속내를 들쑤신 분이."

"네놈 따위가 알 수 있는 존재가 아니다."

"역시, '은밀한 모략가'냐?"

유중혁이 한수영을 올려다보았다. 한수영이 뭘 그렇게 놀라느냐는 듯 입술을 실룩였다.

"나 바보 아니거든? 네가 생각하는 것 정도는 나도 생각할 수 있어."

[화신 '한수영'이 '예상표절'을 발동 중입니다.]

"정확히는 '나들'이지만."

수백, 수천, 어쩌면 수만 명의 한수영이 모여 다음 전개를 예상하는 설화.

이번에는 유중혁이 물었다.

"은밀한 모략가에 대해 알고 있나?"

"아주 강력한 이계의 신격."

유중혁은 잠깐 실망스러운 표정을 짓더니 이내 납득한 목소리로 말했다.

"바보가 수천 명 모인다고 천재가 되는 건 아닌 모양이군."

"죽을래? 그러는 넌 녀석이 누군지 알아?"

"짐작 가는 존재는 있다."

"호오? 누군데?"

유중혁은 곧장 대답하는 대신 기억을 더듬는 듯했다.

"녀석은 내가 살아온 모든 역사를 알고 있었다. 0회차부터, 내가 아직 겪지 않은 먼 미래의 회차까지."

"흐음……."

"내 예상이 맞는다면 그런 존재는 모든 세계선을 통틀어 하나뿐이다."

그러자 한수영도 고개를 끄덕였다.

"그렇겠네. 제일 가능성이 높은 건 하나뿐이야."

잠시 서로를 바라보던 두 사람은, 동시에 자신의 해답을 말했다.

그런데.

"누구라고?"

"무슨 헛소리지?"

두 사람의 대답이 달랐다.

✳

2

먼저 따진 것은 한수영이었다.

"아니, 어떻게 그런 생각을 할 수 있지? 회귀자가 되면 머리가 점점 나빠지나?"

"내가 할 소리군. 작가가 그렇게 불쾌한 상상력을 발휘할 줄이야."

한수영과 유중혁은 으르렁거리며 서로 노려보았다.

먼저 양보한 쪽은 한수영이었다.

"후…… 세 번쯤 회귀하다 보면 정신이 나가서 이상한 생각을 할 수도 있겠지. 그래…… 은밀한 모략가가 '미래의 김독자'라고?"

"나는 그렇게 생각하고 있다."

"그래 뭐, 아주 불가능한 이야기는 아니네. 〈스타 스트림〉이야 별일이 다 일어나는 곳이고, 또⋯⋯."

한수영은 '소설이 현실이 되어버리는 게 이 세상이니까'라고 말하려다가 뒷말을 삼켰다. 그게 사실이라도 유중혁 앞에서 할 소리는 아니라고 생각했기 때문이다. 그 대신 다른 말을 했다.

"은밀한 모략가한테 확인하는 게 제일 빠를 텐데. 확인은 해봤어?"

유중혁이 고개를 끄덕였다.

"녀석과 계약을 했었다. 내가 녀석의 부탁을 들어주면, 녀석도 내 질문에 대답을 해주기로."

"무슨 질문인데?"

"은밀한 모략가의 정체가 미래에서 온 김독자인지 물었다."

"그래서?"

"아니라고 하더군."

"근데 왜 넌—"

"정확히 말하지. '한때는 무언가였을지도 모르지만, 지금은 아무것도 아니'라고 했다."

한때는 무언가였으나 지금은 아무것도 아니다.

한수영은 그 말의 허점을 깨달았다.

은밀한 모략가의 대답은, 그가 '미래의 김독자'라는 추리를 부정하는 대답이 아니었다. 오히려 '김독자였을 수도 있고 아닐 수도 있다'라는 뜻에 더 가까웠다. 그렇게 생각하면 유중혁이 자신의 추리를 굽히지 않는 것도 이해가 갔다.

한수영이 재차 물었다.

"들은 건 그게 다야?"

"놈은 내가 살아온 모든 회차를 알고 있다고 했다."

한때 무언가였으나 지금은 그저 '은밀한 모략가'일 뿐인 자.

그리고 유중혁이 살아온 모든 회차를 아는 존재.

"그거 말곤?"

"없다."

"장난쳐? 죽을 둥 살 둥 싸우고 고작 그거 물어본 거야?"

한수영이 씩씩대며 소리쳤다.

"전 회차에는 없던 놈이잖아? 정확한 정체를 알 수 없으면 다른 정보라도 많이 알아 왔어야지!"

"그놈 목적도 듣긴 했다."

"뭐라디?"

"바꾸고 싶은 게 있다고 하더군. 그리고, 죽이고 싶은 존재도 있다고 했다."

들을수록 수렁에 빠지는 느낌이었다. '죽이고 싶은 존재'라는 말은 바꿔 말하면 '아직 죽일 수 없는 존재'라는 뜻이었다.

'은밀한 모략가' 정도 되는 신격에게 그런 존재가 있다는 말인가.

"내가 들은 것은 그게 전부다. 내게 허용된 질문권도 그게 전부였고."

"조금 더 정보를 캐낼 수는 없어?"

"그럼 다시 녀석과 계약해야 한다. 그런 짓을 하면 지난번보다 더 큰 대가를 치르게 되겠지."

유중혁은 그렇게만 말하고 허공을 올려다보았다.

한수영도 함께 하늘을 보았다. 그리고 '한낮의 밀회'가 발동했다.

─놈이 보고 있어?

─시선은 느껴지지 않는다.

약간은 실망스러운 결과였다.

대놓고 들으라고 떠들어봤는데, 아무래도 당사자는 이 광경을 지켜보지 않는 모양이었다. '은밀한 모략가'답지 않은 일이랄까.

한수영이 말했다.

─곤란하네. 만약 그 정도 신격이 중요한 순간에 개입하면 우리가 아무리 치밀한 계획을 세워도 소용이 없다고.

이번 '성마대전'처럼 중요한 무대라면 더욱 그렇다. 작은 변수 하나가 판 전체를 뒤집어놓을 수 있는 상황이라면 신경이 쓰이지 않을 수가 없다.

하지만 유중혁의 생각은 달랐다.

"놈은 직접 나서지 않을 거다."

"왜 그렇게 생각해?"

"김독자나 나를 종용해 일을 꾸미는 것 자체가 증거다. 직접 움직일 수 있었다면 처음부터 그랬겠지. 그 녀석쯤 되는 존재라면 스스로 움직이는 것 자체로 엄청난 개연성을 소모할 것이다."

"그것도 그렇네. 빌어먹을 개연성에 감사하는 순간이 올 줄이야."

"나도 묻고 싶은 것이 있군."

"응?"

"네놈의 불쾌한 상상력의 근거를 아직 듣지 않았다. 네놈은 왜 '은밀한 모략가'가 '그 녀석'이라고……."

유중혁의 질문에 한수영이 피식 웃었다.

"뭐야, 관심 없는 줄 알았더니, 신경 쓰이냐?"

"단 한 번도 토를 달지 않는 순간이 없군."

유중혁이 차가운 칼자루를 쥐려는 순간, 능글맞은 목소리가 들려왔다.

"둘이 사이가 좋네?"

두 사람의 살벌한 시선이 동시에 김독자에게 꽂혔다.

쓴웃음을 지은 김독자가 손사래를 치며 물러나는 차, 허공에 시나리오 메시지가 떠올랐다.

[113번 국지전의 새로운 좌표가 설정됐습니다.]

다시 움직일 시간이 된 것이다.

"슬슬 또 한바탕 해보자고."

기다렸다는 듯, 〈김독자 컴퍼니〉의 설화들이 아우성치기 시작했다.

[마왕, '구원의 마왕'에게 새로운 설화가 발아합니다!]

['구원의 마왕'의 두 번째 수식언 후보 목록이 생성됐습니다.]

✡ ✡ ✡

마계의 2인자는 다양한 수식언으로 불린다.

지옥 동부의 지배자. 마계의 대수代手. 존엄의 파괴자.

그토록 다양한 이름이 있음에도 그의 진명은 하나다.

제2 마계의 주인, 아가레스.

제1 마계의 주인이 홀연히 사라진 뒤, 아가레스는 수천 년 세월 동안 마계를 지켜왔다. 영역을 넘보는 대천사들의 목을 베고, 악이 악으로서 존립하기 위한 설화들을 수호해왔다.

악의 자격을 시험하고, 규제하고, 통치하며 그는 오직 단 하나의 질문에 몰두했다.

악이란 무엇을 위해 존재하는가.

그것이 정말 해결 가능한 질문인지 아닌지는 중요하지 않았다. 단지 그 질문이 그를 살게 했고, 그렇기에 그는 골몰해왔다.

해답을 알 것 같을 때도 있었고, 가끔 지금처럼 희한한 기분이 들 때도 있었다.

[113번 국지전이 강제 종료됐습니다.]

[114번 국지전이 강제 종료됐습니다.]

그 아득한 세월을 살아온 아가레스조차 처음 보는 광경.

—다들 조금만 더 힘내요!

—거의 다 제압했습니다!

아비규환의 전장에서 환생자들을 구하는 자들이 있었다.

위대한 선악의 승패와는 관계없이 그저 그곳에서 희생되던 소모품들이 누군가에 의해 구원받고 있었다.

문제는 그 일을 행하는 존재가 '마왕'이라는 점이었다.

[혼돈 수치가 4만큼 상승했습니다.]

[현재 혼돈 수치는 60입니다.]

[경고합니다! 혼돈 수치가 60을 넘었습니다!]

혼돈.

그것은 선도 악도 아닌 것.

세계의 개연성과 질서의 바깥에 있는 무엇.

[혼돈 수치를 늘려서 '성마대전'을 막겠다?]

깊게 눌러쓴 아가레스의 페도라 양옆으로 붉은 뿔이 자라났다. 아가레스가 뭔가에 흥미를 보일 때마다 나타나는 징조였다.

[더 큰 멸망을 구실로 작은 멸망을 막는다. '구원의 마왕'이나 할 법한 발상이지요.]

그 말을 한 것은 '격노와 정욕의 마신' 아스모데우스였다.

아가레스가 옥좌를 짚은 손가락을 까딱거리며 물었다.

[왜 그는 '악'의 편을 들지 않는 것이지? 이쪽에 붙는다 한들 전혀 손해 볼 일이 없을 텐데.]

[이번 성마대전이 종료되면 그의 '전'이 완성됩니다. 그가 추구하는 ■■이 악의 길은 아니라는 뜻이겠죠.]

[그렇다고 선의 ■■을 추구하려는 것 같지도 않군.]

오히려 선이나 악, 둘 중 한쪽 편에 붙은 것보다 더 난처한 상황이었다.

아가레스가 재차 물었다.

[그대의 생각은?]

[우리가 나서기 전에 메타트론이 먼저 움직일 겁니다. 누구보다 오래 이 전쟁을 열망해온 늙은 천사가, 자신의 판이 망쳐지는 걸 두고 볼 리 없죠.]

그 말이 흘러나오기 무섭게 마왕 측 통신으로 한 줄의 메시지가 도착했다.

―아가레스. 전할 말이 있어 연락했습니다.

아가레스가 찢어진 입꼬리를 올리며 웃었다.

―메타트론. 우리가 한가하게 대담이나 나눌 사이는 아닐 텐데?

현 〈마계〉와 〈에덴〉의 최강자가 화면을 통해 대면했다. 시선 교환만으로 강렬한 개연성의 스파크가 튀고 있었다.

―장단을 맞춰주고 싶지만, 이번에는 잠깐 힘을 빌려야 할 것 같군요.

―선과 악이 손잡은 이야기를 들은 적이 있나?

―목적을 위해 수단을 가리지 않는 악의 이야기는 흔한 편이지요.

비아냥대는 아가레스의 목소리에도 메타트론은 침착했다.

―치기 어린 성운이 하나 있습니다. 자신들이 이 세계의 중심이라 믿는 어린 후배죠.

누구 이야기인지는 명백했다. 아가레스가 웃었다.

―겨우 작은 성운 하나를 짓밟자고 핫라인까지 열다니, 우습군.

―자칫하면 작은 성운으로 말미암아 '성마대전'이 무너질 수도 있습니다.

―〈스타 스트림〉의 선배 된 입장에서 군기라도 잡고 싶은 모양이지? 꼰대 기질은 여전하군.

―세상의 참된 이치를 알려주고픈 마음이라 해두죠.

―거절하겠다. 네놈 따위와 손잡지 않아도 그런 성운 하나 뭉개는 건 일도 아니니까.

―손을 잡자는 게 아닙니다.

―그러면?

메타트론은 곧장 대답하지 않고 자신의 손 위에 작은 십자가를 하나 띄웠다. 허공에 뜬 십자가는 제자리에서 뱅뱅 돌고 있었다.

―〈김독자 컴퍼니〉가 전장을 망칠 수 있는 것은, 그들이 비등한 힘의 균형을 이용하기 때문입니다.

—그래서?

—처음부터 힘의 균형이 무너진 전장이라면 어떨까요.

메타트론은 십자가에 바람을 불었다. 그러자, 회전축이 슬 그머니 무너지며 십자가가 흔들리기 시작했다.

아가레스가 불쾌하다는 듯 물었다.

—처음부터 한쪽이 불리한 전장을 열자는 얘긴가?

—그렇습니다.

양측의 전력이 비등한 경우라면 모를까, 어느 한쪽으로 균 형이 무너진 상황이라면 〈김독자 컴퍼니〉도 그만큼 무게의 균형을 맞춰야 한다. 무게가 악으로 기울었다면 선 쪽으로, 선 으로 기울었다면 악 쪽으로.

이것을 역으로 이용한다면, 〈김독자 컴퍼니〉를 몰살할 국지 전을 설계하는 것도 불가능한 일은 아니었다.

—어느 측에 불리한 전장을 열자는 것이지?

—이런 일은 공평하게 해야겠죠. 악 측에 불리한 국지전장 이 하나 열린다면, 선 측에 불리한 국지전장도 하나 열도록 하 겠습니다.

—재미있군. 천사를 희생해서라도 놈들을 잡고 싶은 모양 이지?

—혼돈 수치가 쌓이는 걸 내버려둘 수는 없습니다. 그리고 국지전을 여러 개 열어야 〈김독자 컴퍼니〉를 분산시킬 수 있 습니다.

—그들이 도발에 응하지 않는다면?

─그럼 그것으로도 충분한 것 아니겠습니까?

화면 너머로 비치는 메타트론의 눈이 하얗게 빛났다.

─응하지 않는다면, 어차피 이 전쟁의 승자는 선악이 될 테니까.

¤ ¤ ¤

[115번 국지전으로 가는 게이트가 열렸습니다!]

[116번 국지전으로 가는 게이트가 열렸습니다!]

[117번 국지전으로 가는 게이트가……!]

실시간으로 허공을 뒤덮는 게이트들을 바라보며 나는 헛웃음을 지었다.

역시, 메타트론이나 아가레스가 이번 일을 그냥 넘어갈 턱이 없지.

실시간으로 생겼다가 사라지는 포털들을 보며 정희원이 물었다.

"독자 씨, 저게 어떻게 된 거죠?"

"놈들이 국지전을 한꺼번에 열었습니다."

"이런 경우도 있어요?"

"본래는 있을 수 없습니다. 국지전이라고 해도 저렇게 빨리 생겨났다 사라지진 않거든요."

[115번 국지전이 종료됐습니다!]

[116번 국지전이 종료됐습니다!]

실시간으로 종료되는 전장과 함께, 시나리오 메시지도 떠올랐다.

[성마대전 진행 현황]

절대선 수치: 57

절대악 수치: 57

혼돈 수치: 60

우리가 쌓은 혼돈 수치에 대항하듯, 선악 수치가 빠르게 상승하고 있었다.

이현성이 벌떡 일어났다.

"이대로 있을 수는 없습니다."

이현성이 주먹을 불끈 쥐며 말을 이었다.

"저 전장에도 희생되는 환생자들이 있을 겁니다."

한수영이 손톱을 잘근 깨물며 말했다.

"물론 그렇겠지. 근데 저기 들어가면 우리도 죽어."

"예?"

"모르겠어? 함정이라고 저거. 쟤들 지금 우리 족치겠다고

작당한 거야."

멍하니 나를 보는 이현성의 시선에 내가 고개를 끄덕였다.

"한수영 말이 맞습니다. 우리는 아마 들어가자마자 공격부터 받을 겁니다."

"들어가지 않아도 끝장인 것은 마찬가지다."

유중혁의 말에 일행들의 표정은 더욱 어두워졌다.

〈김독자 컴퍼니〉는 선과 악으로 소속이 찢어진 상황. 만약 이대로 성마대전의 승자가 결정된다면, 패한 쪽은 끔찍한 꼴을 당하게 될 것이다. 화신체 소멸은 당연한 얘기고, 운 좋게 영혼이 되더라도 지옥의 염열에 시달리며 자아를 파괴당할 것이다.

결국 우리는 저 전장에 참가할 수밖에 없다.

"어쩔 수 없군요."

때로는 함정이라는 것을 알면서도 걸어 들어가야 할 때도 있는 법이다.

나는 재빨리 일행들을 분류했다.

"정희원 씨와 이현성 씨는 117번 국지전에 참가하세요. 그리고 한수영이랑 유중혁은 119번 게이트로—"

"아니 잠깐만, 그럼 넌?"

"난 혼자 121번 게이트로 갈 거야."

나를 노려보던 유중혁이 말없이 칼자루를 쥐기에 재빨리 항변했다.

"아니, 그렇다고 진짜 혼자서 가겠다는 얘기는 아니고."

"누구랑 가겠다는 거지?"

"우리 편이 되어줄 사람."

그러자 한수영이 태클을 걸었다.

"누구? 지금 상황에서 누가 우리 편이 되어주는데?"

보통은 아무도 이쪽 편을 들지 않겠지.

하지만 내 생각이 맞는다면, 적어도 딱 하나. 아니 둘은.

[성운, <명계>가 당신을 기다리고 있습니다.]

나는 씩 웃으며 말했다.

"우리 부모님."

✳

3

나는 일행들과 간단한 작별 인사를 마친 뒤 곧장 〈명계〉를 향해 메시지를 보냈다. 답장은 금방 돌아왔다.

[성좌, '부유한 밤의 아버지'가 당신의 출입을 허락합니다.]
[성좌, '가장 어두운 봄의 여왕'이 당신의 출입을 허락합니다.]
[성운, 〈명계〉가 당신을 소환하는 포털을 개방합니다.]

츠츠츠츠츳!
본래 이런 대규모 시나리오가 진행되는 와중에는 시나리오 외부로 이탈하기 쉽지 않다. 하지만 〈명계〉는 나를 위해 기꺼이 막대한 개연성을 지불해준 것이다.
고마운 일이었다.

말이 후계지, 사실 그때 도움받은 이후로 변변찮은 인사도 못 했는데.

생각해보니 조금 찝찝했다. 혹시 흔쾌히 승낙한 게 이제껏 〈명계〉를 방문하지 않은 나를 조지기 위해서라면?

—김독자.

급작스럽게 들려온 메시지에 놀라 허공을 바라보았다. '한낮의 밀회'는 아니었다. 그럼 메시지를 보낼 만한 녀석은 하나뿐.

—뭐야, 지부장 되고 바쁜 줄 알았는데 아직 여기 신경 쓸 여력이 있냐?

—없어. 짬 내서 만드는 거지.

비형이 허공에서 잎담배를 문 채 투덜거렸다.

자식이, 요즘 지부장 되더니 꽤 일이 피로해진 모양이다.

비형은 복잡한 눈빛으로 나를 내려다보더니 한숨을 푹 쉬었다. 그리고 일시적으로 주변 채널의 송수신이 차단되는 것이 느껴졌다.

—너 지금 위험한 짓 벌이는 거다.

—언제는 안 그랬냐?

—전이랑은 달라. 이번엔 〈스타 스트림〉 전체가 네가 벌이는 일을 주목하고 있다고.

—그것도 골백번도 더 들은 소리 같은데.

—이대로면 조만간 네가 쌓은 개연성의 업보가 폭발할 거야. 무슨 뜻인지 알지?

나는 고개를 끄덕였다. 뒤틀린 개연성이 폭발하면 어떤 끔찍한 일이 벌어지는지는 지난 '마왕 선발전' 때 똑똑히 보아서 알고 있다.

실제로 요즘 나는 블록이 많이 빠진 젠가 위에 올라서 있는 기분이 들 때가 많았다.

—조심해. 언제까지 운이 좋을 수는 없어. 아무리 네가 대도깨비나 외신外神들의 가호를 받고 있다 해도…….

—누구의 가호?

—됐다. 쓸데없는 말을 했네.

비형은 고개를 절레절레 흔들더니 허공에 가볍게 연기를 뿌렸다. 그러자 연기를 중심으로 동결된 채널이 해제되기 시작했다.

—잘 다녀와라. 죽지 말고.

—그게 저승 가는 사람한테 할 말이냐?

말은 안 하지만, 아마 비형은 관리국 쪽의 방해 공작을 막아주고 있을 것이다. 처음 만날 때만 해도 하급 도깨비였던 녀석인데, 벌써 이렇게나 큰 도움을 받게 되다니. 오래 살고 볼 일이다.

[시공간 전송이 시작됩니다.]

눈앞에서 지각 정보가 분해되더니, 다시 눈을 떴을 때는 새카맣게 말라붙은 저승의 땅이 나를 맞이했다. 〈명계〉였다. 본래라면 뱃사공 카론을 통해 강을 건너야 했지만, 이번에는 그런 절차가 생략되었다.

메마른 강가의 자갈밭을 지나 하데스의 궁을 향해 얼마나 걸음을 옮겼을까. 외성에 발을 내딛는 순간, 마치 기다리고 있었다는 듯 수만 명의 시선이 내게 꽂혔다.

저승의 3대 심판관을 위시한 어마어마한 숫자의 영혼. 사나운 공기의 움직임으로 봐서, 결코 호의적인 시선 같진 않았다.

[저승의 심판관들이 당신의 존재를 눈치챘습니다!]

역시, 날 이곳에 부른 것은 다른 목적이 있어서였나?

스스슷.

저승의 3대 심판관이 나에게 미끄러지듯 다가오고 있었다.

3대 심판관은 모두 설화급에 해당하는 성좌.

나는 허리춤의 '부러지지 않는 신념'을 재빨리 움켜쥐었다.

내가 아무리 강해졌다 해도 〈명계〉에서라면 그들을 상대하기는 결코 쉽지 않다.

제일 앞에 있던 심판관의 눈높이가 낮아진 것은 그때였다. 그것을 시작으로 두 번째 심판관, 세 번째 심판관의 눈높이가 낮아졌다. 심판관들은 내 앞에 무릎을 꿇었다.

……어?

그 뒤로 심판관을 따르던 〈명계〉의 군대가 마치 낮게 밀려가는 파도처럼 주저앉기 시작했다. 자세히 보니 사납게 들끓던 열기는 내 짐작과는 조금 다른 것이었다. 저승의 심판관들이 나를 보며 자신의 눈을 찍어 닦고 있었다. 뭔가에 감동이라도 한 것처럼.

쿠구구구구!

〈명계〉 전체가 나에게 무릎을 꿇으며 길을 내고 있었다.

궁의 내전으로 통하는 길.

이제껏 단 두 명의 성좌만이 걸어갈 수 있었던 길이다.

[밤의 왕국에 오신 것을 환영합니다, 〈명계〉의 후계시여!]

심판관의 말과 함께, 눈앞에 시스템 메시지가 떠올랐다.

[현재 당신은 <명계>의 왕자입니다.]

�֎ �֎ ✖

나는 궁 내부로 이동하는 내내 떨떠름한 기분이었다.

'명계의 후계자'가 된 순간 이런 일이 벌어질지도 모른다고 생각은 했지만, 이렇게나 파격적인 신분 상승을 겪고 나니 정신이 말랑해지는 기분이었다.

살면서 한 번도 받아보지 못한 융숭한 대접이었다.

게다가 음산하고 치렁치렁한 이 의복은 뭐란 말인가.

[저, 왕자님.]

"예."

[지난번에는 죄송했습니다.]

그러고 보니 이 아저씨, 신유승의 영혼을 되찾으러 〈명계〉에 왔을 때 나를 맞이했던 심판관이다. '야마타노오로치의 뱀술'을 처먹고 내 부탁을 몰래 들어준⋯⋯ 수식언이 뭐였더라?

"아닙니다. 잘 해결되었으니 그걸로 된 거죠. 그때는 제가 감사했습니다."

심판관은 송구스럽다는 듯 고개를 푹 숙이더니, 이내 알현실로 가는 문을 활짝 열었다.

[명왕께서 기다리고 계십니다.]

나는 긴장하며 심판관들과 함께 안으로 발을 내디뎠다.

곁을 지키는 심판관의 든든한 격에 기분이 싱숭생숭했다.

〈명계〉의 주인이 되면 이런 성좌들을 모두 부릴 수 있다는 거겠지.

[후후, 그래. 그랬구나.]

상념을 갠 것은 어둠 속에서 들려온 페르세포네의 음성이었다. 페르세포네는 옥좌 위에서 자신의 손끝에 앉은 누군가와 이야기를 나누고 있었다.

[바앗, 바앗. 아바아앗!]

[흐음, 그때도 그랬다고?]

[바앗, 바앗!]

방방거리며 뛰어오르는 찹쌀떡. 누구의 목소리인지는 명백했다.

내가 소리치기도 전에 나를 발견한 비유가 화색을 보이며 소리쳤다.

[아바앗! 아바앗!]

[우리 작은 후계자가 왔구나.]

왜 비유가 여기에 있는지는 모르겠지만, 나쁜 상황은 아니었다. 비유의 재롱잔치 덕에 페르세포네는 무척 즐거워 보였으니까.

하데스의 무기질적인 시선과 페르세포네의 온화한 시선이 동시에 내게 꽂혔다. 찌릿찌릿한 느낌에 전신이 마비되는 것 같았다. 역시 신화급 성좌에게는 시선만으로도 모든 존재를 압도하는 힘이 있다.

나는 포세이돈과 대격전을 벌이던 하데스를 떠올리며, 간단히 반배半拜를 올렸다.

"오랜만에 뵙겠습니다. '부유한 밤의 아버지', 그리고 '가장 어두운 봄의 여왕'이시여."

[오랜만이구나 아들아. 그간 별고는 없었니?]

"어…… 예. 그렇습니다. 여왕께서는?"

[후후, 우리도 무탈했단다. 하나뿐인 자식이 너무 늦게 찾아와서 조금 섭섭하긴 했지만 말이야.]

오가는 대화의 분위기가 무슨 명절 같았다. 애초에 이런 경험이 없는 나로서는, 무슨 말로 어떻게 대화를 이어가야 할지 감이 오지 않았다.

너른 옥좌에 앉은 하데스는 여전히 표정을 읽을 수 없는 눈으로 나를 내려다보고 있었고, 페르세포네는 싱글싱글 웃는 얼굴로 말을 걸었다.

[네가 없는 동안 작은 손녀딸이 적적함을 달래주었단다. 말년에 도깨비 손녀라니, 정말 오래 살고 볼 일이지.]

바앗바앗거리는 비유가 마음에 들었는지, 페르세포네는 손등에 앉은 비유를 보드랍게 쓸어주며 말했다.

[아이는 얻었는데, 짝은 없구나. 배필은 언제 데려올 셈이니?]

"아, 그건 생각을 좀……."

명절에 정말 듣기 싫은 질문 중 하나를 곧바로 들었다.

그때, 잠자코 있던 심판관들이 앞으로 나섰다.

[저희가 조사한 결과, 몇 명의 후보가 있사옵니다.]

[오호, 그래요?]

[여기, 올림포스 인연 매칭 시스템 '큐피드 쏠까연'과 '도와 듀오 비너스'를 통해 조사한 결과입니다.]

[심판관들이 오랜만에 제대로 된 일을 했군요.]

아니 잠깐만, 심판관이란 작자들이 왜 내 사생활을 조사하고 다녀?

그러나 만류할 틈도 없이 허공에 홀로그램이 떠올랐다.

[일단, 후보 1번입니다.]

떠오른 것은 영상 자료였다.

―독자에겐 독자의 삶이 있는 거니까요.

―독자의 삶…… 독자 씨는 정말 좋은 말씀을 하시네요.

아니 왜 하필 저런 흑역사를 자료 화면으로 갖고 오는 건데.

심판관은 침착한 목소리로 말을 이었다.

[후보 1번은 사려가 깊은 여인입니다. 왕자께서 가지고 계신 특수한 감수성을 하해와 같은 아량으로 품어줄 수 있을 뿐만 아니라, 온화한 성정과 타고난 결단력을 동시에 갖추는 등 지와 미모를 겸비한, 사실상 왕자님께는 과분하다 할 수준의……]

들을수록 머리가 멍해지는 느낌이었다.

[다음으로, 후보 2번입니다.]

이어서 새침한 눈매에 인상적인 눈물점을 가진, 레몬 사탕을 문 여인이 등장했다.

ㅡ멍청이.

ㅡ이렇게 좋은 날 왜 울어. 모처럼 눈도 내리는데…… 내가 나중에 더 좋은 수식언 지어줄게.

영상을 보며 흐뭇한 미소를 지은 심판관이 이야기를 계속했다.

[후보 2번은 성격이 날카롭고 독설을 자주 하지만, 왕자님과 특별한 인연이 있는 여인입니다. 왕자님의 음침한 취미를 이해할 수 있는 유일한 존재이며, 심지어 그 취미에 관해 함께 이야기를 나눌 수도 있는, 정말 세상에 둘도 없는 특별한……]

〈올림포스〉의 매칭 시스템도 단단히 맛이 갔구나.

3번 후보의 얼굴이 나오기 직전, 나는 안간힘을 다해 소리 쳤다.

　"아니, 잠깐만요! 저는 아직 결혼 생각 같은 건 없습니다!"

　심판관이 송구스럽다는 듯 고개를 숙이며 물러났다.

　[왕자께서 아직 준비가 안 되신 듯하니 그럼 다음 후보는 나중에 따로…….]

　[흠…… 저 고집불통 왕자님을 누가 데려갈는지.]

　페르세포네는 진짜 우리 어머니 같은 목소리로 투덜거렸다.

　[뭐, 여차하면 이 아이를 낳은 도깨비를 배필로 데려와도 좋단다. 나와 하데스는 인간들의 사사로운 고정관념 따위엔 얽매이지 않으니…….]

　비형과 결혼하라니, 차라리 뒈지는 게 낫지.

　[나와 하데스는 네가 '자신의 무지를 아는 자'나 '이데아의 철인' 같은 성적 취향을 가지고 있어도 전혀 개의치 않을—]

　[명계의 심판관들이 당신의 선택에 주목합니다.]

　[소수의 성좌가 당신의 취향에 관심을 갖습니다.]

　[성별 바꾸기를 좋아하는 한 성좌가 귀를 기울입니다.]

　나는 가볍게 숨을 들이켠 뒤 곧바로 입을 열었다.

　"어머니."

　내 말에 페르세포네의 눈동자가 흔들렸다.

　[어머나, 지금 뭐라고…….]

"제가 이곳에 온 이유를 알고 계시리라 믿습니다."

[……]

"부탁드릴 것이 있습니다."

아무리 〈명계〉의 시간이 느리게 흐른다 해도, 이곳에서 오래 지체할 수는 없었다. 애초에 이곳에 방문한 목적은 하나뿐이니까.

"제게 〈명계〉의 군대를 빌려주십시오."

그 말에, 지금껏 침묵을 지키던 하데스가 입을 열었다.

[그게 무슨 뜻인지 알고 있느냐?]

마치 세상이 어둠 속으로 내려앉는 듯한 목소리가 궁의 전부를 짓눌렀다.

명계에서 군대를 이끌 수 있는 존재.

그것은 이 〈명계〉의 주인인 명왕뿐이다.

"알고 있습니다."

[정식으로 후계의 자리를 받아들이겠다는 것인가?]

나는 고개를 끄덕였다.

[명왕이 된다면 모든 시나리오가 끝난 뒤 너는 이곳을 통치해야 한다. 그게 무슨 뜻인지도 알고 있느냐?]

"특별한 개연이 없다면 이승으로 나갈 수 없음을 뜻합니다."

[〈명계〉를 순순히 계승하여 여생을 지하에 갇히겠다는 말이냐?]

"예."

순순한 대답에 하데스는 천천히 자리에서 일어나 나를 오시했다.

　내가 아무리 강해졌다 해도 하데스에게 대적하기에는 무리다. 긴장 때문에 심장이 터질 것 같았지만, 기왕 하는 거 끝까지 해야 했다.

　성마대전에서 승리하기 위해, 〈명계〉의 힘은 반드시 필요하다.

　"저는 〈명계〉의 정식 후계자가 되겠습니다."

　〈명계〉의 정식 후계자가 된다.

　스스로 그 말을 하고도 현실감이 들지 않았다.

　그런데 내 말을 의심한 것은 나만이 아니었던 모양이다.

　모든 밤을 지배하는 타르타로스의 명왕, 하데스가 나를 내려다보고 있었다.

　[당신은 〈명계〉에서 거짓을 고했습니다.]

　발끝이 얼어붙는 차가운 감각과 함께, 죽음이 나를 마주 보았다.

　[자식이 되자마자 부모를 속이는 법만 배워 왔구나.]

　서늘한 목소리로 나를 일별한 하데스는 옥좌에서 일어나더니 곧장 내게 다가왔다. 당장 자리에서 일어나고 싶었지만 몸이 움직이질 않았다.

　신화급 성좌의 격이 전신을 옥죄고 있었기 때문이다.

　다행히 사달은 나지 않았다. 코앞까지 다가온 하데스는 유유히 나를 지나쳐 대전 밖으로 나가버렸다.

가까스로 한숨을 돌린 뒤 고개를 들자, 페르세포네가 턱을 매만지며 웃고 있었다.

[흐으음. 말로만 듣던 부자지간의 갈등……?]

곤란한 얼굴치고는 무척 즐거워 보이는 말투였다.

[어머니를 사이에 둔 아버지와 아들의 유구한 혈투…….]

뭔가 지극히 올림포스적으로 오염된 서사다.

페르세포네는 걱정하지 말라는 듯 내 어깨를 톡톡 두드려 주었다. 그러자 하데스의 격으로 굳어 있던 전신의 근육이 풀리는 느낌이 들었다.

[너무 심려치 말거라. 네 아비는 원래 저런 성격이란다.]

"……."

[하지만 먼저 거짓을 고한 네 잘못도 크구나. 너는 애초에 〈명계〉에 남을 생각 따윈 없지 않느냐?]

너무 정곡이기 때문에 할 말이 없었다. 실제로 나는 하데스를 이어 이곳의 왕이 되고 싶은 생각이 없었다.

내가 원하는 것은 〈명계〉의 힘이지 명왕 자리가 아니니까.

아마도 하데스는 그런 속셈을 진즉에 눈치챘을 것이다.

[저치의 화가 풀릴 때까지는 시간이 조금 걸릴 것 같구나.]

"죄송합니다."

[죄송할 것 없다. 어차피 네가 이곳에 남지 않으리라는 것은 하데스도 나도 알고 있던 사실이니까.]

페르세포네의 눈이 고운 초승달을 그렸다.

[괜찮다면 잠깐 식사라도 하자꾸나.]

❉ ❉ ❉

오랜만에 마주한 페르세포네의 식탁은 여전했다.

먹음직스레 구워진 스테이크와 대접 위로 켜켜이 쌓인 샐러드. 겉보기에는 흔히 먹는 음식처럼 보이지만, 평범한 음식이 아니라는 사실은 이미 알고 있다.

[강호를 평정한 검후의 용기]
[평생을 서가에서 보낸 3서클 마법사의 지혜]
[검기도 검강도 쓰지 못하는 소드마스터의 의지]

나는 뭔가 잘못 봤나 싶어 다시 한번 메뉴를 읽어보았다.
[어서 들거라. 메뉴가 마음에 들지 않느냐?]
"그런 것은 아닙니다만⋯⋯."
[너도 성좌가 되었으니 제대로 된 설화를 먹지 않으면 안된다. 인간들이 먹는 음식만으로는 충분한 영양을 섭취할 수가 없어. 어른이 되어서까지 편식하는 버릇을 못 고친 건 아니겠지?]
저렇게 말하니 진짜 엄마 같다.
[네 어머니가 너를 많이 걱정하고 있다. 밥은 제때 먹고 다니는지, 잠은 잘 자고 있는지.]

그 말에 포크로 가던 손이 멈칫했다.

"제 어머니를 만나보셨습니까?"

[후후, 가끔 연락하는 사이란다.]

페르세포네라면 충분히 그럴 수도 있겠다 싶었다.

심지어 내 눈앞에 놓인 푸아그라는 다음과 같은 이름을 가지고 있었다.

[자식을 떠나보낸 어머니의 마음]

설마 이게 우리 어머니의 마음은 아니겠지.

나는 포크를 내려놓고 말했다.

"예전에 드시던 것과는 음식 종류가 달라지셨군요. 전에는 소드마스터나 대마법사 같은 것들이 있었는데요."

['환생자들의 섬'이 열렸으니, 모처럼 별식을 즐겨보아야 하지 않겠니? 이래 봬도 미식협의 일원인데 늘 같은 음식만 먹을 수는 없지.]

페르세포네가 포크와 나이프를 움직였다. 가볍게 잘린 설화들이 육즙을 뿜으며 향긋한 문장들을 토해냈고, 페르세포네는 우아한 손짓으로 그 음식들을 입안 가득 머금었다. 방금 그녀가 먹은 것은 [검기도 검강도 쓰지 못하는 소드마스터의 의지]였다.

[그리고 어떤 설화는, 애써 소비하지 않으면 사라지게 된다.]

죽어가는 설화들이 포크 끝에서 부스러졌다.

오랫동안 누구도 찾지 않던 설화들은, 먹히는 그 순간까지도 페르세포네의 혀끝에서 황홀한 문장을 토해냈다.

복잡한 심경으로 그 모습을 보는 나를 향해 페르세포네가 웃었다.

[네가 성좌들의 식성에 불만이 많다는 건 알고 있단다. 화신들의 희로애락을 너무나 쉽게 소비하는 우리가 마음에 들지 않겠지.]

"……."

[하지만 우주의 모든 사건은 설화로 남을 수밖에 없어. 너도, 나도. 그리고 다른 모든 화신과 성좌도. 결국 무언가에 의해 소비되기는 모두 마찬가지란다.]

살아 있는 모든 것의 삶은 〈스타 스트림〉에서 이야기가 된다.

[어차피 그렇게 될 수밖에 없다면, 최대한 다양한 설화의 스펙트럼을 보존하는 방향으로 행동하는 것이 성좌들이 할 수 있는 최선이라고…… 나는 그렇게 생각하고 있어.]

다양한 설화를 남기고, 다양한 이야기를 보존한다.

어쩌면 페르세포네의 말은 틀리지 않을 것이다. 그녀는 나름대로 원칙을 가지고 〈스타 스트림〉에서의 정의를 추구하는 것이다. '미식협'의 일원으로 활동하는 이유 또한 그것이겠지.

하지만 자신의 설화 철학을 말해주기 위해 나를 이 자리에 초청하지는 않았으리라.

"제게 정말 하시고 싶은 이야기가 뭔가요?"

[사실 하데스는 네가 이곳에 남기를 원하지 않는단다.]

"제게 후계를 넘겨주길 원하지 않는단 말씀이십니까?"

[그것과는 달라. 굳이 말하자면…….]

페르세포네는 중간에 있는 음식 접시에서 음식을 잘라내며 말했다.

[하데스, 그리고 나는…… 네가 '명왕'에서 끝나기를 바라지 않는단다.]

"그 말씀은……."

[〈올림포스〉는 몰락했고, 〈명계〉 또한 예전의 위상을 잃었다. 이제 와서 '명왕' 자리에 만족하는 것은, 스러져가는 설화의 끄트머리에 자기 이름을 올려놓는 데 지나지 않아.]

"명계는 좋은 설화입니다."

[또한 몰락해가는 설화지.]

실제로 〈명계〉를 둘러싼 힘은 예전과 같지 않았다. 낡고 오래된 설화. 회자 빈도가 줄어든 이야기는 〈스타 스트림〉에서 그 힘을 조금씩 잃게 된다.

묘한 눈빛으로 음식을 내려다보는 페르세포네의 눈에는 깊은 우울이 담겨 있었다. 여러 설화를 향유하면서, 어쩌면 페르세포네는 늘 생각하고 있었는지도 모른다.

언젠가 그와 그녀의 〈명계〉 또한 역사의 뒤안길에 묻혀 '환생자들의 섬'에 박제될지도 모른다는 두려움.

[〈스타 스트림〉에서 살아가는 이상 그것은 당연한 세월의

섭리겠지.]

그 말을 듣는 순간 나는 불가해하리만치 지독한 슬픔을 느꼈다. 이제껏 느껴본 적 없는 종류의 슬픔이었다.

페르세포네와 하데스가 사라진다. 사람들의 기억 속에서, 나의 기억 속에서.

나는 성좌를 좋아하지 않는다. 그들이 벌이는 일들이 싫고, 그들이 세상을 관음하는 방식이 싫다.

그런데 왜 페르세포네와 하데스가 사라지지 않으면 좋겠다고 생각하는 것일까.

"왜 제게 잘해주십니까?"

[…….]

"저는 당신들을 이용하려 여기 온 겁니다."

〈명계〉의 힘을 얻지 못하면 〈김독자 컴퍼니〉는 '환생자들의 섬'에서 큰 위기를 맞이하게 될 것이다.

그럼에도 나는 말했다. 어쩌면 〈김독자 컴퍼니〉가 아닌 인간 '김독자'로서 뭔가를 확인받고 싶었기 때문에.

['제4의 벽'이 희미하게 흔들립니다!]

['선악과'가 당신의 죄책감을 자극합니다.]

설령 그 확인이 아주 부질없는 일에 불과할지라도.

페르세포네는 나를 잠시간 바라보더니, 냅킨으로 가볍게 입을 닦은 후 내 쪽을 향해 손을 뻗었다. 아주 부드럽고 온화한,

조금의 적의도 보이지 않는 친절한 눈빛. 당황한 내가 자리에서 일어나기도 전에, 페르세포네의 격이 내 어깨에 닿았다.

[아주 오래전, 우리 부부는 '운명의 세 여신'에게 계시를 받은 적이 있단다.]

"계시요?"

「오래된 신화를 끝낼, 가장 어두운 밤의 후예가 나타날 것이다.」

문득, 언젠가 디오니소스가 한 이야기가 떠올랐다.

―나와 몇몇 성좌는 네가 ■■에 도달할 수 있는 존재라 믿는다.

어쩌면 그 '몇몇 성좌'는 페르세포네와 하데스를 지칭하는 것일지도 모른다. 페르세포네는 이야기를 계속했다.

[처음 그 신탁을 받았을 때, 나는 화가 났단다.]

화?

[왜냐하면, 나는 '아이를 가질 수 없는 설화'를 가지고 있으니까.]

페르세포네에게 그런 전승이 이어지는 줄은 몰랐다.

설마 지금까지 아이를 갖지 못한 것은 그 이유 때문일까.

페르세포네의 손길이 내 머리카락을 가볍게 넘겼다.

[처음에는 혹시나 하는 마음으로 기다렸다. 어쩌면 이번에는 기적이 일어나지 않을까. 우리 이야기를 기억해줄, 어여쁜

아이가 생기지 않을까. 비록 이곳에는 어둠과 지옥과 감옥뿐이지만 그런 우리에게도 기회가 주어진다면, 〈올림포스〉 12신 중 누구보다도 더 아이를 잘 키워낼 자신이 있었다. 아이에게 다른 존재의 어둠을 이해하는 법을 가르치고, 타자에게 공감하지 못하는 지옥을 알려주고, 정의를 짓밟는 악을 엄벌할 감옥을 보여주겠노라고.]

"……."

[수백 년 동안 그런 착각 속에 살았다.]

페르세포네의 손끝이 가늘게 떨렸다.

그 떨림의 의미를 나는 감히 이해할 수 없었다. 단어 하나하나에 담긴 고통을, 〈올림포스〉에 대한 증오를, 헤아릴 수조차 없었다.

간신히 숨을 내쉰 페르세포네가 말을 이었다.

[하데스와 나는 오랫동안 둘이서 모든 것을 헤쳐왔단다. 아이를 가질 수 없다는 걸 알아도 불행하지 않았어. 〈명계〉가 설령 우리 세대에서 끝나고 우리가 살아왔던 설화가 누구에게도 기억되지 않는다 해도. 우리는 다른 12신과는 다르다고, 자신의 설화를 자식에게 억지로 떠넘기는 그런 부모와는 다르다고. 우리는 그저 우리로서 오롯하다고.]

"……."

[그런데 어느 날, 네가 나타나고 말았구나.]

페르세포네의 두 눈이 나를 보고 있었다.

[사실 너를 먼저 발견한 것은 그이였단다.]

마치 꿈꾸는 듯한 목소리로, 페르세포네는 말을 이었다.

[지하철에서 네가 살아남던 순간부터 그이는 줄곧 네 역사를 지켜봐왔단다. 처음에는 너 같은 아이가 있다는 게 믿기지 않았다. 이제 이 세계에 그런 설화는 끝났다고 생각했으니까. 내게 신나서 떠들던 그이 목소리가 지금도 잊히지 않아.]

"……."

[외로이 자란 작은 설화가 세상과 싸우는 모습을 우리는 줄곧 지켜보았단다. 쟁쟁한 성좌들과 겨루고, 이계의 신격과 맞서고, 도깨비의 시나리오에 저항하며…… 기어코 다섯 개의 설화를 쌓아 하나의 별자리로 태어난 작은 성좌를.]

오래전 〈김독자 컴퍼니〉를 만든 순간이 떠올랐다.

그때 페르세포네는 나를 지지한 다섯 성좌 중 하나였다.

[그때 우리는 처음으로 생각했다. 네 부모가 되어주고 싶다고. 진짜 부모가 아니라도 좋으니, 그런 지지자가 되고 싶다고.]

울컥하는 뭔가를 나는 간신히 삼켜냈다.

페르세포네가 지금껏 내게 보내온 애정의 형태가 이제야 조금은, 아주 조금은 이해될 것 같은 기분이었다.

[하데스와 나는 네가 명왕이 되길 바라지 않는다. 네가 우리에게 구속되길 바라지도 않고, 우리가 살아온 삶이, 우리가 살아온 역사가 너의 삶을 규정짓기를 원하지도 않는다. 너는 지금까지 네가 살아온 대로 모든 시나리오의 마지막을 향해 나아가면 된다.]

"저는……."

[너는 우리의 아들이다. 그거면 충분하다.]

그 마음에 보답할 수 있는 무엇도 나는 가지고 있지 않았다. 내가 줄 수 있는 것은 어떤 보장도 없는, 아직 쓰이지도 않은 미래뿐이었다.

"제가 이 모든 시나리오의 ■■에 도달했을 때…… 반드시, 당신들의 이야기도 함께할 겁니다."

페르세포네가 희미하게 웃었다.

[테라스로 가보거라. 네 아비가 너를 기다린다.]

☒ ☒ ☒

내게 아버지에 대해 좋은 기억은 조금도 없다.

술에 취해 나를 때리던 아버지. 방언처럼 늘어놓는 세상에 대한 불만과 나를 향한 알 수 없는 적대감. 견디며 살아야 했던 기억들뿐이다.

"저……."

테라스 끄트머리에 숭고한 밤의 그림자를 품은 하데스가 서 있었다. 하데스는 궁의 저편으로 드리워진 명계를 바라보고 있었다.

나는 무슨 말을 해야 할지 모르는 채 하염없이 전경만을 바라보았다.

지옥의 강이 흐르는 지류와, 그 지류의 건너편으로 이쪽을 올려다보는 영혼들이 있었다.

[보고 있느냐?]

수많은 사람의 죽음이 그곳에 있었다. 슬픔이 있었고, 애환이 있었다. 끝내 이루지 못한 숙원들이 강을 따라 내려오고 있었다.

[저것이 명계다.]

성좌들이 시나리오에서 자신의 욕망을 추구하는 동안, 그 욕망에 희생된 영혼들은 이곳으로 떠밀려 내려온다. 시나리오에서 버림받고, 상처받고, 무너진 자들의 세계.

나는 하데스를 바라보았다.

그는 저 어둠을 이해했고, 명왕이 되었다.

이승에서 떠밀려오는 슬픔을 외면하지 않고, 그 영혼을 하나하나 구제하면서. 수천 년, 어쩌면 수만 년이 넘는 세월 동안 오직 다른 사람의 이야기를 들여다보면서.

그 순간, 나는 어쩐지 오랫동안 하지 않았던 말을 할 수 있을 것 같았다.

"아버지."

하데스는 대답이 없었다. 어쩌면 이것은 나뿐만 아니라 그에게도 익숙하지 않은 말이었을 것이다. 그리고 하데스가 말했다.

[군대를 데려가라.]

나는 놀라서 하데스를 돌아보았다.

그리고 다음 순간, 어둠이 포효하는 듯한 소리가 들렸다.

홍벽 근처의 영혼들이 일제히 궁으로 몰려오고 있었다. 어떤 영혼은 결연한 모습이었고, 또 어떤 영혼은 비장한 표정이었다. 그리고 그 영혼들의 앞에, 세 명의 심판관이 서 있었다.

파도처럼 밀려든 막대한 군대.

어디서도 본 적 없는 대군의 격에, 나는 심장이 떨리는 것을 숨기기에 급급했다.

[〈명계〉를 위하여!]

첫 번째 심판관이 외쳤고.

[〈명계〉의 왕자를 위하여!]

두 번째 심판관이 부복하며 날 바라보았다. 세 번째 심판관의 창이 하늘을 찌름과 동시에, 모든 영혼이 함께 부르짖었다.

[모든 시나리오의 영원과 종장을 위하여!]

그 함성 속에서 명왕이 말했다.

[가거라.]

하데스는 나를 돌아보지 않은 채 말했다. 돌아보지 않았지만, 그는 나를 보고 있었다.

언제나 나를 보고 있었다.

[〈명계〉는 지금부터 너의 편이다.]

4

둥. 둥. 둥.

게이트 너머로 들려오는 전장의 북소리. 119번 국지전으로 향하는 게이트 앞에 서서, 한수영은 뒤를 돌아보았다.

"준비됐지?"

이번 전장은 유중혁과 함께였다. 성격은 좀 안 맞지만, 같은 편일 때는 이만큼 든든한 아군이 없다.

문제는 그런 유중혁의 상태가 좀 이상했다는 것이다.

"유중혁?"

유중혁은 119번 게이트로 돌입하는 대신 새로 열린 123번 게이트 쪽을 바라보고 있었다. 불길한 예감에 유중혁을 부르려는 순간, 갑자기 유중혁의 신형이 사라졌다. 그리고 강한 척력이 한수영의 등을 밀쳤다.

[119번 게이트에 진입합니다.]

"어?"

마지막으로 그녀가 본 것은 유중혁의 메마른 표정이었다.

"거긴 너 혼자 가라. 나는 가야 할 전장이 있다."

"야! 그걸 왜 네 멋대로—"

갑작스러운 선언에 한수영이 뭐라고 외치기도 전에, 주변 공간이 휘몰아치며 새로운 전장의 모습이 드러났다.

"이런 씨……."

[화신 '한수영'이 119번 국지전에 진입했습니다.]
[화신 '한수영'의 소속 진영은 '악'입니다.]

이미 게이트를 통과해버려서 돌아갈 수도 없는 판. 되돌아 가기 위해서는 이 전장을 끝내는 수밖에 없었다.

[다수의 성좌가 당신을 주목합니다!]

허허벌판처럼 탁 트인 '악'의 진영에 남겨진 것은 한수영 혼 자였다.

반면, 반대편 진영에서는 무시무시한 성좌들의 시선이 연달 아 쏟아지고 있었다.

[성좌, '방주의 주인'이 당신을 바라봅니다.]

[성좌, '젊은이와 여행의 수호자'가 당신을 바라봅니다.]

[성좌, '새벽 별의 여신'이 당신을 바라봅니다.]

[성좌, '신과 마주하는 자'가 당신을 바라봅니다.]

[성좌, '악마 같은 불의 심판자'가 당신을 바라봅니다.]

한수영은 그 시선의 주인들을 확인하며 침음했다.

'방주의 주인' 노아는 그렇다 쳐도, '젊은이와 여행의 수호자' 대천사 라파엘에 〈수호의 나무〉의 여신인 바카리네. '신과 마주하는 자' 대천사 카마엘과 '악마 같은 불의 심판자' 대천사 우리엘까지…….

거기다 그들 뒤로 빼곡하게 늘어선 발키리들의 향연.

그저 마주하는 것만으로도 오금이 저릴 지경이었다. 함정이라는 것은 알고 있었지만, 이 정도로 전력 격차가 나는 전장이라니. 아니, 애초에 이건 전장조차 아니지 않은가.

"김독자가 내 장례식은 챙겨주려나 모르겠네."

[작은 악이여.]

'새벽 별의 여신'의 진언을 듣는 순간, 한수영은 진짜로 이 상황이 장난이 아니라는 것을 깨달았다.

[다수의 선이 당신을 심판하길 원합니다!]

입술을 꾹 깨문 한수영이 왼손의 붕대를 푸는 순간, 그녀의 곁에서 누군가가 나타났다.

[누군가가 악의 진영에 참가합니다!]

이런 불리한 전장에 참가했다고?

누가?

[원래는 구경만 하려고 했는데…… 저도 빚을 갚아야 할 상
대가 있어서 말이죠.]

특유의 재수 없는 목소리.

한수영은 그게 누구인지 곧바로 알아챘다.

"아스모데우스?"

[오랜만이군요. 흑염룡의 화신.]

순간 언젠가 김독자가 남긴 말이 떠올랐다.

　—라파엘이랑 아스모데우스는 서로 은원 관계야. 혹시 전
장에서 둘을 마주친다면 그걸 잘 이용해보도록 해.

자신의 클로claw를 꺼내 든 아스모데우스는 딱히 한수영이
자극하지 않아도 이미 전의를 불태우고 있었다.

[라파엘. 드디어 지난 전쟁의 빚을 갚을 때가 됐습니다!]

검은빛 잔영을 남기며 달려가는 아스모데우스와 함께, 두
개의 강대한 마력이 허공에서 충돌했다.

믿을 수 없는 놈인 건 어느 쪽이든 마찬가지지만, 그래도 같

은 편에 아무도 없는 것보다는 좀 나았다.

콰아아아아!

한수영은 폭발을 피해 위쪽으로 솟구쳤다. 위에서 내려다본 전장 풍경은 말 그대로 까마득했다. 아스모데우스가 라파엘을 상대한다고 해도 남은 성좌의 숫자는 여전히 많았다.

'빌어먹을 김독자! 빌어먹을 유중혁!'

저 정도의 병력을 상대하려면 결국 아껴두었던 카드를 쓰는 수밖에 없었다.

"나 흑염의 주인 한수영이 오래된 봉인의 용을 깨우노니! 어둠보다 더 어두운 성좌여, 흐르는 밤보다 더 깊은 심연이여—"

죽어도 외우기 싫던 주문이지만, 상황이 이러니 입이 술술 움직였다.

그녀의 주문에 반응한 왼팔이 꿈틀거리며, 어디선가 용의 포효가 들려왔다.

"지금, 이곳에 모습을 드러내라!"

[성좌, '심연의 흑염룡'이 반신강림半神降臨을 준비합니다.]

✠ ✠ ✠

한편, 홀로 123번 게이트로 진입한 유중혁은 흩날리는 수풀로 덮인 전장에서 누군가를 찾고 있었다.

'틀림없다. 그 녀석의 기운이다.'

김독자의 부탁마저 거절한 유중혁이 무리하며 123번 게이트로 진입한 이유. 그 이유가 바로 지금 그의 눈앞에 있었다.

　―유중혁, 나의 동료가 되어주세요.

오래전 처음으로 그 말을 들었던 날을 유중혁은 한순간도 잊은 적이 없었다. 선이 고운 코와 가지런히 정돈된 금발. 세상 모든 것을 조롱하는 불길한 적색으로 소용돌이치는 눈.

"안나 크로프트."

그녀는 유중혁이 기억하는 그 모습 그대로였다.

"왔군요, 유중혁."

[화신 '유중혁'이 123번 국지전에 진입했습니다.]
[화신 '유중혁'의 소속 진영은 '선'입니다.]

유중혁이 123번 전장에 온 것은 '안나 크로프트'가 참전했음을 알기 때문이었다.

그리고 그걸 알려준 성좌는…….

[성좌, '은밀한 모략가'가 기묘한 웃음을 머금습니다.]

유중혁은 이를 으드득 갈며 말했다.

"2회차의 은원을 갚을 때가 되었다."

고요히 뽑아 쥔 흑천마도가 새카만 울음을 토했다. 오래도록 기다려온 복수의 순간이었다.

"무기를 꺼내라."

"나는 당신과 싸울 마음이 없어요."

"그럼 이대로 죽어라."

성큼 다가온 위협에도 안나 크로프트는 고개를 저었다.

"정말 2회차의 복수를 하러 온 건가요?"

"……."

"당신의 복수는 무의미해요. 2회차의 '안나 크로프트'는 제가 아니라는 걸 당신도 알 텐데요."

"어제의 너는 네가 아닌가?"

"무슨 말이죠?"

"너는 2회차 '안나 크로프트'의 기억과 의지를 계승했다. 그 녀석과 같은 이상, 같은 목적을 가졌다. 너는 틀림없는 '안나 크로프트'다."

"하나의 존재를 결정하는 것은 그 존재가 가진 설화다. 당신의 사상은 2회차나 지금이나 여전하군요."

다가오는 유중혁의 검을 보면서도, 안나 크로프트는 여전히 무방비한 상태였다.

반쯤 체념한 그 눈빛을 보며 유중혁이 표정을 굳혔다.

"'차라투스트라'들은 어디에 있지?"

"그들은 이곳에 없어요."

"웃기지 마라. 네가 혼자 이곳에 왔을 리 없다."

"당신이 아는 '안나 크로프트'라면 그렇겠죠."

성큼 다가온 유중혁의 격에 안나 크로프트의 머리카락이 흩날렸다. 훤히 드러난 그녀의 얼굴은 곳곳이 작은 상처로 가득했다.

제일 눈에 띈 것은 [대악마의 눈동자]를 둘러싼 상흔. 마치 누군가가 일부러 도려내려 했던 것 같은 흔적이었다. 유중혁이 안나 크로프트의 어깨를 붙들며 물었다.

"무슨 일이 있었던 거지?"

"많은 일이 있었죠."

유중혁의 손을 뿌리치며 안나 크로프트가 쏘아붙였다.

"당신이 아는 그 잘난 안나 크로프트는 이미 오래전에 몰락했다는 뜻이에요."

그 말과 동시에 전장의 반대쪽에서 뭔가가 몰려오기 시작했다.

'악'의 진영을 택한 성좌들이 자신의 격을 여과 없이 드러내며 전장을 질주하고 있었다.

유중혁은 그럴 줄 알았다는 듯 안나 크로프트를 인질로 잡기 위해 움직였다. 그런데 뭔가 이상했다.

[성운, <아스가르드>의 일부 성좌가 해당 국지전에 참전했습니다!]

[성운, <베다>의 일부 성좌가 해당 국지전에 참전했습니다!]

[성운, <파피루스>의 일부 성좌가 해당 국지전에 참전했습니다!]

자신의 목을 겨눈 검을 보며 안나 크로프트가 웃고 있었다.

"멍청한 짓 마시죠, 유중혁. 우린 같은 편이니까."

[화신 '안나 크로프트'의 소속 진영은 '선'입니다.]

"〈아스가르드〉는 네 배후 성운 아니었나?"

"당신의 원한은 이해하지만 복수는 다음으로 미뤄주겠어요?"

서로 다른 이야기를 하면서도 그들은 상대의 상황을 정확히 이해했다. 그도 그럴 것이었다. 하나는 누구보다 과거를 잘 이해하는 회귀자, 다른 하나는 줄곧 그런 회귀자와 맞서 싸워온 예언자니까.

검을 거둔 유중혁이 말했다.

"네게 걸맞은 최후로군, 예언자."

"그 최후에 당신도 함께하게 되겠군요."

먼지 바람을 일으키며 달려온 〈아스가르드〉의 대군이 멈춰섰다.

[성좌, '공정함과 친절함의 신'이 상황을 안타깝게 바라봅니다.]
[성좌, '무스펠하임의 불꽃'이 전장의 모든 것을 태우고 싶어합니다.]
[성별 바꾸기를 좋아하는 한 성좌가 화신 '유중혁'을 바라봅니다.]

최후의 배려라도 되는 듯 진군을 멈춘 병력의 선두에는 셸

레나 킴과 이리스가 있었다.

　유중혁은 그들의 얼굴에 적힌 여러 감정들을 읽어냈다.

"최후의 배려인가 보군."

　하지만 그들이 멈추었다 해서, 다른 성좌도 모두 그런 것은 아니었다.

"피해요."

　안나 크로프트의 말과 함께, 두 사람의 신형이 동시에 사라졌다.

　전장을 뒤덮는 굉음. 가공할 크기의 크레이터가 그들이 있던 자리를 잠식했다.

　콰르르르릉!

　허공을 잠식하는 전격의 기류.

　음습한 성좌들의 웃음소리가 들려왔다.

[성좌, '검은 늑대 사신'이 '악'의 진영을 택합니다.]
[성좌, '뇌전의 신왕'이 '악'의 진영을 택합니다.]

　성좌들의 수식언을 확인한 안나 크로프트의 안색이 창백하게 물들었다.

'검은 늑대 사신'은 〈파피루스〉의 강력한 성좌인 '아누비스'였다.

　그리고 '뇌전의 신왕'은…….

"맙소사, '인드라'가……."

〈올림포스〉에 12신좌가 있다면, 성운 〈베다〉에는 여덟 명의 '로카팔라'가 있다.

그리고 그 여덟 로카팔라의 왕으로 군림하는 단 하나의 성좌가 있으니.

[성좌, '뇌전의 신왕神王'이 전격의 비를 전개합니다.]

그가 바로 '뇌전의 신왕' 인드라였다.

[다수의 성좌가 '뇌전의 신왕'의 개입에 불공평을 호소합니다!]

비난이 있을 법도 했다. 인드라는 한낱 국지전에 나타날 법한 수준의 성좌가 아니니까.

인드라는 〈베다〉에서 '3대 주신'을 제외하고는 제일 강력하다 해도 무방한 존재였다.

[성좌, '뇌전의 신왕'은 현재 '반신강림' 상태입니다.]

게다가 화신체도 아닌 반신체의 강림.

하늘에서 떨어지는 우레의 비를 피해내며, 안나 크로프트는 입술을 꾹 다물었다. 아무리 그녀가 뛰어나다 해도, 그리고 유중혁이 아무리 강하다 해도 지금 저 성좌를 상대하는 것은 무리였다.

유중혁이 물었다.

"왜 날 배신했었지?"

"……지금 그런 이야기를 할 땐가요?"

말없이 자신을 바라보는 시선에, 안나 크로프트가 한숨을 쉬며 대답했다.

"그게 최선이었어요. 그렇게 해야 내가 생각하는 결말에 도달할 수 있다고 생각했으니까."

"그래서 그 결말에 도달했나?"

안나 크로프트는 대답하지 않았다.

멸살법에도, 그리고 1,863회차의 기록에도 2회차의 안나 크로프트가 몇 번째 시나리오까지 갔는지는 설명되어 있지 않다.

그러니 그녀의 결과를 아는 것은 오직 그녀뿐이었다.

안나 크로프트가 분한 듯한 목소리로 뇌까렸다.

"이미 다 알면서 뭘 물어보는 거죠?"

'검은 늑대 사신'이 움직였다. 새카만 자칼의 마스크를 쓰고 검은 창을 휘두르는 설화급 성좌, 아누비스.

아누비스의 창은 뇌전의 비를 가로질러 안나 크로프트의 심장을 정확히 노렸다. 그리고.

쿠드드드득!

"그 녀석을 죽이는 것은 나다."

창을 맨손으로 쥔 유중혁이 낮은 목소리로 말했다.

[성좌, '검은 늑대 사신'이 경악합니다.]

유중혁의 몸에서 강력한 격이 발출되었다.

초월좌의 격.

황금빛으로 덮인 유중혁의 몸에서 마력이 들끓자, 아누비스의 창이 경련이라도 하는 듯 진동을 일으켰다.

그 힘에 반발하듯 아누비스가 선언했다.

[죽음에 저항하는 자여, 나는 사신 아누비스다. 이곳에서 너의 삶을 거두겠다.]

"사신?"

유중혁이 말했다.

"너는 사신이 아니다."

그와 동시에 유중혁의 오른팔에서 푸른 섬광이 터져나왔다.

아누비스가 비명을 흘리며 물러서는 순간, 유중혁의 손에 깃든 흑천마도가 울음을 터뜨렸다.

"나는 진짜 사신을 본 적이 있다."

그것은 유중혁이 지금껏 숨겨온 기술 중 하나였다.

유중혁의 동공 속에서 그리 오래되지 않은 해안가의 전장이 스쳤다.

「그날, 해역의 경계를 긋는 창이 부유한 밤과 부딪쳤다.」

언젠가 본 〈기간토마키아〉의 전장. 그곳에서 유중혁은 거대한 바다와 아득한 밤이 겨루는 것을 보았다.

포세이돈과 하데스.

눈앞에서 펼쳐지던 신화급 성좌의 격돌.

드넓은 〈스타 스트림〉의 꼭대기에 군림하는 성좌들이 가진 어마어마한 격의 향연.

그 사투를 보며 유중혁은 전율했고, 감동했고, 절망했다. 다시 일어났다. 아득한 적을 뛰어넘기 위해 자신이 해야 하는 일을 했다.

이 일검은, 아직은 뛰어넘지 못하는 그 적을 모방하여 만든 기술이었다.

파천검도破天劍道.

오의奧義.

암해참暗海斬.

마치 새카만 바다가 갈라지는 듯한 환영과 함께 유중혁의 검이 움직였다.

해역의 창과 부딪치던 하데스의 낫을 흉내 낸 검. 새파랗게 타오른 에테르 블레이드의 빛깔이 한순간 까맣게 물들었고, 폭발한 초월좌의 마력이 〈명계〉의 어둠을 대신했다.

그리고 다음 순간, 유중혁의 [파천강기]가 아누비스의 몸통을 베었다.

그아아아아아아!

가공할 검격에 몸이 찢어진 아누비스가 비명을 지르며 낙하했다.

아무리 80번대 시나리오라고 해도, 설화급 성좌를 쓰러뜨릴 정도의 힘.

[다수의 성좌가 화신 '유중혁'의 신위에 경악합니다!]

마침내 성좌를 넘어선 한 인간의 힘에 성좌들이 동요했다.

[한꺼번에 덤벼라!]

[쏴라! 해치워버려!]

누군가 외쳤고, 그것을 신호로 폭격이 시작되었다. 강력한 마력이 깃든 화살비가 쏟아졌다.

유중혁은 정면에서 그것을 받아냈다.

푸슛! 푸슈슛!

옆구리와 어깨, 허벅지에 화살이 꽂히면서도, 안나 크로프트의 앞에 서서 그 모든 공격을 막아냈다.

안나 크로프트가 물었다.

"……왜죠?"

"너는 죽을 거다."

"그럼 죽게 내버려두시죠"

"하지만 여기서는 아니다. 그건 김독자의 계획에 없으니까."

안나 크로프트가 입술을 깨물었다.

김독자. 안나 크로프트도 이제 그를 안다.

하지만 그가 대체 뭐기에. 그 존재가 대체 무엇이기에, 이 자존심 강한 사내가 자신의 신념조차 굽히는 것인가.

그녀의 의문에 대답하듯, 유중혁이 중얼거렸다.

"아주 먼 미래 회차의 기억을 엿본 적이 있다."

아주 먼 미래. 안나 크로프트가 뭐라 답하기도 전에 유중혁이 말을 이었다.

"정말 많은 일이 벌어졌더군."

"뭐 재미있는 일이라도 엿본 모양이군요. 이번 회차의 결말도 봤나요?"

"그건 보지 못했다. 하지만 미래의 네가 어떻게 되는지는 보았지."

흠칫 놀란 안나 크로프트가 어깨를 떨었다.

그녀는 [미래시]를 가지고 있다. 하지만 그녀가 엿볼 수 있는 것은 단편적인 미래뿐. 세계선을 넘어갈 정도의 먼 미래까지 엿볼 수 있는 것은 아니었다.

유중혁이 물었다.

"알고 싶나?"

"전혀요."

안나의 말을 무시하고, 유중혁이 입을 열었다.

"지금의 네가 2회차의 기억을 계승했듯, 다음 회차의 너는 3회차의 기억을 계승하게 된다. 그렇게 끊임없이 전회차의 기억 일부를 [과거시]로 엿보며 너는 조금씩 미래로 나아갈 것이다. 지금의 내가 그러고 있듯이."

"뻔한 소리군요. 그 정도는 미래를 보지 않은 사람도 말할 수 있겠어요. 대체 하고 싶은 말이 뭐죠?"

안나 크로프트가 피식거리며 물었다. 그런데 유중혁의 표정이 묘했다.

"700회차를 넘어서면서부터는…… 정말 많은 것이 변했다. 너도, 나도. 지난 회차를 기억한다는 저주 속에서, 우리는 약해지게 된다."

"……'우리'는? 아니, 잠깐만요."

"다시 900회차 그리고 1,000회차를 넘긴 후, 어느 날 너는 내게 그런 말을 하더군."

유중혁은 천천히 눈을 깜빡이며 1,863회차의 기록에서 읽은 구절을 떠올렸다.

「유중혁, 나는 다음 회차로 지금까지 있었던 일을 전송하지 않을 거예요.」

「더 이상은 안 되겠어요. 나는 당신과 달라서 이 모든 걸 짊어지고 계속해서 싸울 수는 없어요.」

「이제 당신은 혼자가 되겠죠.」

「그 모든 걸 감당할 자신이 있나요?」

정색한 안나 크로프트가 외쳤다.

"그건 내가 아냐. 나는 무너지지 않아! 나는……!"

"너는 변한다."

예언처럼 파고든 그 말이 안나 크로프트를 흔들었다. 텅 빈 안나 크로프트의 눈동자가 떨렸다.

하지만 그녀가 뭐라고 말을 꺼내기도 전에 유중혁이 먼저 말했다.

"나는 네가 변하지 않으면 좋겠다."

안나 크로프트의 눈이 휘둥그레졌다.

"나는 너를 계속 증오하고 싶다. 네가 내게 저지른 모든 일을 기억하고, 너를 영원히 용서하지 않을 생각이다. 그리고 그러기 위해서—"

파르르 경련하는 안나 크로프트를 뒤로한 채, 유중혁은 자신의 격을 방출하며 앞으로 나섰다.

"너는 다음 회차로 가서는 안 된다."

끝없는 화살비를 헤치며 나아간 평원에 한 명의 성좌가 서 있었다.

이 전장에서 가장 강력한 성좌.

[모두 물러나라. 저 인간은 내가 상대한다.]

뇌전의 신왕, 인드라.

〈베다〉의 격을 상징하는 그 무력 앞에서 수많은 성좌들이 전율했다.

쿠구구구구!

[성좌, '목요일의 천둥'이 '뇌전의 신왕'을 경계합니다.]

같은 번개를 상징하는 성좌인 '목요일의 천둥'은 유난히 전의를 불태우는 듯했다.

"유중혁, 멈춰! 아무리 당신이라도—"

유중혁은 안나 크로프트의 말을 무시하고 뇌전의 신왕을 향해 달려갔다.

인드라의 격은 유중혁도 잘 알고 있었다. 언젠가 맞서 싸웠던 수르야조차 뛰어넘는 힘.

하지만 물러날 생각은 눈곱만치도 없었다.

'부족해.'

인드라는 유중혁의 목표가 아니었다. 그가 싸워야 할 신화급 성좌나 이계의 신격에 비하면 인드라의 존재는 그저 지나쳐야 할 건널목에 지나지 않는다.

그리고, 그런 유중혁이 무엇보다 넘고 싶은 존재는…….

[성좌, '은밀한 모략가'가 당신의 투지에 감탄합니다.]
[5,000코인을 후원받았습니다.]

하늘 높이 솟아오른 유중혁의 신형이 인드라를 향해 쏘아져나갔다.

[오만한……!]

뇌전의 신왕이 쏘아 보낸 전격이 대지를 갈랐다. 해일이 갈라지듯 찢어지는 평원 사이로 잿빛 전류가 튀었다. 튀어 오른 전류가 유중혁의 팔을 찢었다. 다리를 찢고, 배를 꿰뚫었다.

허공 속에서 한 걸음 내디딜 때마다, 유중혁은 자신이 살아온 시간을, 다시 살아갈 세월을 생각했다.

41회차. 362회차. 김독자가 보여준 시간들. 그리고,

1,863회차.

'은밀한 모략가'를 통해 엿본 미래가 유중혁의 머릿속을 흘러갔다.

유중혁에게 이것은 자기 자신과의 싸움이었다.

아무리 노력해도 닿을 수 없는 경지. 그 세월을 넘어서기 위해 발버둥 치고, 또 발버둥 친 3회차의 자신.

콰콰콰콰콰!

그가 앞으로 살아가야 할, 그리고 살아갔을 모든 가능성을 빌려 쓰듯이 유중혁은 앞으로 나아갔다.

파천검도.

파천검성은 말했다. 하늘이 네 위에 존재하는 것을 허락지 말라고. 그 모든 것을 부수고, 파괴하고, 능멸하라고.

하지만 그렇게 부순 하늘 위에 또 다른 무엇이 있다면 그때는 어떻게 해야 하는가.

비전오의秘傳奧義.

[성좌, '뇌전의 신왕'이 당신을 비웃습니다.]

하늘 바깥에서 화신들을 내려다보는 성좌들.

이 일검은, 그 성좌들을 베기 위해 만들어졌다.

흑천마도에 흐르는 마력을 느끼며, 유중혁은 척준경의 검을 떠올렸다. 한 자루의 검으로 산을 베고, 바다를 벨 수 있다는 것을 알려준 검.

한 자루의 검이 별을 베기 위해서는 무엇이 필요한가.

투콰아앙!

허공에서 유중혁의 다리 한쪽이 터져나갔다. 인드라가 쏜 뇌전 때문이 아니었다. 무지막지하게 뭉친 유중혁의 근육이 폭발하는 소리. 그 근섬유에 올올이 담긴 설화가 폭발하며 발생한, 추진력이 만든 굉음이었다.

[멈춰라! 네놈……!]

경악한 인드라의 눈동자.

유중혁은 일대의 시간이 느려지는 것을 느꼈다. 아니, 시간이 느려진 것이 아니었다. 그가 빨라진 것이었다.

「하나의 별을 파괴하기 위해선, 그 스스로가 별이 되어야 한다.」

인간으로 태어난 그가 성좌에게 도달하기 위한 해답.

하나의 생명체가 버틸 수 없는 속도가 유중혁의 전신을 갈기갈기 찢고 있었다.

별이 아닌 자가 별이 되는 대가였다.

흑색의 초신성처럼 쏟아진 유중혁의 몸은 순식간에 뇌전의 격을 꿰뚫고 그를 막는 성좌들을 모조리 깨부수며 마침내 인드라의 심장에 도달했다.

유성참流星斬.

흑천마도의 끝에 확실한 감각이 있었다.

갈라지는 별의 목소리.

아득히 먼 우주에서 무엇인가가 폭발하는 소리와 함께, 유중혁은 자신의 몸이 추락하는 것을 느꼈다. 시야가 흐려진 그는 베어진 별의 모습을 확인할 수 없었다. 팔다리 근육은 움직이지 않았고, 전신에는 단 한 방울의 힘도 남아 있지 않았다.

그 대신, 흐릿한 오감을 통해 누군가가 자신을 받아내는 것만은 느꼈다.

그가 제일 증오하는 이가 그를 안고 달리고 있었다.

"유중혁, 당신은 진짜 미쳤어. 이미 알고는 있었지만……."

꺽꺽거리며 피를 토해낸 유중혁이 입을 열었다.

"……인드라는?"

"죽었을 거예요. 반신체 그대로 폭발했으니까 살아도 산 게 아니겠죠."

그 말을 하는 안나 크로프트의 목소리가 묘한 열기에 휩싸여 있었다. 말투에서 전해지는 감정만으로 유중혁은 자신이 한 일을 이해했다.

별을 부쉈다.

고작 작은 인간이 '로카팔라'의 가장 빛나는 여덟 별 중 하나를 파괴한 것이다.

[성운, <베다>의 모든 성좌가 화신 '유중혁'에게 진노합니다!]

하지만 여전히 하늘에 별은 많았다.

"방금 내가 구해주지 않았으면 당신은 거기서 죽었어요."

그 말이 사실일 것을 안다. 안나 크로프트는 [미래시]로 유중혁의 죽음을 보았을 것이다.

"기껏 구했어도 그 시간을 늦춘 것에 불과하지만……."

뚫린 옆구리에서 하염없이 피가 쏟아졌다. 다리 한쪽은 잃어버렸고, 검을 쥘 힘도 없다.

그리고 마침내 안나 크로프트의 걸음이 멈췄다. 눈앞이 보이지 않았지만 유중혁은 그 행동의 의미를 알았다.

이제 이 전장 어디에도 그들이 달아날 곳은 없다.

안나 크로프트가 말했다.

"유중혁, 나는 당신과 700회차까지 살아갈 생각은 없어요."

"나도 마찬가지다."

"그런데 빌어먹게도, 4회차까진 같이 살아야 할 것 같네요."

"그럴 일은 없다. 나는 여기서 죽지 않는다."

유중혁에게는 안나 크로프트와 같은 [미래시]가 없다. 그렇기에, 그는 이다음에 무슨 일이 벌어질지 모른다.

그럼에도 유중혁은 낮은 목소리로 입을 열었다.

"왜냐하면……."

꺼져가는 목소리였지만 결코 죽음을 결심한 자의 목소리는 아니었다.

먼 허공의 건너편에서 천둥이 치는 소리가 들렸다. 인드라의 뇌전이 아니었다.

시공간이 일그러지며, 거대한 게이트 너머에서 뭔가가 넘어오는 소리.

유중혁은 그 광경을 볼 수 없었다. 그를 대신해서 그 광경을 목격한 것은 안나 크로프트였다.

새카만 어둠으로 휩싸인 군대.

오랜 신화 속에 묻혀 있던 하나의 세계가 이곳으로 넘어오고 있었다.

─유중혁, 이 새끼야!

그 군대의 선두에서 소리치는 목소리를 들으며 유중혁이 말했다.

"이번 회차에는 배신하지 않는 동료가 있으니까."

[성운, <명계>가 '성마대전'에 참전했습니다.]

＊

5

〈명계〉의 힘은 어마어마했다.

121번 국지전에 진출한 〈명계〉 병력은 해당 국지전에 참가한 선과 악의 전력을 쓸어버리고, 전장의 모든 선악을 무無로 돌려놓았다.

[진격하라!]

전장을 잠식하는 저승의 군대에, 121번 국지전에 참가했던 성좌들은 모두 달아나거나 전투 불능 상태가 되었다.

[121번 국지전이 강제 종료됐습니다.]

[해당 국지전은 승패가 가려지지 않았습니다.]

[해당 전장의 참가자들에게 전투 의사가 없음을 확인했습니다.]

[해당 국지전은 '성마대전'의 분류에서 제외됩니다.]

정리된 전장을 일별한 나는, 숨을 돌릴 틈도 없이 다음 게이트를 바라보았다.

[현재 117번 게이트가 활성화 중입니다.]
[현재 119번 게이트가 활성화 중입니다.]
[현재 123번 게이트가 활성화 중입니다.]

예정대로라면 117번과 119번에서 남은 일행들이 흩어져 난전을 벌이고 있을 것이다.

117번은 정희원과 이현성이, 그리고 119번은 한수영과 유중혁이 있겠지.

그렇다면 아무래도 119번보다는 117번부터 도와야…….

[성좌, '양산형 제작자'가 당신은 123번 게이트로 가야 한다고 말합니다.]

……123번? 거긴 아무도 없을 텐데?

나는 게이트 너머로 희끄무레하게 비치는 전장의 풍경을 들여다보았다.

그리고.

"이런 개……."

나는 곧장 진격 명령을 내렸다.

"모든 병력은 123번 게이트로 향한다!"

내 명령과 동시에 3만에 달하는 〈명계〉의 군사가 게이트로 돌입했다.

새카만 먹구름을 탄 대군이, 게이트를 넘어 123번 국지전의 창공에 상륙하고 있었다.

"유중혁 이 새끼야!"

피를 흘리며 죽어가는 유중혁.

그리고 그런 유중혁을 업은 안나 크로프트.

왜 저 빌어먹을 녀석이 작전을 깨고 이곳에 참가했는지 나는 알 것 같았다.

"구원의 마왕!"

안나 크로프트의 다급한 외침과 함께, 그녀와 유중혁을 쫓아오는 적들이 보였다.

분노한 〈베다〉와 〈파피루스〉의 성좌들. 대개는 위인급이고, 종종 설화급도 있었다.

[당신의 소속 진영은 '악'입니다.]

유중혁과 안나 크로프트의 소속 진영은 '선'이었다. 말인즉, 지금 두 사람을 쫓고 있는 적들은 '악'이라는 이야기.

이것이 본래의 '성마대전'이라면 그들은 내 아군이었을 것이다.

"모두 죽여라."

하지만 이 전장에서 내 아군은 '선'도 '악'도 아니다.

[〈명계〉를 위하여!]

거대한 함성과 함께, 불타는 지옥마를 탄 세 명의 심판관이 적군을 향해 돌진했다.

자비와 정의의 아이아코스.

지혜와 입법의 미노스.

엄정과 강직의 라다만티스.

살아생전 왕의 길을 걸었고 이제 저승의 심판관이 된 그들은, 설화급 성좌의 위용을 뽐내며 다가서는 적들의 수급을 베어버리고 있었다.

[어째서 〈명계〉가……!]

[크아아아악!]

설화를 토하고 죽어가는 적들을 보며, 나는 유중혁과 안나 크로프트의 곁에 내려섰다.

유중혁의 전신은 깊은 화상으로 뒤덮여 있었다. 강력한 내구도를 가진 유중혁의 코트조차 고열을 견디지 못해 절반 이상 녹아내린 상태였고, 숨소리는 거의 느껴지지 않았다.

녀석의 왼쪽 다리가 있던 곳을 내려다보았다. 내부의 팽창력을 견디지 못해 흔적도 없이 사라진 다리. 다른 사람은 몰라도 내 눈은 속일 수 없었다.

이 자식, '유성참'을 썼구나.

놀라운 성장력이었다. 본래 '유성참'은 유중혁이 1,000번 이상 회귀를 거듭해야 간신히 익힐 수 있는 비기였다.

그런데 이 녀석은 고작 3회차에 그 경지에 오른 것이다.

"아직 숨은 붙어 있어요."

"어쩌다 이렇게 된 겁니까?"

"절 구하려다가……."

"유중혁이 당신을?"

나를 가만히 들여보던 안나 크로프트가 눈을 내리깔았다. 그러더니 씁쓸한 목소리가 뒤따랐다.

"당신의 계획에 내 죽음은 없다고 말하더군요."

아주 잠깐 망연한 기분이 들었다.

유중혁 이 자식은 대체…….

나는 안나 크로프트에게서 유중혁을 넘겨받았다. 혈도를 짚어 출혈을 막고, 자리에 눕힌 뒤 상세를 살폈다.

유성참은 지금의 녀석이 감당할 수 없는 기술이었다. 특히 추진력을 견뎌내지 못해 터져버린 왼쪽 다리는 회생불능이었다. 사지 절단은 '엘라인 숲의 정기'를 사용해도 쉽게 치유할 수 없다.

나는 짧게 한숨을 내쉰 뒤 품속에서 아이템을 하나 꺼냈다. 거무튀튀한 오징어 다리를 연상시키는 것이었다.

[오징어 김독자의 일곱 번째 다리 조각]

안나 크로프트가 의심스러운 눈으로 아이템을 보았다.

"그건 뭐죠?"

"얼마 전에 받은 겁니다."

"받았다고요? 그걸?"

어떻게 설명해야 할지 난감했다.

사실 이 아이템은 '성마대전'이 열리기 전, '양산형 제작자'의 '김독자 컴퍼니 콜라보레이션' 이벤트에서 비매품으로 제공받았다. 아마 신형 '페라르기니'를 구매한 이에게 선착순으로 지급했던 것으로 기억한다.

그때 '양산형 제작자'와 나눈 대화가 지금도 선명했다.

─고맙네. 자네 덕분에 이번 시즌은 아주 대박이야. 오징어 김독자 다리는 일 분 만에 전부 소진됐네.

아무리 생각해도 이해가 가지 않았다.

내 다리를 얻으려 '페라르기니'를 구입한 성좌들이 있다고?

'양산형 제작자'가 능글맞게 웃으며 물었다.

─왜, 누군지 알고 싶나?

─아뇨. 그보다 제 다리 조각은 어떻게 입수하셨습니까?

─엥? 진짜 자네 다리일 리가 없잖은가. 이건 '크라켄의 다리'일세. 여기 자네도 하나 기념으로 가지게.

안나 크로프트에게 그런 사정을 설명하기 귀찮았던 나는, 그냥 아이템을 건네주며 의문을 일축했다.

그러자 안나 크로프트의 눈이 더욱 미심쩍게 변했다.

"왜 '크라켄의 다리'에 당신 이름이 붙어 있죠?"

"자세한 건 알 거 없고 영약 제조사 특성이나 사용하세요. 당신 피랑 이걸 섞어서 녀석에게 먹여요."

'크라켄의 다리'에는 사지 절단에 준하는 중상을 치유하고 사용자의 기초 회복력을 극대화하는 효능이 담겨 있다. 안나 크로프트의 피에도 영약의 효과가 있으니, 두 재료를 잘 섞는다면 어떤 중상이라도 빠른 치유가 가능할 터였다.

하지만 안나 크로프트는 망설이는 눈치였다.

"하지만 제 피를 먹으면—"

"권속화는 발생하지 않을 겁니다."

안나 크로프트의 피에는 피를 먹은 대상을 자신의 권속으로 만드는 힘이 있다.

"지금 유중혁은 당신보다 격이 높으니까."

그 말에 안나 크로프트가 몸을 움찔했다.

나는 의식을 잃고 잠든 유중혁을 내려다보았다. 이제 유중혁이 안나 크로프트의 부하가 되는 일은 없을 것이다.

[기사회생] 사용 흔적이 없는 것으로 보아, 마지막까지 그 힘은 아껴둘 생각인 것 같았다. 현명한 선택이었다. 여기서 [기사회생]을 잘못 사용하면 정말 필요할 때 녀석의 힘을 빌릴 수 없게 된다.

"하여간 개복치 자식."

투덜거리며 돌아서자, 밀물처럼 적들을 쓸어버리는 〈명계〉의 병사들이 보였다.

그런데 자세히 보니 전열의 파도가 주춤거리고 있었다.

마치 거대한 댐에 가로막힌 것처럼 무너지는 첨단. 그 첨단의 중심부에서 가공할 스파크가 터져나오고 있었다.

[성좌, '뇌전의 신왕'이 분노의 일갈을 터뜨립니다!]

뇌전의 신왕?

안나 크로프트가 표정을 굳힌 채 말했다.

"그럴 리가…… 분명 반신체가 무너지는 모습을 똑똑히 보았는데?"

대강 어떻게 된 상황인지 알 것 같았다. 아무래도 유중혁이 잘라낸 '별'은 저 녀석인 모양이다.

"인드라는 화신체를 꽤 많이 가지고 있습니다. 개연성을 감수하고 새로운 화신체를 불러들였겠죠."

인드라는 〈베다〉의 성좌 중에서도 손에 꼽을 만큼 많은 화신체를 보유하고 있다. 〈베다〉의 3신들이 인드라에게 "너는 몇 번째 인드라냐?"라고 물은 것은 지금까지도 유명한 일화 중 하나다.

[성좌, '뇌전의 신왕'이 성유물, '금강저'를 소환합니다!]

하늘이 쪼개지는 듯한 굉음과 함께 〈명계〉의 선두가 갈라지는 것이 보였다.

금강저. 가공할 마력이 담긴 번개를 쏘는, 인드라의 주력 무기.

나는 날아든 번개를 손으로 잡아챘다.

츠츠츠츠츠츳!

그러곤 잡은 번개를 도로 던져버렸다.

인드라의 놀란 표정이 보였다.

하지만 놀라기는 아직 이르다.

[네가 구원의 마왕이군.]

"넌 인드라로군."

[왜 〈명계〉가 그대를 돕는 것이지?]

"당신한테 설명할 이유는 없지 않나?"

인드라는 신기한 생물을 보듯 나를 바라보았다.

[너는 '악'이다. 시나리오에 걸맞은 행동을 해라. 다른 마왕을 봐서 이번 결례는 넘어가줄 터이니―]

"내 동료를 저렇게 만든 건 당신이야. 그렇지?"

[그게 뭐 어떻다는 거냐? 건방진 인간이 성좌에게 대항한 대가다. 저 인간의 복수라도 할 셈인가?]

복수라.

"저놈은 남이 대신 복수해주는 걸 싫어해. 자기 원한은 곧 죽어도 자기가 갚아야 하는 놈이지. 그러니까 내가 지금 너를 죽이려는 것은 유중혁 때문이 아니야."

[혓바닥이 긴 마왕이로군.]

눈부신 전격의 빛살이 하늘을 덮으며 나에게 내리꽂혔다. 몇 개는 튕겨냈고, 몇 개는 받아냈다. 몇 개는 맞았다. 하지만 견딜 만했다.

인드라는 많은 화신체를 갖고 있지만, 그만큼 힘의 분산도 크다. 더군다나 반신체인 상태로 유중혁에게 불의의 일격을 당했으니, 지금은 평소 실력의 절반도 내기 힘들겠지.

그런데 인드라가 웃고 있었다.

[어리석은 마왕이여, 후회할 것이다!]

[성운, <베다>가 '뇌전의 신왕'에게 가호를 내립니다!]

성운이 내린 개연성.

뇌전의 신왕을 감싸는 힘이 충만해지고 있었다.

인드라의 화신체가 급격한 변이를 일으키더니, 이내 녀석의 전신이 황금빛으로 빛나기 시작했다. 거대해진 몸 곳곳에서 인드라가 가진 천 개의 눈이 하나둘 뜨이고 있었다.

"저대로 둬선 안 돼요!"

[미래시]로 뭔가 본 듯, 안나 크로프트의 외침이 들려왔다.

아무래도 인드라와 <베다>가 제대로 결심을 한 모양이었다.

[성좌, '뇌전의 신왕'이 성흔, '모든 것을 감시하는 눈'을 발동합니다!]

저 눈들이 모두 뜨이면, 인드라는 화신체를 통해 자신의 진체가 가진 힘을 온전히 사용할 수 있게 된다.

지금 뜬 눈의 개수는 절반 정도.

쿠구구구구구!

이대로 두면 123번 국지전에 참가한 모든 화신이 범람한 전격에 쓸려나가고 말 것이다.

〈베다〉의 개연성이 충만하게 담긴 그 전격을 보며, 나는 오히려 즐거워졌다.

"나는 당신 성운에 빚이 있어. 그것도 아주 큰 빚이."

성운 〈베다〉가 내게 저지른 일들을 모두 기억하고 있었다. 그런 지독한 일을 당하면 누구라도 마찬가지일 것이다.

나는 '부러지지 않는 신념'을 꺼내 쥐며 말을 이었다.

"당신들 때문에 나는 '마왕'이 되어야 했지."

암흑성의 마지막 시나리오.

그곳에서 나는 73번째 마왕이 되었다.

"동료들에게 나를 죽이도록 명령해야 했고, 그들에게 끔찍한 기억을 안겨주어야만 했어."

['마왕화'를 발동합니다.]

마왕이 되며 얻은 격이 내 심장을 중심으로 범람했다.

어깻죽지를 찢고 나온 검은 날개와 머리를 뚫고 나온 뿔.

[설화, '구원의 마왕'이 이야기를 시작합니다.]

동료들 검에 목숨을 잃고 시나리오의 지평선으로 추방된 날.
나는 하늘을 보며 다짐하고 또 다짐했었다.

「조금만 기다려라. 내가 그 빌어먹을 하늘에서 너희를 모두 떨어뜨
려줄 테니까.」

그 어떤 설화를 쌓아도 오를 수 없을 것 같던 하늘의 별들.
너무나 아득하여 절망적이던 거리. 이제 그 드높던 별들의
자리가 보인다.
나는 진언을 발했다.
[그때는 정말 높아 보였는데……]
웃으며 인드라를 본다.
[너희, 생각보다 낮은 곳에 걸려 있었구나.]
내 말이 끝나자마자 인드라의 전신에서 황금빛 기류가 뿜
어져나왔다.
수르야도 그렇고, 〈베다〉 쪽은 유독 황금빛을 좋아하는 모
양이다.
콰아아아아아!
범람한 격의 파장이 인드라를 중심으로 복잡한 방사를 이
루었다.

전격의 파도가 내 몸을 덮쳐왔고, 인드라의 웃음소리가 들렸다.

그 어떤 성좌도 감히 대적하기 힘든 위력이었다. 전신을 갈기갈기 찢고, 분쇄하고, 으깨버릴 폭력.

[거대 설화, '마계의 봄'이 이야기를 시작합니다.]

하지만.

[거대 설화, '신화를 삼킨 성화'가 이야기를 시작합니다.]

나는 그것을 버텨내고 있었다.
허공에 불똥처럼 튀는 스파크.
전격의 급류를 헤치고 한 걸음, 다시 한 걸음을 다가간다.

[다수의 성좌가 당신의 '격'에 깜짝 놀랍니다.]

전장 건너편의 성좌들이 눈을 부릅뜨고 있었다.

[전용 스킬, '책갈피'를 발동합니다!]
[5번 책갈피가 활성화됐습니다!]
[전용 스킬, '전인화 Lv.23(+13)'가 활성화됐습니다.]
[현재 당신의 육체 구성이 해당 등장인물의 육체 구성과 상이합니다.]

[당신의 '격'이 육체 조건의 페널티를 극복합니다.]

눈부신 섬광이 번뜩이며, 나는 어느새 인드라의 눈앞에 있었다.

[크어어어억!]

힘껏 갈긴 발차기에 녀석의 배에 돋아난 눈들이 터져나갔다.

이 상황을 납득하지 못하겠다는 듯 경악한 눈동자.

그렇겠지. 고작해야 작은 성운의 초짜 설화급이 이런 격을 가질 수는 없으니까.

실제로 내가 모은 두 개의 거대 설화만으로 이 정도 힘을 내는 것은 불가능했다.

[거대 설화, '카이제닉스 제도'가 당신을 조력합니다.]
[거대 설화, '명계'가 당신에게 개연성을 제공합니다.]
[당신이 모은 '단 하나의 이야기'가 '전'에 거의 근접했습니다.]

하지만 지금이라면 다르다.

내가 쌓아온 두 개의 설화에 카이제닉스 제도의 설화, 그리고 〈명계〉의 거대 설화가 함께한다면 — 적어도 이 '성마대전'에 한정해서, 난 '전'을 완성한 성좌에 가까운 힘을 낼 수 있다.

[어떻게 그런 개연성을…… 네놈은……!]

지금의 나라면, 상위 격의 설화급 성좌에게도 밀리지 않는다.

[나는 제석천帝釋天! 여덟 '로카팔라'의 수장이자 〈베다〉의

왕이다!]

　그것이 설령 저 신들의 왕이라고 해도.

　[성좌, '뇌전의 신왕'이 성흔, '천지뇌우天地雷雨'를 발동합니다!]

　인드라를 둘러싼 눈들이 일제히 내뿜은 빛이 세상을 하얗게 뒤덮었다. 하늘 전체가 벼락 속에 몸부림치고 있었다.
　그 뇌우의 풍경을 향해 나는 달려나갔다.

　[당신이 사용한 개연성이 한계치를 한참이나 넘어섰습니다.]
　[성운, <명계>의 가호가 당신의 화신체를 보호합니다!]

　금강저와 '부러지지 않는 신념'이 부딪쳤다. 인드라의 전격과 [전인화]의 격이 서로 반발하며 잿빛 스파크를 토해냈다. <베다>의 격에 밀려난 내 검이 튀어 오르며 하늘을 날았다.
　회심의 미소를 짓는 인드라.
　하지만 애초에 검은 미끼였다. 나는 검이 솟아오르는 찰나를 놓치지 않고 녀석의 다리를 강하게 찍었다.
　[크억……!]
　인드라의 거구가 무너지는 순간, 녀석의 멱살을 쥐어 바닥을 향해 던졌다. 머리부터 내려꽂힌 인드라가 충격을 이기지 못하고 신음을 내뱉었다.
　나는 균형을 잃은 녀석에게 올라타, 양손으로 안면을 연타

했다. 살점이 부서지는 소리와 함께 인드라의 입에서 설화 덩어리가 쏟아져나왔다.

[고작 〈명계〉 따위가, 〈올림포스〉의 하위 성운 따위가……!]

[고작 〈명계〉? 집안 건드리기 있나?]

〈명계〉에 실질적으로 소속된 성좌는 열을 넘지 않는다.

그럼에도 성좌들이 〈명계〉를 두려워하는 이유.

[성운, <명계>가 진노의 가호를 내립니다!]

[내 부모님 화나면 엄청 무섭거든?]

[성좌, '가장 어두운 봄의 여왕'이 고개를 끄덕입니다.]
[성좌, '부유한 밤의 아버지'의 가호가 당신을 보호합니다.]

마지막 발악을 하는지, 인드라의 몸에서 전격의 세례가 폭발했다.

피부의 표피가 까맣게 타들어갔고, 감전당한 심장이 불규칙하게 뛰었다. 시야가 고장 난 형광등처럼 깜빡거렸다. 나는 이를 악물었다.

이깟 번개, 키리오스에게 당하던 것에 비하면 아무것도 아니다.

허공을 향해 손을 뻗자, 첫 충돌로 날아간 '부러지지 않는 신념'이 내게 돌아왔다. 백청의 마력이 휘감긴 그 칼날을, 있는 힘껏 인드라의 심장에 찔러 넣었다. 푸슈슉, 하는 소리와 함께 인드라의 화신체가 꿈틀거렸다.

그리고 얼마나 지났을까. 부르르 몸을 떨던 인드라의 화신체가 축 늘어졌다.

나는 녀석의 귓가에 속삭였다.

[몇 번이고 살아나봐. 또 죽여줄 테니까.]

그리고 메시지가 들려왔다.

[성좌, '뇌전의 신왕'이 진체에 끔찍한 타격을 입었습니다!]

[성좌, '뇌전의 신왕'이 더 이상 화신체를 소환하지 않습니다!]

[성좌, '뇌전의 신왕'이 해당 시나리오를 포기합니다!]

[성좌, '뇌전의 신왕'의 설화에 또 다른 패배가 기록됩니다.]

[당신은 '뇌전의 신왕'의 천적 중 하나가 됐습니다.]

[<스타 스트림>의 일부 성좌가 당신의 업적을 경외합니다.]

(…)

[성운, <베다>가 끔찍한 타격을 입었습니다!]

[성운, <베다>가 개연성의 후폭풍에 휘말립니다!]

하나의 성운이 눈앞에서 패배하는 것을 보며, 전장의 모든 성좌가 침묵했다.

[당신은 믿을 수 없는 업적을 달성했습니다!]

[당신에게 '성운'과 관련된 새로운 설화가 발아합니다!]

인드라의 시신에서 몸을 일으키자, 전열을 지휘하던 심판관들과 명계의 병사들이 나를 향해 무릎을 꿇었다.

[당신의 화신체에 심각한 손상이 발생했습니다!]

당장 자리에 엎어지고 싶은 것은 나도 마찬가지였다.

이렇게 생각하니 유중혁 저 자식이 얼마나 대단한지 알겠다. 녀석은 〈명계〉의 가호도 없이 반신체의 인드라를 한 번 끝장냈던 것이다.

나도 질 수는 없지.

[또 〈명계〉 구경하고 싶은 놈 있어?]

여기서 약한 모습을 보일 수는 없다. 적들은 여전히 남아 있고, 나는 〈명계〉의 왕자다.

[전장의 성좌들이 당신에게 두려움을 느낍니다!]

〈명계〉와 대치하던 성좌들이 주춤주춤 물러났다. 저 높은 하늘에서 나를 깔보던 성좌들이, 이제 나를 두려워하고 있었다.

하지만 모두 그런 것은 아니었다. 〈베다〉와 〈파피루스〉의 성좌와 달리, 〈아스가르드〉의 세력은 여전히 건재했다.

[성좌, '공정함과 친절함의 신'이 당신을 바라봅니다.]

[성좌, '무스펠하임의 불꽃'이 당신을 바라봅니다.]

[성별 바꾸기를 좋아하는 한 성좌가 당신을 바라봅니다.]

모두 쟁쟁한 성좌였다.

'공정함과 친절함의 신'이라면 분명 빛의 신인 발두르일 것이고, '무스펠하임의 불꽃'이라면 보나 마나 불의 거인 수르트겠지.

그리고 성별 바꾸기를 좋아하는 성좌는…….

"구원의 마왕."

〈아스가르드〉의 화신을 대표해서 나온 이는 내가 잘 아는 화신이었다.

[셀레나 킴.]

"우리는 당신과 싸울 의사가 없습니다."

[화신들의 뜻입니까, 아니면 성좌들의 뜻입니까?]

내 말에 셀레나 킴은 난처한 표정이었다.

하지만 이것은 중요한 문제였다.

[성좌, '공정함과 친절함의 신'이 자신이 '악'의 진영에 소속된 것을 못마땅하게 여깁니다.]

[성좌, '무스펠하임의 불꽃'이 불꽃 튀는 전투를 원합니다.]

사실 나야 저쪽에서 먼저 물러서준다면 고마운 상황이었다.

여기서 〈아스가르드〉와 싸워봤자 이쪽도 좋을 게 없으니까.

　어찌 됐든 지금 저쪽에는 강력한 성좌가 제법 참가했고, 그들과 싸우면 〈명계〉도 필연적으로 타격을 입을 것이다.

　게다가 나는 다른 국지전에도 참가해야 하는 상황이었다.

　하지만 상황은 그리 녹록히 흘러가진 않았다.

[성운, <아스가르드>의 일부 성좌가 '구원의 마왕'의 존재를 못마땅하게 생각합니다.]

[성운, <아스가르드>의 일부 성좌가 '구원의 마왕'에게 본때를 보여줘야 한다고 주장합니다.]

　역시 거대 성운쯤 되면 어쩔 수 없는 건가.

　성좌든 인간이든 다수가 되면…….

[성별 바꾸기를 좋아하는 성좌가 <아스가르드>의 성좌들을 타이릅니다.]

　응?

[성별 바꾸기를 좋아하는 성좌가 교묘한 화술로 이 싸움은 서로 좋을 게 없다고 주장합니다.]

　영문을 알 수 없는 상황이었다.

'성별 바꾸기를 좋아하는 성좌'가?

[<아스가르드>의 성좌들이 성별 바꾸기를 좋아하는 성좌의 말에 귀를 기울입니다.]

놀라기는 셀레나 킴과 이리스도 마찬가지인 모양이었다.
덕분에 전장의 허공은 한동안 성좌들의 간접 메시지로 들끓었다.

[성좌, '무스펠하임의 불꽃'이 성별 바꾸기나 좋아하는 놈의 말은 믿을 수 없다고 말합니다.]
[성좌, '공정함과 친절함의 신'이 성좌의 취향과 신용은 서로 분별되어야 한다고 말합니다.]
[성좌, '목요일의 천둥'이 저놈은 근본적으로 사기꾼이지만 가끔 그럴듯한 소리도 한다고 주장합니다.]
[<아스가르드>의 일부 성좌가 그의 말을 믿었다가 <아스가르드>가 도탄에 빠졌던 것을 잊었냐고 주장합니다.]
[성별 바꾸기를 좋아하는 성좌가 자신의 이름값과 관계없이 이 전장은 <아스가르드> 측에 손해라고 주장합니다.]

그야말로 개판이었다.
그나저나 상황 돌아가는 꼴을 보니 '성별 바꾸기를 좋아하는 성좌'가 누구인지 확신할 수 있을 것 같았다.

[성좌, '사랑과 고양이의 여신'이 이 전장에서 이탈하면 '성마대전'의 거대 설화를 손해 보게 된다고 주장합니다.]
[성별 바꾸기를 좋아하는 성좌가 꼭 그렇지만은 않을 것이라 주장합니다.]

그렇게 설왕설래가 얼마나 이어졌을까.

[<아스가르드>의 성좌들이 판단을 내립니다.]

잠시 후, 반대편 진영에 서 있던 셀레나 킴의 표정이 밝아지는 것이 보였다. 셀레나 킴이 입을 열었다.

"성좌님들도 동의하신다고 합니다. 〈아스가르드〉는 당신 및 〈명계〉와 대적할 의향이 없습니다."

[성운, <아스가르드>가 당신과 싸울 이유가 없음을 천명합니다.]

저 성좌가 〈아스가르드〉의 꼬장꼬장한 성좌들을 대체 어떻게 설득했는지는 모르겠지만, 어쨌거나 친선을 위한 제안은 나쁠 것이 없었다.

내가 고개를 끄덕이자, 〈명계〉와 〈아스가르드〉에 소속되어 있던 성좌들이 일제히 자신의 격을 거두었다. 나 역시 [마왕화]를 해제했다.

[성별 바꾸기를 좋아하는 성좌가 당신을 바라봅니다.]
[성별 바꾸기를 좋아하는 성좌가 자신의 공을 치하합니다.]

확실히, 저 성좌가 없었으면 불필요한 싸움이 벌어졌겠지.
나는 감사의 표시로 고개를 살짝 숙여 보였다.

[성별 바꾸기를 좋아하는 성좌가 보상을 원합니다.]

"코인이라도 원하시는 겁니까?"

[성별 바꾸기를 좋아하는 성좌가 아주 작은 부탁이 있다고 말합니
다.]

"부탁이요?"

[성별 바꾸기를 좋아하는 성좌가 별거 아닌 부탁이라고 첨언합니
다.]

별거 아닌 부탁이라. 정말 큰 부탁인가 본데.
나는 잠시 고민하다가 대답했다.
"〈김독자 컴퍼니〉에 해를 끼치는 부탁이라면 들어줄 수 없
습니다."
나는 간접 메시지에 들러붙은 수식을 유심히 바라보다가

덧붙였다.

"그리고 성별을 바꾸는 것도 안 됩니다."

[성별 바꾸기를 좋아하는 성좌가 그런 부탁은 절대 아니라고 말합니다.]

그런 부탁만 아니라면, 뭐.

내가 고개를 끄덕이자, 허공에서 히죽거리는 아이의 웃음소리 같은 것이 들려왔다.

[123번 국지전의 모든 존재가 전투 의사를 보이지 않습니다.]

〈베다〉의 성좌들은 전의를 잃었고, 〈파피루스〉의 성좌들은 애초부터 소수만 참가한 데다 유중혁에 의해 전투 불능이 된 상황.

거기다 〈아스가르드〉와 〈명계〉는 더 이상 대적 의사가 없는 상태.

[123번 국지전이 강제 종료됩니다.]
[해당 국지전은 승패가 가려지지 않았습니다.]
[해당 전장의 참가자들에게 전투 의사가 없음을 확인했습니다.]
[해당 국지전은 '성마대전'의 분류에서 제외됩니다.]

이것으로 123번 국지전도 마무리되었다.

[혼돈 수치가 5 상승했습니다.]
[경고합니다! 혼돈 수치가 70을 넘었습니다!]

어느새 혼돈 수치는 70을 돌파했다.

메타트론과 아가레스도 압박감을 느끼지 않을 수 없을 것이다.

특히 1,863회차에서 〈에덴〉의 멸망을 본 메타트론이라면 더욱.

나는 일행들이 있을 다른 국지전에 참가하기 위해 허공의 게이트를 올려다보았다.

[현재 117번 게이트가 활성화 중입니다.]
[현재 119번 게이트가 활성화 중입니다.]

한쪽은 정희원과 이현성이 참가한 게이트.

그리고 다른 한쪽은 한수영이 참가한 게이트.

나는 두 게이트를 가만히 들여다보다가, 한쪽을 선택해 발걸음을 옮겼다.

그런데.

[해당 게이트는 진입할 수 없습니다.]

진입할 수 없다고? 왜?

[해당 게이트의 국지전은 종료된 상태입니다.]

벌써 전투가 끝났다니.

돌아보자, 안나 크로프트가 멍한 눈으로 게이트를 보고 있었다.

"김독자."

그 말을 듣는 순간 나는 심장이 서늘해졌다.

이번 '성마대전'에서 선악의 승패가 가려지지 않은 국지전은 무효 처리가 되며 '강제 종료' 시퀀스에 돌입하게 된다.

그런데 저 국지전은 그저 '종료'되었을 뿐이다.

즉.

[해당 국지전의 승자가 판별됐습니다.]

저 게이트로 들어간 〈김독자 컴퍼니〉는 자신의 임무에 실패했다는 것이다.

[국지전에서 패배한 참가자에게 사망 페널티가 발동합니다.]

75
Episode

어떤 마음

1

"……그러니 숭고하고 장엄한 흑운의 주인 흑염룡이여, 빌어먹을 뭔 주문이 이렇게 길어. 야, 진짜 이거 맞아?"

[성좌, '심연의 흑염룡'이 고개를 끄덕입니다.]

한수영은 욕설을 내뱉으며 날아오는 빛의 창들을 피했다. 푸슛, 하는 소리와 함께 어깨에서 피가 터졌다.

[성좌, '방주의 주인'이 히죽 웃습니다.]

한수영이 휘두른 [흑염]에 근처의 발키리 몇 명이 한꺼번에 산화했다.

사악한 힘에 놀란 발키리들이 외쳤다.

[죽여라!]

[절대악은 절대로 살려둬선 안 된다!]

[녀석이 주문을 모두 외우게 두지 마라!]

달려드는 발키리들을 쳐내며 한수영이 중얼거렸다.

"변신할 때는 원래 안 건드리는 게 예의 아니냐?"

발키리 대군을 보며 한수영은 입술을 꾹 깨물었다. 평소라면 하위 격의 위인급 화신체를 처리하는 것 따위 그녀에게는 일도 아니었다.

문제는 발키리가 가진 스킬이었다.

[성운, <에덴>이 '징죄의 시간'을 발동 중입니다.]

[징죄의 시간]. 정희원이 사용하는 [심판의 시간]과 무척 흡사했다. [심판의 시간]급의 버프 효과는 아니지만, 악을 상대로는 강력한 전투력 상승을 일으키는 스킬.

그런 스킬의 가호를 받는 발키리가 하나둘도 아니고 수백이 넘는다.

[라파엘, 실력이 많이 녹슬었군요!]

전장 한쪽에서는 아스모데우스가 미친 듯이 웃으며 클로를 무자비하게 휘둘러대고 있었다.

허공에서 마기와 신성력이 충돌하며 폭연이 피어올랐다. 폭연 위로 구름 한 조각이 떠올랐다.

라파엘이 탄 구름이었다.

[깝치지 마셈. 그러다 또 주둥이 털리심.]

[아하하하핫! 입담은 여전하군요!]

말투는 장난스럽지만, 격에 담긴 파랑까지 장난은 아니었다.

한수영은 묵묵히 인상을 구겼다.

아무리 봐도 저 미친 마왕은 자신을 도와줄 여유가 없어 보였다.

[성좌, '새벽 별의 여신'이 참전을 고민합니다.]

[성좌, '신과 마주하는 자'가 '심연의 흑염룡'의 마기에 눈살을 찌푸립니다.]

[성좌, '악마 같은 불의 심판자'가 초조한 눈으로 다른 곳을 일별합니다.]

거기다 아직도 '선' 측의 대성좌는 셋이나 남았다.

[성좌, '심연의 흑염룡'이 걱정 말고 주문이나 외우라고 말합니다.]

"……어둠의 다크, 전설의 레전드, 위대한 용 중의 용, 흑염룡의 가호가 이 몸과 함께할— 빌어먹을, 너 일부러 그러는 거지? 더 이상은 못해!"

[성좌, '심연의 흑염룡'이 히죽 웃으며 이제 충분하다고 말합니다.]

다음 순간, 한수영의 몸 안에서 거대한 마기가 폭발했다.

몸속 깊은 곳에서 솟구치는 아득한 격을 느끼며, 한수영은 눈을 감았다. 마기에 잠식된 머릿속에서 여러 가지 생각이 끊어지고 있었다.

이 전장을 무효화해야 한다든가, 〈김독자 컴퍼니〉는 선도 악도 아니라는 애매한 윤리 감각이 마비되는 느낌.

[성좌, '심연의 흑염룡'이 '반신강림'을 시작합니다!]

다시 눈을 떴을 때, 그녀는 다른 사람이 되어 있었다.

[화신 '한수영'의 정신이 마기에 오염됩니다!]

"큭, 큭. 큭큭……."

보랏빛 마기로 들끓는 눈동자.

손으로 반쯤 얼굴을 가린 한수영이 자신의 뺨에 묻은 피를 닦았다. 그리고 손등에 묻은 선혈을 핥은 뒤 물었다.

"우습군. 이것이 너희의 한계인가?"

전신에서 풍기는 아우라에 발키리들이 어깨를 떨며 뒤로 물러났다.

한수영이 광소하며 외쳤다.

"꿇어라! 이것이 너와 나의 격의 차이…… 야! 내 입으로 헛소리 지껄이지 마!"

[성좌, '심연의 흑염룡'이 자신의 진짜 힘을 쓰려면 어쩔 수 없다고 말합니다.]

"아니, 말을 하려면 좀 제대로 된— 오라! 나의 다크 섀도 피닉…… 아니 이런 거 말고!"

주문은 엉망이었지만 효과가 있기는 한지, 한수영의 발밑에 짙고 불길한 그림자가 드리워지기 시작했다. 지축 전체를 흔들며 자라난 그림자는 이윽고 용의 형상에 가까워졌다.

한수영은 몇 번인가 이런 현상을 본 적이 있었다.

피스 랜드와 암흑성에서, 성좌들이 이 힘을 사용하는 것을 보았다.

성좌의 그림자. 별빛의 이면에 드리워진 성좌의 어둠.

어느새 한수영은 체고가 수십 미터가 넘는 검은 용의 등에 타고 있었다.

[성좌, '심연의 흑염룡'이 포효합니다!]

지금까지는 개연성의 제약으로 사용할 수 없었던 힘.

흑염룡의 그림자가 그녀를 태운 채 창공으로 날아올랐다. 하늘을 덮은 새카만 그림자와 함께 용이 지상을 향해 불을 뿜었다.

콰아아아아아.

전장 전체가 휩쓸려 나가는 충격파.

허겁지겁 몸을 피하던 발키리들이 공중에서 산화했다. [징죄의 시간]도, 성운의 가호도 무의미하게 만드는 압도적인 힘이었다.

[으, 으어, 으아아아아!]

좋지 않은 기억이 떠올랐는지, '방주의 주인'은 어깨를 끌어안은 채 떨고 있었다. 그럴 법도 했다. 〈에덴〉의 성좌라면 누구나 묵시룡에 두려움을 품고 있으니까.

그리고 '심연의 흑염룡'은 강력한 묵시록의 최후룡 후보 중하나였다.

이것이 바로 '심연의 흑염룡'의 진짜 힘.

차오르는 개연성의 억압 속에 고통스러워하면서도, 한수영은 환희와 전율에 젖었다.

잘했다. '심연의 흑염룡'을 배후성으로 택하길, 정말 잘했다.

"하하하하하! 죽어! 죽어! 죽어! 죽어! ……미친, 그만해!"

정신 분열이라도 앓는 사람처럼 한수영의 입에서 두 가지말이 동시에 튀어나왔다.

[당신의 정신이 마기에 오염됩니다.]

흑염룡의 힘은 강력하지만 남용할 수 없다. 이 힘을 사용할수록 화신의 자아는 '흑염룡'에게 동화된다.

'이대로 몇 년만 지나면 나도 김남운처럼 되겠어.'

그러거나 말거나 흑염룡의 그림자는 이미 전장을 절반 이상 쓸어버리고 있었다.

더는 두고 볼 수 없었는지 누군가가 움직였다.

[성좌, '악마 같은 불의 심판자'가 자신의 격을 드러냅니다!]

지축이 흔들리는 굉음과 함께 흑염룡의 브레스가 처음으로 막혔다. 새하얗게 타오르는 불꽃의 정수가 세계의 어둠을 잘라내고 있었다.

'업화의 불꽃'.

지옥의 가장 순수한 불로 빚어진 우리엘의 성유물.

하늘을 뒤덮은 흑염룡이 웃었다.

[성좌, '심연의 흑염룡'이 언제고 승부를 내고 싶었다고 말합니다.]
[성좌, '악마 같은 불의 심판자'가 표정을 굳힙니다.]

두 성좌의 대립이 시작되자, 인근의 시공간이 새파란 스파크로 뒤덮였다.

격의 충돌을 견뎌내지 못한 발키리들이 피를 토하며 쓰러졌다.

[가장 오래된 선이 이 국지전을 좋아합니다.]
[가장 오래된 악이 이 국지전을 좋아합니다.]

거대한 선악이 자신의 대표로 두 성좌를 선택하고 있었다.
그리고 그 사이에 스파크에 까맣게 튀겨지고 있는 한수영
이 있었다.
"큭큭큭. 죽어라! 멍청한 대천…… 야! 이건 안 돼!"

[성좌, '심연의 흑염룡'이 왜 그러냐고 묻습니다.]

"멍청아! 지금 여기서 우리엘이랑 붙으면 모두 끝장이야!"
얼굴 곳곳에 검댕이 묻은 한수영이 바락바락 악을 써댔다.
분위기에 휩쓸려 하마터면 싸울 뻔했지만, 정말 그런 짓을 벌
였다간 죽도 밥도 안 된다.
"야, 대천사! 너라도 정신 차려봐! 진짜 나랑 싸울 거야?"

[성좌, '악마 같은 불의 심판자'가 당신을 바라봅니다.]

어쩔 수 없다는 듯한 표정.
우리엘의 눈빛에 깊은 수심이 어려 있었다.

[성좌, '악마 같은 불의 심판자'가 곤란한 표정을 짓습니다.]

"너도 싸우기 싫잖아? 알고 있어. 이쯤하고 여기서 끝내자고. 하는 김에 네 친구들도 좀 설득해주고!"

한수영의 말에 우리엘의 수심이 한층 더 깊어졌다. 그러나 표정과는 별개로 발동한 [지옥염화]는 집요하게 한수영을 향해 날아들었다.

하지만 한수영은 포기하지 않았다. 우리엘이 굳이 이 전장에 참가한 이유가 있다고 생각했다.

[설화, '예상표절'이 이야기를 시작합니다.]

「우리엘은 이게 <김독자 컴퍼니>를 죽일 함정임을 알고 있었을 것이다. 그래서 본인이 직접 왔겠지.」

하필이면 우리엘이 담당한 전장에 온 게 '심연의 흑염룡'과 자신이라는 게 문제였지만……

그래도 자신 역시 <김독자 컴퍼니>다.

한수영은 아껴뒀던 치트키를 쓰기로 했다.

"내가 죽으면 김독자가 널 어떻게 생각할 것 같아?"

우리엘의 어깨가 희미하게 떨렸다. 한수영은 한 방을 더 먹였다.

"날 죽인 후에도 떳떳한 마음으로 김독자 볼 자신 있어?"

[성좌, '악마 같은 불의 심판자'가 당신과 당신의 배후성은 '악'이라고 말합니다.]

"제기랄! 선이니 악이니 그딴 게 뭐가 중요해! 그런 건 너희 멋대로 정한 거잖아!"

업화의 불꽃이 흑염룡의 날갯죽지를 스쳤다. 흔들리는 사위 속에서도 한수영은 간절한 눈으로 우리엘을 바라보았다. 우리엘의 검세가 조금씩 소극적으로 변하고 있었다. 우리엘이 흔들리고 있다는 증거였다.

이제 조금이었다. 조금만 더, 대천사의 정신을 흔들어놓을 방법이 있다면.

[성좌, '구원의 마왕'이 전장을 바라보고 있습니다.]

이어진 간접 메시지에 한수영은 소름이 돋았다.

[성좌, '구원의 마왕'이 '악마 같은 불의 심판자'를 바라봅니다.]

김독자 이 무서운 자식. 그 와중에 이쪽도 보고 있었냐?

[성좌, '구원의 마왕'이 '악마 같은 불의 심판자'를 바라봅니다.]

김독자는 아무 말도 하지 않았다.

도와달라는 말도, 부탁한다는 말도 없이 그저 바라보는 시선.

[성좌, '악마 같은 불의 심판자'가 움직임을 멈춥니다.]
[성좌, '악마 같은 불의 심판자'가 혼란에 빠집니다.]

한수영은 속으로 쾌재를 불렀다.

지금쯤 우리엘의 마음속에서는 양가감정이 충돌하고 있을 것이다.

〈김독자 컴퍼니〉를 구하고 싶은 마음과, '성마대전'에서 승리하고 싶은 마음.

우리엘 주변에서 희미한 스파크가 연이어 튀어 올랐다. 우리엘을 구성하는 설화들이 충돌하고 있었다. 그녀가 가장 좋아하는 설화와, 그녀가 살아온 설화가 부딪치고 있었다.

그녀가 좋아하는 〈김독자 컴퍼니〉냐, 그녀가 몸담은 〈에덴〉이냐.

[우리엘! 뭘 멍청하게 서 있는 건가요?]

상황을 보다 못한 성좌들이 나섰다.

[성좌, '새벽 별의 여신'이 자신의 격을 드러냅니다!]
[성좌, '신을 마주 보는 자'가 자신의 격을 드러냅니다!]

한수영은 턱 끝까지 차오르는 숨을 뱉어내며 인상을 찌푸렸다.

[당신의 화신체가 크게 손상됐습니다.]

사실 우리엘을 설득하려 한 것은 단순히 싸우기 싫어서만은 아니었다.

반신강림의 부작용이 밀려오고 있었다. 뼈마디와 관절이 마비되고 있었고, 당장이라도 각혈하고 싶은 기분이었다.

애써 눌러 참는 이유는 성좌들에게 약한 모습을 보이면 안 되기 때문이었다.

[성좌, '악마 같은 불의 심판자'가 다른 곳을 바라보고 있습니다.]

멍한 얼굴의 우리엘을 대신해서 앞으로 나선 카마엘이 말했다.

[내 동료가 힘들어하는 듯하니 그만 끝내는 편이 좋겠습니다.]

[심연의 흑염룡이라기에 기대했는데, 수식언에 비하면 별볼 일 없군요.]

별빛을 담은 바카리네의 수정 지팡이가 빛나자, 창공에서 무수한 별빛의 광선이 쏟아졌다.

빛에 닿은 흑염룡의 그림자가 조금씩 부서지고 있었다.

[성좌, '심연의 흑염룡'이 분노의 일갈을 내지릅니다!]

흑염룡의 그림자가 쏟아낸 브레스가 바카리네의 머리 위로 떨어졌다. 삽시간에 밀려오는 어둠의 에테르에 바카리네가 비명을 지르며 물러났다.

그것을 대신 받아낸 이는 카마엘이었다.

[그 정도론 어림도 없습니다!]

대검을 뽑아 든 카마엘이 브레스를 베어내며 앞으로 전진을 시작했다.

하지만.

"어둠의 다크! 전설의 레전드! 홍염의 파이어!"

한수영이 헛소리를 시작하자, 급격하게 증폭된 흑염룡의 브레스가 바카리네와 카마엘을 밀어냈다.

안색이 희게 질린 바카리네의 외투가 순식간에 불타올랐다.

[치욕이군요! 이런 우스꽝스러운 기술에……!]

[우리엘! 뭐 하는 겁니까! 정신 차리십시오!]

카마엘의 진언이 닿은 것일까. 우리엘이 퍼뜩 정신을 차리는 것이 보였다.

줄줄 흐르는 피를 닦아내며 한수영은 흐릿해지는 시야를 다잡았다.

여기서 우리엘이 진심으로 덤벼들면 모든 것이 끝장이다.

어떻게든, 그 전에…….

[그래, 너희 말이 맞아. 이런 ■같은 전쟁은 빨리 끝내야
돼.]

그리고 우리엘이 움직였다.

[성좌, '악마 같은 불의 심판자'가 자신의 진정한 모습을 드러냅니
다.]

전장을 물들이는 눈부신 대천사의 격. 우리엘의 모든 날개
가 활짝 펼쳐지며, 산란하는 백금발 위로 붉은 루비가 박힌 크
라운이 빛났다.

세상을 오시하는 에메랄드빛 눈동자.

진체를 해방한 우리엘은 엄청난 개연성의 후폭풍 속을 걸
어 나왔다. 그 어마어마한 격 앞에, 한수영은 흑염룡의 가호에
도 불구하고 정신이 혼미해지는 것 같았다.

'악마 같은 불의 심판자'의 진짜 모습이었다.

수만의 악마를 베어내고, 마왕들을 살해하고, 악을 척결하
며 살아온 염화의 대천사. 그 눈과 마주하는 순간, 한수영은
자신이 이미 죽은 목숨이라는 사실을 깨달았다. 저 '악마 같
은' 존재 앞에서는, 그 어떤 악도 기꺼이 목을 내놓아야만 할
것이다.

'미안, 김독자.'

높게 치솟은 '업화의 불꽃'이 하늘을 가르고, 한수영은 끝을
예감했다.

[설화, '예상표절'이 다음을 그려내지 못합니다.]

그리고 시야가 하얗게 물들었다. 무엇도 존재하지 않는 페이지.

하지만 아무리 시간이 지나도 고통은 느껴지지 않았다. 설마 고통을 느낄 새도 없이 죽어버린 건가?

슬며시 눈을 떴을 때, 한수영은 예상 밖의 광경과 마주했다.

분명 그녀를 향해 움직인 '업화의 불꽃'이, 고리처럼 형상을 변환한 채 지상에서 환한 빛을 내뿜고 있었다.

[너희 움직이면 그대로 뒈질 줄 알아.]

정확히는 바라키네와 카마엘의 몸통을 묶은 채로.

[내 불이 좀 뜨겁거든? 장난 아니고 움직이면 진짜로 뒈질 거야.]

갑작스러운 상황에, 바카리네가 얼빠진 목소리로 물었다.

[우리엘. 대체 왜?]

[이런 짓을 하면 서기관께서……!]

카마엘의 말에 우리엘이 투덜거렸다.

[■발, 그깟 징계 좀 받고 말지. 지금 그게 중요해?]

[이건 징계로 끝날 일이 아닙니다! 지금 당신이 한 행동은—]

[시끄러워! 그깟 혼돈 수치 좀 오르라고 하지 뭐!]

우리엘의 진언을 듣고서야 카마엘은 자신의 동료가 진심이라는 것을 알았다.

[당신은 대체……]

그제야 한수영은 우리엘이 왜 진체의 힘을 드러냈는지 깨달았다.

동급의 대천사와 상위 격 성좌를 죽이지 않고 제압하려면, 그녀도 진짜 힘을 발휘할 수밖에 없었던 것이다.

개연성의 후폭풍을 감당하는 우리엘의 표정이 일그러졌다. 그녀의 새카만 레이스에 희미한 마기가 감돌고 있었다.

타락.

신성한 명령을 거부한 천사에게 주어지는, 가장 가혹한 형벌.

한수영이 그녀에게 뭐라고 말하려는 순간, 우리엘이 선수를 쳤다.

[이것저것 설명할 시간 없어. 빨리 국지전 무효화시키고 끝내자.]

그녀의 표정은 어딘가 다급해 보였다.

그 순간, 한수영의 머릿속에 뭔가 스쳤다.

아무리 우리엘이 결심했다 한들 이렇게 서두를 필요는 없었다. 대천사가 큰 피해를 감수하면서까지 일을 벌였다는 것은 그만한 이유가 있다는 뜻이다.

대체 무엇이 그녀를 이렇게 서두르게 만들었을까?

답은 금방 알 수 있었다.

[희원이가 위험하단 말이야!]

✳

2

"할 수 있어요. 싸워보기 전엔 모르는 거니까."

지금으로부터 세 시간 전, 정희원은 그렇게 말했다.

"마왕이든 뭐든 덤벼보라고 해요. 우리 이제 그렇게 약하지 않잖아요."

환생자들은 그녀의 말을 듣고 있었다.

이제껏 헤쳐온 국지전에서 '선'을 택한 이들. 그리고 〈김독자 컴퍼니〉에 의해 무효화된 전장에서 운 좋게 살아남은 이들. 자신의 세계관을 잃어버린 이들.

[117번 국지전이 시작됩니다!]

[당신의 소속 진영은 '선'입니다.]

"이럴 줄 알았으면 나오지 말 걸 그랬어……."

"본래 세계로 돌아갈 순 없을까요?"

몇몇 환생자가 겁에 질린 채 중얼거리자, 파란은 순식간에 번졌다.

"저, 저런 거랑 어떻게 싸우라고!"

"아, 아아아아……."

'악'의 함선이 밀려오고 있었다. 어마어마한 크기였다. 분명 강력한 스킬과 아이템을 장착했을 설화 병기.

기에에에에엑―!

배를 받치고 밀려오는 파도는 7급 악마종인 '어둠 투사'의 대군이었다. 족히 수만은 되어 보이는 대군. 수를 세기도 버거운 숫자.

도저히 '국지전'이라고 표현할 수 없는 장관이었다.

"으아아아아아―!"

공포에 젖은 환생자들의 눈동자를 보면서 정희원은 생각했다.

모두에게 용기를 강요할 수는 없다. 이들의 두려움은 당연하다.

평생 자신의 세계관에 갇혀 살다가, 외부에서 나타난 침략자에게 이용당하는 자들. 그런 피해자들에게 용기를 강요하는 것 자체가 폭력이다.

정희원은 그들에게 말해주고 싶었다.

굳이 싸우지 않아도 괜찮다고. 여긴 어떻게든 자신이 해결해보겠다고.

"다들 뒤쪽에 숨어 계십시오."

그런 그녀의 심경을 대신한 사내가 있었다.

"제가 막겠습니다."

이현성이었다. 가장 오래된 동료이자, 〈김독자 컴퍼니〉의 모든 역경을 제일 앞에서 맞아온 사내.

"혼자 막을 수 있겠어요?"

"물론 혼자선 안 되죠."

넉넉하게 웃는 이현성의 얼굴을 보자, 그래도 답답하던 마음이 조금은 풀렸다. 예전에는 손끝만 닿아도 경기를 일으키던 이현성인데, 이제 정말 친해지긴 친해졌구나 싶었다.

"포지션을 하나씩 담당합시다. 공격은 모두 제가 막겠습니다. 희원 씨는—"

"모두 공격하면 되는 거죠? 카이제닉스에서처럼."

"예, 카이제닉스에서처럼."

〈김독자 컴퍼니〉의 가장 단단한 방패와 가장 날카로운 검으로서, 단순하지만 서로 장점을 가장 잘 살릴 수 있는 전략.

"가요."

[설화, '검과 방패'가 이야기를 시작합니다.]

먼저 달려간 것은 이현성이었다.

"하아아아아압!"

기합이 클수록 힘이 세진다는 미신을 믿는 사람답게, 이현성은 세상이 떠나가라 소리를 지르며 주먹을 휘둘렀다.

[화신 이현성이 성흔, '강철화 Lv.10'를 발동합니다!]

이제 완숙한 레벨에 오른 강철이 그의 전신을 덮었다. 눈부신 백광을 띤 강철 갑각과 충돌한 '어둠 투사'들이 볼링핀처럼 쓰러졌다.

[화신 이현성이 성흔, '태산 부수기 Lv.10'를 발동합니다!]

하늘을 향해 솟구친 강철의 주먹이 바닥을 찍자, '어둠 투사' 군단의 선두가 흔들렸다. 덩달아 그들이 떠받치고 있던 배의 움직임도 둔해졌다. 기세를 놓치지 않고 이현성은 마지막 성흔까지 발동했다.

[화신 이현성이 성흔, '태산 밀기 Lv.10'를 발동합니다!]

처음에는 닫힌 지하철 문을 여는 게 고작이던 성흔.
그 성흔이 이제 전함 규모의 배를 받아내고 있었다.
츠츠츠츠츳—!
[강철화]를 발동한 양손이 새카맣게 물들며, 피부를 덮고 있던 강각鋼殻 일부가 벗겨졌다.

하지만 이현성은 더 커다란 기합으로 고통을 이겨냈다.

"하아아아아아압!"

범람하는 스파크 속에서도 물러서지 않는다.

뒷발을 고정한 이현성은 바닥에 단단히 박힌 작은 못처럼 보였다. 그 작은 못이 전함의 움직임을 막아서고 있었다. 강철과 강철이 부딪치는 기분 나쁜 파찰음. 그리고 굉음의 끝에서 마침내 전함의 움직임이 멎었다.

"머, 멈췄다!"

"이현성 님이 전함을 멈췄어!"

믿을 수 없는 기적 앞에 환생자들이 환호했다.

하지만 승부는 지금부터였다.

방패가 자신의 일을 다 했으니, 이제 검이 움직일 때다.

이현성의 어깨를 밟고 하늘 높이 날아오른 정희원은 그대로 배의 갑판으로 뛰어올라 '심판자의 검'을 휘둘렀다.

[크아아아악!]

[귀살]과 [지옥염화]의 콤보.

처음부터 힘을 아끼지 않은 공격에 방심하고 있던 위인급 성좌 하나가 반으로 갈라졌다.

푸른 귀화를 흩뿌리며 순백의 섬광을 터뜨리는 정희원의 모습은 그 자체로 고결했다.

[일부 성좌가 '검과 방패'의 이야기를 좋아합니다.]

하지만 그녀의 검은 얼마 지나지 않아 막혔다.

거무튀튀한 흑빛으로 덮인 손.

음침한 웃음을 흘리는 한 존재가, 그녀의 검을 잡고 정희원을 창공으로 내던져버렸다.

정희원은 허공을 밟으며 몸을 회전시켜 다시 갑판 위에 착지했다.

어느새 전열을 갖춘 성좌들이 그곳에 있었다.

아니, 성좌가 아니었다.

[빌어먹을 성흔을 보아하니, 네가 바로 그 '대천사'의 화신이구나.]

[함정이란 걸 알고 있었을 텐데, 어리석구나. 제 발로 죽음을 향해 걸어 들어오다니.]

시커먼 마기를 전신에 둘둘 감은 채, 〈스타 스트림〉의 하늘에서 어둠을 차지한 존재들.

정희원은 눈앞에 선 다섯 명의 마왕을 살폈다.

─이건 희원 씨가 싸워볼 만한 적과, 절대로 싸워서는 안 되는 적의 명단입니다. 인상착의를 꼭 외워두세요.

정희원은 김독자가 설명해준 내용을 필사적으로 떠올렸다.

제일 먼저 시선이 간 것은 불타는 창과 인간의 머리를 쥔 마왕이었다.

─얘는 싸워볼 만해요. 지금의 희원 씨라면 [심판의 시간]만 발동한다면 문제없을 겁니다.

58번째 마계의 주인, '불의 총통' 아미.

─얘까지도…… 괜찮습니다. 근데 갑자기 뿔 세워서 달려들면 위험하니까 무조건 '선빵' 때리세요.

48번째 마계의 주인, '황금 뿔의 수소' 하겐티.

─이놈부터는 위험해요. 컨디션이 괜찮을 때, 그리고 일대일로 싸울 수 있을 때만 붙으세요.

36번째 마계의 주인, '은색 발톱의 올빼미' 스토라스.
흘러나오는 격으로도 느낄 수 있었다.
여기까지는 그래도 상대할 법하다.
문제는 그 뒤에서 그녀를 바라보는 두 존재였다.
붉은 갑옷을 입고, 다리를 절뚝거리며 그녀를 보는 훤칠한 마왕.

─10위권대로 진입하면 솔직히 승산이 낮습니다. 우리엘이 반신강림이라도 해준다면 이야기가 다르겠지만…….

16번째 마계의 주인, '유혹과 불모의 마왕' 제파르.

―그리고 여기서부터는 무조건 피하셔야 합니다.

말하지 않아도 알 수 있었다.
다섯 마왕의 제일 끝에서 상황을 지켜보는 존재. 저 마왕은
지금의 그녀가 절대로 이길 수 없다.

8번째 마계의 주인, '무자비한 역천의 사냥꾼' 바르바토스.

웨스턴 스타일 모자에 장총.
흘러내린 금발을 가진 마왕이 그녀를 향해 웃었다.
[가장 맛있는 절망은 '불가능한 희망'이지.]
정희원은 투지를 불태우며 칼날을 굳게 쥐었다.
이미 마왕들과는 한 번 싸워본 적이 있었다.
그때는 본 실력을 내기 힘든 상태였지만…… 지금은 과연
어떨까.

[전용 스킬, '심판의 시간'의 발동을 준비합니다!]

그녀의 특성은 '멸악의 심판자'.
그리고 [심판의 시간]은 과거 '성마대전'에서 싸운 발키리
들의 수장, 대천사가 사용하던 힘.

아무리 상대가 강력하다 해도 그 존재가 '악'인 한 그녀는
지지 않는다.

그런데.

[절대선 계통의 성좌 중 대다수가 스킬 발동에 반대했습니다.]
[스킬 발동이 취소됐습니다.]

그녀에게 무슨 일이 벌어졌는지 안다는 듯, 바르바토스가
웃었다.

[어리석구나, 우리엘의 화신아. 아직도 이게 무슨 상황인지
이해하지 못한 것이냐?]

김독자는 말했다. 이 '국지전'들은 함정이라고. 우리는 함정
이라는 걸 알면서 이곳에 참전해야 한다고.

[천사들은 유독 '희생양'이라는 개념을 좋아하지. 이번에는
그게 너인 것 같구나.]

〈에덴〉의 목표는 '성마대전'에 승리하는 것.

그 일을 도모하기 위해, 〈김독자 컴퍼니〉는 존재하지 않아
야 했다.

정희원이 '선'이든 '악'이든, 그들 입장에서는 그저 배제해
야 할 존재일 뿐.

정희원도 알고 있었다. 하지만 여전히 실감이 나지 않았다.

다른 천사는 몰라도, 우리엘마저 나를 배신했다고?

[편히 보내주마.]

바르바토스의 장총이 장전되는 소리가 들렸다.

정희원은 뒷덜미가 서늘해지는 느낌과 동시에, 배 바깥으로 몸을 내던졌다.

콰아아아아아아아!

하늘을 향해 쏘아진 탄환이, 시공간을 찢어버리며 창공에 검은 구멍을 내었다. 검을 쥔 손이 파르르 떨렸다. 그녀는 방금 저런 괴물을 상대로 검을 휘두르려 했다.

—절대로, 10위권의 마왕과 일대일로 싸워서는 안 됩니다. 무조건 도망치세요. 그리고 다른 일행을 기다리세요. 반드시 그래야 합니다.

평소였다면 김독자의 그 말에 반발했을 것이다.

하지만 지금은 아니었다.

"현성 씨!"

선두 아래쪽에서 어둠 투사들을 쳐 죽이던 이현성이 그녀를 올려다보았다. 시선이 오고 가는 것만으로도 이현성은 전장의 상황을 이해했다.

갑판에서 마왕들의 조롱이 들려왔다.

[하하하하하! 현명한 선택이다.]

[전장은 넓지. 하지만 어디까지 도망칠 수 있을까?]

허공에서 마기의 폭풍우가 쏟아지고 있었다. 검과 방패는 달렸다. 맞설 수 없는 적과는 싸울 수 없다. 그리고 여기서 죽을 수도 없다.

"독자 씨와 유중혁 씨가 올 겁니다. 그때까지만 버팁시다."

정희원은 고개를 끄덕였다.

아무리 강한 적이라도 일행이 모두 모인다면 이길 수 있다. 이보다 더한 전장도 헤쳐온 그들이다.

〈김독자 컴퍼니〉는 여기서 무너지지 않는다.

두 사람은 다친 환생자들을 챙기는 동시에, 달려드는 '어둠 투사'들을 뭉개며 계속해서 전열을 물렸다.

[배후성의 영향력이 약해지고 있습니다.]

설상가상으로 우리엘의 가호까지 약해졌다. 좋지 않은 예감이 들었지만, 정희원은 애써 고개를 흔들었다. 아마 우리엘도 다른 국지전에서 싸우고 있을 것이다. 우리엘이 자신을 배신할 리 없다.

마왕의 광포한 진언이 전장을 휩쓸었다.

[비켜라, 쓰레기들.]

달아날 타이밍을 놓친 환생자들이 핀치에 몰렸다. 용기 있게 달려드는 환생자들은 제일 먼저 목이 달아났고, 두려움에 뒷걸음치던 환생자들은 심장이 꿰뚫렸다.

종종 마왕의 힘을 견디고 맞서 싸우는 이도 있었다.

[오호, 소드마스터? 제법 싸우는 놈이구나.]

누군가가 하겐티의 황금 뿔을 받아내고 있었다.

검신에 흐르는 에테르 블레이드.

검을 쥔 노인은 정희원도 아는 이였다.

"카일?"

카일 베르트.

'카이제닉스 제도'에서 정희원을 수행하던 수석 근위 기사였다.

「대장님, 당신을 모실 수 있어서 영광입니다.」

「사실 저는 바깥 세계로 나가기엔 너무 늙었습니다만.」

「미력하지만 이 힘이 그곳에서도 조금이나마 도움이 되었으면 합니다.」

카일은 잘 싸웠다. 마왕 하겐티의 뿔을 몇 번이나 받아냈고, 심지어 수소의 팔뚝에 작은 생채기도 남겼다.

하지만 거기까지였다.

소드마스터의 검은 부러졌고, 무릎은 꺾였다.

애초에 늙은 소드마스터가 상대할 수 있는 적이 아니었다.

목줄을 잡힌 카일의 몸이 장난감처럼 대롱대롱 매달렸다.

[등장인물 '에리히 스트라이커'가 동요합니다.]

정희원의 안에서 에리히가 감정을 드러냈다.

저대로면 카일은 죽는다.

정희원의 사고가 느릿하게 움직였다. 〈김독자 컴퍼니〉의 이름들이 머릿속을 스쳐 가고 있었다.

제일 먼저 떠오른 것은 유중혁이었다.

「"어차피 환생자는 죽어도 다시 살아난다."」

유중혁은 카일을 구하지 않았을 것이다. '환생자들의 섬'은 죽음을 허락하지 않으니까. 기억을 잃고, 다른 존재가 된다 해도 어쨌든 영혼은 살아남으니까. 유중혁이라면 더 큰 목적을 위해 카일을 죽게 내버려뒀을 것이다.

이어서 떠오른 것은 김독자였다.

「"구해야 합니다. 하지만 그런 짓을 하면 희원 씨가 죽게 될 겁니다."」

김독자는 올바른 이야기를 하면서도, 그녀의 목숨을 걱정하기에 카일을 외면했을 것이다.

「"뭘 고민해? 그놈을 이용해서 마왕을 쳐 죽여버려야지."」

한수영이라면 그렇게 말했을 것이다.

그녀는 애초에 사람의 목숨을 구하는 일에는 별반 관심이 없으니까.

최악을 이용해 최선을 변주하는 한수영은 곧바로 마왕의 목줄을 노렸을 것이다.

그리고 죽어가는 카일의 입이 말하고 있었다.

'도망치십시오.'

하지만 카일의 눈은 이렇게 말하고 있었다.

「"이렇게 죽고 싶지는 않았지만."」

"희원 씨."

이현성의 목소리가 들렸다.

정희원과 이현성은 〈김독자 컴퍼니〉의 누구보다도 닮았다.

지닌 성정도 융통성도 다르지만, 적어도 단 하나의 상황에 한정해서 그들은 언제나 똑같은 결정을 내린다.

[전용 스킬, '지옥염화 Lv.10'를 발동합니다!]

망설일 필요도 없는 일이었다.

왜냐하면 그들 또한 그렇게 구해졌으니까.

※

3

찰나, 두 사람의 시선이 마주쳤다.

「"마왕을 상대하는 법, 다들 기억하고 계시잖아요."」

그들은 같은 아픔이 있고, 같은 상처를 안고 살아왔다.
눈앞에서 사랑하는 동료를 잃었다.

「"이제 마지막 시나리오를 시작해봅시다."」

몇 번이나 동료를 구하지 못했다. 그렇기에 자신의 앞에서
죽어가는 이들을 절대 외면하지 못한다.
그들이 살아온 삶이 그들을 그렇게 만들었다.

"준비됐습니다."

"다녀올게요."

가볍게 뛰어오른 정희원이 이현성의 손바닥에 안착했고, 이현성이 그런 정희원을 힘껏 내던졌다.

빛살처럼 쏘아진 정희원이 전장을 가로질렀다. [지옥염화]의 불길이 화려한 직선을 그리며 쇄도하자, 마왕 하겐티가 신음을 흘렸다.

재빠르게 자신의 가죽을 도려내 불을 끈 하겐티가 거친 음색으로 말했다.

[거기 숨어 있었구나!]

하겐티가 뒷발로 땅을 박차고 먼지구름을 일으키며 달려들었다.

그런 하겐티의 뿔을 잡고 막아낸 것은 이현성이었다.

"크아아아압! 희원 씨! 빨리!"

이현성이 벌어준 빈틈. 정희원은 쓰러진 카일을 흔들어 깨웠다.

"카일! 정신 차려! 카일!"

다시 한번 '카이제닉스 제도'의 에리히 스트라이커가 된 것처럼, 정희원은 애타게 카일의 이름을 불렀다. 코끝에 손을 가져다대보니 다행히 숨은 붙어 있었다.

「"다시 한번 시나리오를……."」

그녀의 말을 믿고, 〈김독자 컴퍼니〉의 말을 믿고 여기까지 와준 이들.

스스로의 힘으로 스스로의 장르를 찾기 위해 그녀를 따라온 이들이었다.

그러니 절대 여기서 죽게 내버려둘 수는 없었다.

마침 다가온 근위 기사 중 하나가 카일을 업고는 말했다.

"제가 데리고 가겠습니다."

"부탁해요."

"맡겨두십시오."

기사는 근엄하게 고개를 끄덕이고는 곧장 후방을 향해 달려나갔다.

정희원은 이현성을 돕기 위해 다시 검을 쥐었다.

그리고 그 순간, 아주 섬뜩한 예감이 전신에 흘렀다. 지금껏 몇 번 겪어본 적 없는 예감이었다.

'암흑성'에서 김독자를 잃었을 때.

'73번째 마계'에서 다시 김독자를 잃었을 때. 그리고…….

"희원 씨, 엎드리십시오!"

이현성이 그녀를 안고 굴렀다. 섬광이 정희원의 팔뚝을 훑고 지나갔다. 자신의 입에서 그토록 끔찍한 비명이 나올 수 있다는 것을 정희원은 처음 알았다.

바르바토스의 탄환.

이현성의 안색이 푸르죽죽하게 변해 있었다. 괜찮냐고 물어볼 틈도 없이, 이현성이 말했다.

"가십시오. 제가 시간을 끌어보겠습니다."

이현성은 달려드는 하겐티의 뿔을 양손으로 받아내고, 멀리서 날린 아미의 불타는 창날을 이빨로 깨물어 막았다. 혀가 녹아내리고 안구가 익는 열기 속에서도 이현성은 불굴의 극기로 모든 것을 견뎌냈다.

—어서!

전음이었다. '카이제닉스 제도'에서 함께 있던 시절. 그녀와 이현성을 연결해준 스킬. 그 기술로 이현성이 말하고 있었다.

—전 버틸 수 있습니다! 하지만 희원 씨를 지키면서 버티는 건 무립니다!

과거에도, 그리고 지금도. 이현성은 늘 자신이 할 수 없는 일을 할 수 있다고 말하는 사람이었다.

그렇기에 정희원은 도망칠 수 없었다.

날아드는 마왕 스토라스의 은색 발톱을 쳐내며 정희원은 이를 악물었다. [지옥염화]의 불길이 약해지고, 이현성의 강각에 균열이 번져갔다.

'유혹과 불모의 마왕' 제파르가 웃었다.

[아주 슬픈 연인이구나. 나는 그런 비극이 좋다.]

"닥쳐."

[몇몇 성좌가 화신들의 이야기에 눈시울을 붉힙니다.]

정희원은 필사적으로 검을 휘둘렀다. 그들의 삶이 이야깃거리가 아님을 증명하기 위해, 검을 휘두르고 또 휘둘렀다.

달아나던 환생자들이 그들을 돌아보고 있었다.

저들을 살리기 위해 정희원과 이현성은 싸웠다.

[성운, <김독자 컴퍼니>의 영향력이 커지고 있습니다.]

['성마대전'의 기틀이 흔들리고 있습니다.]

여유롭던 마왕들의 표정이 처음으로 변했다.

[더 즐기지 못하는 것이 안타깝군.]

그리고 다시 한번 어두운 섬광이 불을 뿜었다.

공간을 찢어발기며 날아드는 탄환. 바르바토스의 특기인 [멸성탄]이었다.

이번에는 피할 수 없었다.

정희원이 몸을 웅크리며 피해 면적을 최대한 줄이려는 순간, 누군가가 그녀의 몸을 덮었다. 둔중한 충격과 함께 뭔가가 터져나가는 소리가 들렸다.

퍼걱.

탄환은 한 발로 그치지 않았다.

퍼거거걱.

한 번, 두 번, 세 번. 연달아 쏘아진 탄환에 뭔가가 터지고, 부서지고, 망가지고 있었다.

[설화, '가장 순수한 전우애'가 동요합니다.]

정희원은 몸부림치며 그것을 안고 굴렀다. 탄환에 의해 넝마가 되어버린 신체. 피투성이가 된 얼굴이 그녀를 향해 웃고 있었다. 무어라 말을 하다가, 천천히 눈을 감고 있었다.

　[설화, '검과 방패'가 이야기를 멈춥니다.]

　"현성 씨?"

　[성좌, '강철의 주인'이 막대한 타격을 받았습니다.]

　"현성 씨. 일어나요."
　막간의 여흥처럼 포화가 그쳤다. 머릿속에서 뭔가가 뚝 끊어졌다.
　정희원은 다시 한번 이현성을 흔들었다.
　"현성 씨."
　이현성의 눈은 뜨이지 않았다. 그의 입은 아무 말도 뱉어내지 못했고, 코는 숨을 쉬지 못했다. 그의 귀는 아무것도 듣지 못했다.
　"일어나!"
　아직 대답하지 못했는데.
　"일어나! 일어나라고!"
　그리고 마왕들이 다시 움직였다.

정희원은 이현성의 커다란 몸을 둘러업고 달렸다. 이제껏 내본 적 없는 가장 빠른 속도였다. 다리의 근육이 터지도록, 심장이 부서지도록 그녀는 달렸다. 포화가 이어졌고 상흔이 늘어갔다.

하지만 달아났다. 이 모든 것으로부터 달아나고 있었다.

김독자라면, 김독자라면 살릴 수 있을 것이다. 김독자는 신유승도 살려냈고, 유상아도 살려냈다. 그러니 이현성도 반드시 구할 수 있을 것이다.

이곳에서 죽음은 아무것도 아니다. 죽음은

아무것도 갈라놓지 못한다.

정희원은 울음을 토해내며 달렸다. 고작 시간을 버티는 것이 전부였지만, 그 시간을 버텨야 모든 것을 바꿀 수 있었다.

그렇게 달리고, 또 달리고, 얼마나 달렸을까.

정희원은 흙탕물에 엎어졌다. 흐려진 시야 사이로 전장의 풍경이 보였다.

환생자들의 시취로 들끓는 대지.

몸에 힘이 들어가지 않았다. 이현성의 심장 박동은 느껴지지 않았다.

[우리엘의 화신. 어디에 숨었느냐?]

다가오는 마왕들의 기척 속에서 정희원은 숨을 죽였다. 불행인지 다행인지 격이 형편없을 정도로 줄어들어서, 환생자들과 구별하기 힘든 상황이었다.

[나오지 않겠다면 그대로 죽이는 수밖에.]

마왕 아미가 웃으며 불의 창을 흔들었다.

주변에는 아직 환생자가 많이 남아 있었다. 정희원이 살려야 할 사람들이었다. 살려야 했던 사람들이었다. 정희원은 눈을 질끈 감았다.

'미안해요.'

자신의 알량한 정의는 여기까지다.

폭염이 타오르는 소리가 들렸다. 정희원은 자신이 눈을 떴을 때 보게 될 광경을 알 수 있었다.

불길 속에서 타오르고, 부서지고, 터져나갈 환생자들의 모습. 그녀를 원망하는 얼굴들. 그녀를 손가락질하며 달아날 그 표정들.

정희원은 기도했다. 부디 한 사람이라도 더 멀리 달아나길.

조금이라도 더 먼 곳에서 김독자가 올 때까지 버텨주기를.

"여기 있다!"

그리고 누군가가 말했다.

"내가 우리엘의 화신 정희원이다!"

정희원은 눈을 떴다. 그곳에 있는 이는 그녀도 아는 사람이었다.

조금 전, 그녀가 구해낸 기사 카일이었다. 그 카일을 업고 달리던 기사도 보였다.

"아니, 내가 정희원이다!"

"아니다! 나다! 나를 죽여라!"

[네놈들, 돌아버린 것이냐?]

환생자들이 달아나지 않고 있었다.

'카이제닉스 제도'에서 함께 따라온 이들. 국지전을 거치며 그녀가 구해낸 이들이, 그녀의 곁에 서서 외치고 있었다.

"내가 정희원이다!"

"내가 이현성이다!"

일어난 환생자들이 그녀의 이름을, 이현성의 이름을 말하고 있었다. 그런 짓을 하면 어떻게 될지 뻔히 알면서.

"내가 정희원이다!"

"우리가—"

모두 자신의 죽음을 마주 보고 있었다. 그들을 이 세계로 안내해준 이들의 이름을 부르짖고 있었다.

"우리가 〈김독자 컴퍼니〉다!"

그것만이 그들이 지키는 정의인 것처럼. 혹은 이제 그들에게 마지막 남은 이야기인 것처럼.

"으아아아아!"

그녀의 이름을 외친 카일이 마왕을 향해 달려갔다. 반대쪽을 향해 달려가던 환생자들도 되돌아오고 있었다.

누군가는 울면서. 누군가는 분노하고 절규하면서.

[해당 시나리오에서 〈김독자 컴퍼니〉의 영향력이 더욱 강해집니다!]

당황한 마왕들이 자신의 격을 발출했다.

[이런 미친놈들이 —]

눈앞에서 환생자들이 찢겨나가고 있었다.

마왕의 가벼운 한 방조차 견디지 못하는 이들이었다. 그럼에도 연호는 그치지 않았다. 누군가는 정희원을, 누군가는 이현성을, 또 누군가는 김독자 컴퍼니를 외치면서. 그들은 죽음을 향해 달려들었다.

아비규환의 전장에서 정희원은 몸을 떨었다.

어째서 저들이 죽어야 하는가.

그녀는 쓰러진 이현성을 내려다보았고, 어두운 〈스타 스트림〉의 하늘을 올려다보았다. 무수한 별이 그녀를 내려다보고 있었다. 저 하늘에 저토록 많은 별이 있음에도, 누구도 그들을 구하러 오지 않는다.

정희원은 자리에서 일어났다.

"내가……."

그리고 마왕들을 향해 달려갔다.

"내가 정희원이다."

[거기 있었구나.]

날아온 발톱이 그녀의 등을 긁고 지나갔다.

[전용 스킬, '심판의 시간'의 발동을 요청합니다!]

단 한 번만, 누구라도 좋으니 단 한 번만 내게 힘을 준다면.

[절대선 계통의 성좌 중 대다수가 스킬 발동에 반대했습니다.]
[스킬 발동이 취소됐습니다.]

어째서 이토록 원하는 대상은 심판할 수 없는가.
선은 무엇이고 악은 무엇인가.
"뭐가 '절대선'이야."
어째서 그것을 너희 마음대로 정하고.
왜 나는 그것에 따라야 하는가.
멀리서 날아오는 바르바토스의 탄환.
정희원의 내면에서 닳아버린 감정들이 불쏘시개가 되어 타오르고 있었다.

[당신의 모든 설화가 당신의 불행에 반응합니다.]

불타버린 감정들이 단 하나의 감정을 가리키고 있었다.

[당신의 모든 설화가 당신의 의지에 반응합니다.]

복수復讎.

[<스타 스트림>이 당신의 설화를 바라봅니다.]

「저들을 심판하고 싶다.」

[당신에게 새로운 설화가 발아합니다!]

다음 순간, 정희원의 전신에서 강렬한 빛이 터져나왔다.

어마어마한 빛의 폭발에 [멸성탄]의 궤도가 뒤틀렸고, 근처에 있던 마왕들이 동시에 물러섰다.

정희원은 메시지를 들었다.

[화신 '정희원'의 특성 진화가 임박했습니다.]

[특성 진화의 계기를 맞이했습니다!]

한때 '웅크렸던 자'는 악을 심판하기 위해 '멸악의 심판자'가 되었다.

그렇다면 '선'에게 배신당한 심판자는 무엇이 되는가.

[전설급 특성을 획득했습니다.]

영롱한 흰빛의 아우라가 그녀의 검에서 터져나왔다. 전신에서 끓어오르는 설화의 활력.

마왕을 보는 정희원의 눈동자에 혼돈의 고리가 떠올랐다.

[당신은 '멸망의 심판자'가 됐습니다.]

✳

4

[특성 진화로 인해 스킬이 진화합니다.]
[전용 스킬, '귀살'이 '신살神殺'로 진화합니다!]
[전용 스킬, '심판의 시간'의 발동 효과가 변경됩니다!]

정희원은 아우라로 덮인 자신의 양손을 내려다보았다. 한 손은 눈부신 백색, 그리고 다른 한 손은 검은색으로 물들어가는 모습.

['환생자들의 섬'이 당신을 바라봅니다.]

지금 그녀를 응원하는 이는 성좌들이 아니었다.

['환생자들의 섬'의 구성원들이 당신을 바라봅니다.]

그녀가 지켜온 자들이었다.

마왕들이 믿을 수 없다는 듯 정희원을 노려보았다.

[특성 진화?]

[제법이군. 시나리오의 가호가 네게 깃들었구나.]

그러나 당황한 모습은 아니었다. 그래봤자 정희원은 일개
화신일 뿐. 우리엘의 힘도, 〈에덴〉의 가호도 빌리지 못하는 존
재였기 때문이다.

정희원은 그런 마왕들을 향해 한 걸음을 내디뎠다.

[전용 스킬, '심판의 시간'을 발동합니다!]

정희원의 의도를 눈치챈 마왕 하겐티가 비웃었다.

[아직도 정신을 못 차렸구나. 네 특성이 무엇으로 진화하든,
대천사들은 네게 힘을 빌려주지 않을 것이다.]

절대선의 개연성을 빌리는 스킬인 [심판의 시간]은, 해당
성좌들이 허가하지 않으면 절대로 사용할 수 없다.

그런데 이상한 메시지가 떠올랐다.

['심판의 시간'이 더 이상 절대선 계통의 성좌에게 동의를 구하지 않
습니다.]

['심판의 시간'이 더 이상 절대선 계통의 성운에게 개연성을 빌리지

않습니다.]

[절대선 계통의 성좌들이 화신 정희원의 변화에 크게 당황합니다.]

"이제 그들의 동의 따윈 구하지 않아."

선도 악도 아닌 정희원이 말하고 있었다.

"우리가 심판할 대상은 우리가 정해."

'심판자의 검'을 쥔 정희원의 몸에서 스파크가 몰아쳤다.

심상치 않은 기색에 마왕 하겐티가 반사적으로 뒷걸음질을 쳤다.

[무슨……?]

[전용 스킬, '심판의 시간'이 <김독자 컴퍼니>의 가호를 받습니다.]

[<김독자 컴퍼니>의 인원에게 투표권이 부여됩니다.]

[일부 인원은 현재 투표가 불가능한 상태입니다.]

[투표 가능한 인원만이 투표에 참가합니다.]

그리고 표결이 시작되었다.

[화신 '이지혜'가 심판에 찬성합니다.]

[화신 '신유승'이 심판에 찬성합니다.]

[화신 '이길영'이 심판에 찬성합니다.]

[화신 '정희원'이 심판에 찬성합니다.]

[현재 투표 가능한 모든 인원이 당신의 심판에 찬성했습니다.]

정희원은 쓰러진 이현성을 내려다보았다. 차갑게 식은 이현성의 몸.

이것은 그를 위한 심판이었다.

['심판의 시간'이 발동합니다!]

[충분한 인원이 참석하지 않아 스킬 사용 시간이 제한됩니다.]

[4분간, 당신의 신체 능력이 시나리오의 개연성을 초월합니다!]

[4분간, 당신의 모든 설화가 시나리오의 개연성을 초월합니다!]

정희원의 검이 움직였다. 마왕조차 볼 수 없는 빠르기로, 오직 자신이 원하는 대상을 심판하기 위해.

그 순간 정희원은 자신을 제외한 모든 것이 멈춘 듯 보였다.

겨우 이런 속도로, 너희는 별을 자칭하고 있었나.

믿을 수 없다는 듯 끔뻑이는 마왕 하겐티의 눈동자.

과도한 개연성 소진으로 허공을 긁은 스파크가, 정희원의 검이 무언가를 심판했음을 증명하고 있었다.

[어, 으, 컥……?]

도려내진 그의 심장이 '심판자의 검' 칼날 위에서 펄떡였다.

허공에 흩뿌려지는 마왕의 피를 뒤집어쓴 채 정희원이 입을 열었다.

"너흰 살아 돌아갈 수 없어."

주어진 시간은 사 분.

그리고 사 분은 정희원에게 충분히 긴 시간이었다.

치솟은 핏줄기와 함께 하겐티의 목이 허공을 날았다.

[마왕, '황금 뿔의 수소'가 사망했습니다.]

[마왕, '황금 뿔의 수소'가 국지전에서 패배했습니다.]

경악한 '불의 총통' 아미가 중얼거렸다.

[하겐티?]

48위 마왕을 일격에 즉살하는 힘. 이곳의 어떤 마왕도, 고작 화신 하나가 그런 이적을 일으키는 것을 본 적이 없었다.

[그런 미친 개연성이 가능할 리가……!]

충격에 빠진 마왕들은 입을 다물지 못했다. 한쪽의 비극은 다른 한쪽에 희극이 된다. 마왕들의 폭력에 위축되어 있던 환생자들이 눈앞의 이적에 몸을 싣기 시작했다.

"가자!"

"이길 수 있다! 우리도 가세하자!"

"정희원 님을 보호해라!"

달려드는 환생자들을 보며 마왕들이 고함을 내질렀다.

시야에서 정희원을 놓친 마왕들이 동분서주하며 물러났다. 그리고 마법처럼 나타난 검의 잔영이 아미의 창을 부쉈다.

빠가각.

지금껏 무엇으로도 부술 수 없었던 불의 창날이 망가진 모습에 아미가 눈을 부릅떴다. 부릅뜬 눈 그대로, 아미의 세상이 일격에 부서졌다.

　[마왕, '불의 총통'이 사망했습니다.]
　[마왕, '불의 총통'이 국지전에서 패배했습니다.]

　당연한 결과였다. 48위의 하겐티마저 일격에 당한 마당에, 그보다 서열이 낮은 아미가 정희원을 감당할 수 있을 턱이 없었다.

　환생자들은 기세가 더 높아졌고, 전장의 사기는 더욱 올라갔다.

　정희원은 눈이 타버릴 것 같은 통증 속에서 내달렸다. 달려드는 '어둠 투사'들을 베고 또 베며 오직 마왕의 목만 노렸다.

　[화신이여, 정말 어리석구나. 지금 너는 단순히 '성운'의 힘만을 빌리고 있는 것이 아니야!]

　36번째 마계의 주인, '은빛 발톱의 올빼미' 스토라스.

　전투력 자체는 그리 높지 않지만, 마계에서 가장 해박한 지식을 지닌 마왕 중 하나였다. 그는 정희원의 눈동자에 떠오른 혼돈의 고리를 포착하며 외쳤다.

　[그것은 혼돈의 힘이다. 선도 악도 아닌 태초에서 비롯된, 시나리오 바깥에서 온 힘이란 말이다! 그 힘을 사용하면 —]

　"닥쳐."

　허공을 향해 뛰어오른 정희원이 스토라스의 날갯죽지를 찢었다. 스토라스가 포효했고, 은빛 발톱이 정희원의 허벅지와 어깨를 할퀴어댔다. 자신의 목숨을 도외시하는 격전에 부서진 살점이 허공을 날았고, 망가진 설화가 핏물처럼 바닥에 흩어졌다.

정희원은 아랑곳하지 않고 검을 휘둘렀다. 내장이 흐르든, 뺨이 뜯기든 상관하지 않고 검을 휘두르고 또 휘둘렀다. 그저 눈앞에 보이는 마왕의 골격을 작살 내고, 숨통을 끊는 것만이 그녀가 생각하는 전부였다.

그렇게 순식간에 오십여 번의 검을 휘둘렀을 때, 그녀의 손에는 죽은 올빼미의 머리가 쥐어져 있었다.

[마왕, '은빛 발톱의 올빼미'가 사망했습니다.]
[마왕, '은빛 발톱의 올빼미'가 국지전에서 패배했습니다.]

단신의 힘으로 세 명의 마왕을 격살한 전투력.

[다수의 성좌가 화신 '정희원'의 힘에 경악합니다!]
[절대선 계통의 성좌들이 화신 '정희원'을 불길하게 여깁니다!]
[절대악 계통의 성좌들이 화신 '정희원'에게 두려움을 느낍니다!]

하늘을 양분한 선과 악의 별들.

그리고 창공 건너편에서 그녀를 보는 또 다른 시선들이 있었다.

지금까지는 그녀에게 관심을 두지 않던 존재들이었다.

[이계의 신격들이 화신 '정희원'에게 눈독을 들입니다.]

무수한 별들의 시선을 받으며, 정희원은 계속해서 걸음을 옮겼다.

이제 남은 마왕은 둘.

[미안하지만 나는 이런 상황은 좋아하지 않아서, 이만.]

그 말을 한 것은 정희원이 각성한 순간부터 긴 주문을 영창하던 마왕이었다.

[마왕, '유혹과 불모의 마왕'이 막대한 개연성을 지불하고 국지전에서 이탈합니다.]

뒤늦게 정희원이 검을 내던졌지만, '유혹과 불모의 마왕' 제파르는 이미 자리에서 사라진 뒤였다.

으드득 이를 간 정희원이 허공을 올려다보았다.

이제 남은 마왕은 하나.

[16번째 마계의 주인이란 놈이 화신에게 꽁무니를 빼다니, 한심하군.]

이현성을 죽인 마왕.

8번째 마계의 주인, '무자비한 역천의 사냥꾼' 바르바토스.

비정상적인 정희원의 활약에도 바르바토스는 달아나지 않았다.

[마왕, '무지비한 역천의 사냥꾼'이 자신의 격을 개방합니다!]

바르바토스는 [심판의 시간]을 발동한 정희원의 움직임을 따라왔다. 그녀와 똑같은 속도로 판단하고, 그녀와 똑같은 속도로 공격을 가했다.

믿을 수 없을 정도로 노련하고 파괴적인 공방.

정희원은 조금씩 밀리고 있었다.

그 모든 상황을 즐기듯이 바르바토스가 웃었다.

[파괴적으로 아름다운 설화군.]

공방이 이어질수록 정희원은 바르바토스가 얼마나 강한지 깨달았다.

마왕은 전력을 다하고 있지 않았다.

그녀가 무엇을 어떻게 해도 따라잡을 수 없는 세월의 격차.

터진 옆구리에서 피가 쏟아졌다. 정희원은 [지옥염화]의 불길로 상처를 지졌다. 빈틈을 놓치지 않은 바르바토스가 그녀의 배를 걸어찼다.

한바탕 피를 게워내며, 정희원은 간신히 버티고 섰다.

['심판의 시간'의 지속 시간이 1분 남았습니다.]

정희원은 뼈가 앙상하게 드러난 손으로 검을 고쳐 잡았다.

내가 살아온 시간으로는 무리인가.

[<김독자 컴퍼니>의 가호가 강화됩니다!]

무언가가 그런 정희원에게 힘을 보냈다.

[거대 설화, '카이제닉스 제도'가 당신을 바라봅니다.]

그녀가 살아온 역사들이었다.

[성좌, '강철의 주인'이 당신을 바라봅니다.]

그녀가 사랑한 것을 함께 사랑한 이들.
까가가가각!
정희원은 양손으로 검을 쥔 채 바르바토스의 총검술을 받
아냈다.
총검술. 그녀가 아는 사내도 총검술에 능숙했다.

「"군대에서는 힘들수록 더 큰 소리를 지릅니다. 매일 아침 한껏 소
리를 지르고 나면, 어떻게든 그날도 이겨낼 수 있을 것 같은 기분이
들었습니다."」

"하아아아아압!"
정희원은 이현성처럼 기합을 터뜨렸다.

바르바토스의 총검이 정희원의 옆구리를 찔렀다.

정희원은 오히려 그 총검이 빠져나가지 못하게 움켜쥐었다. 푸욱, 하는 소리와 함께 총검이 그녀의 옆구리를 더욱 깊게 파고들었다.

그럼에도 정희원은 한 발짝을 더 내디뎠다.

「"저도 일단 지르고 볼 때가 있습니다. 항상 모든 걸 계산하고 있는 건 아니에요."」

김독자처럼 용기를 냈고.

「"그렇게 휘두르는 것이 아니다."」

유중혁처럼 검을 휘둘렀다.

스팟!

'심판자의 검'이 바르바토스의 팔뚝을 베어냈다.

[아?]

붉게 물든 설화 파편이 튀어 오르는 것을 보며, 바르바토스의 눈썹이 크게 꿈틀거렸다.

언뜻 한수영의 웃음소리가 들려온 것 같았다.

「"알지? 어차피 마지막에 웃는 놈이 승자야."」

그런 한수영처럼 정희원이 말했다.

"뼈를 원한다면 뼈를 주고, 심장을 원한다면 심장을 주겠어."

자신이 무슨 공격을 받든 상관없다는 태도.

오직 상대방을 함께 파멸시키기 위한 전투법.

"하지만 너도 네 설화의 절반은 걸어야 할 거야."

한계까지 끌어낸 설화의 모든 국면이 환히 빛나고 있었다.

당황한 바르바토스가 물러나면서 [멸성탄]의 포화를 퍼부었다.

하지만 정희원은 가볍게 그 탄환들을 피했다. 탄환의 속도가 점점 빨라지는 정희원을 따라오지 못했다.

그러나 서서히 밀려온 개연성의 후폭풍이 그녀의 몸을 잠식하고 있었다. 정희원의 머리카락이 새하얗게 세었다. 자신의 격을 뛰어넘는 힘을 쓴 대가였다.

그럼에도 정희원은 물러서지 않았다.

오직 저 마왕을 죽이는 것만이 그녀가 바라는 전부였다.

섬광처럼 움직인 정희원의 검이 바르바토스의 왼쪽 손목을 베어냈다. 총을 받칠 수 없게 된 바르바토스가 신음을 토했다.

그는 자신이 몰고 온 전함의 갑판 위로 훌쩍 뛰어올랐다.

[죽여주마. 흔적도 없이 소멸시켜주겠다.]

바르바토스의 전함이 새파란 빛을 뿜으며 장전을 시작했다.

바르바토스를 올려다보며 정희원은 웃었다.

[설화 병기]의 힘을 빌리지 않고는 그녀를 상대할 수 없다

고 판단한 것 자체가 바르바토스의 패배나 다름없었다.

그것을 아는지 바르바토스는 격노한 표정이었다.

[사라져라.]

정희원은 검을 바닥에 꽂은 채 섰다.

할 수만 있다면 저 배도 부수고 싶다.

['심판의 시간'의 발동이 종료됐습니다.]

하지만 정희원에게는 이제 남은 시간이 없었다.

전함의 독수리상이 녹빛으로 물들며 포신이 불을 뿜는 것이 보였다. 국지전장 전체를 쓸어버릴 법한 위력.

정희원은 바닥에 늘어진 이현성의 몸을 끌어안았다.

현성 씨. 나 정말 최선을 다했어요.

이제는 정말 한 줌의 여한도 없었다.

나는 틀리지 않았다.

여기서 내 모든 시나리오가 끝나더라도.

나는 제대로 이 순간을 살아냈다.

느려진 지각 속도가 제자리로 돌아오고 있었다. 정희원은 마력탄이 쏟아지는 전장을 똑바로 바라보았다.

자꾸만 시야가 흐려져 앞이 보이지 않았다.

분명 모든 것을 쏟아부었는데, 왜 이렇게 눈물이 나는 걸까.

흐릿해지는 시야 속에서, 정희원은 분통함에 울음을 터뜨렸다. 여한이

없을 리가 있는가.

"우리 성운 사람들은 왜 다 이 모양이지?"

누군가의 목소리가 쩌렁쩌렁 울려 퍼졌다.

[성좌, '해상전신'이 분노합니다!]

익숙한 성좌의 간접 메시지에 놀란 정희원이 시야를 닦았다. 눈을 감지 않았기에, 그녀는 눈앞에서 일어나는 기적을 똑똑히 볼 수 있었다.

쿠구구구구!

바르바토스의 함선보다 더 큰 함선이 전장의 하늘을 장악하고 있었다.

[누군가가 117번 국지전에 참여했습니다!]

미래 세대의 금속으로 만들어진 거북 형태의 등. 그 함선의 선수상船首像에 그녀가 사랑하는 세 사람이 타고 있었다.

콰아아아아아!

때맞춰 바르바토스의 포화가 날아들었다.

다급해진 정희원이 손을 뻗으며 외쳤다.

"피해!"

정희원의 외침은 포성에 묻혀 사라졌다.

전장 전체를 삼키는 파열음에 정희원은 주저앉았다.

부연 연기가 걷힌 자리에, 전함은 상처 하나 없이 버티고 있었다.

[해당 시나리오에서 <김독자 컴퍼니>의 영향력이 더욱 강해집니다!]

매캐한 전장의 포연 속에서 이지혜와 아이들의 모습이 드러났다.

미동도 없는 표정으로 이지혜가 검을 치켜들었다.

"장전."

✳

5

멀리서 경악한 마왕의 표정이 보였다.

바르바토스가 쏜 [멸성탄]의 포화에도 끄떡없는 선체.

별조차 지워버리는 탄환도 거북의 딱딱한 등껍질을 뚫지
못했다.

[화신 '이지혜'가 지휘를 시작합니다.]

[화신 '이지혜'가 성흔, '유령함대 Lv.10'를 발동합니다!]

열두 척의 유령함대가 밀려든 '어둠 투사'들을 파도 삼아 떠
올랐다.

일제히 포격을 시작한 유령함대의 포신들.

갑작스러운 폭격에 바르바토스가 이를 갈며 외쳤다.

[고작 그 정도로……!]

바르바토스의 함선 '나이트 호크'는 단단했다. 미래 기술의 집합체는 아니었지만 나름 마계의 설화를 정교하게 모아서 만든 병기. [유령함대]만으로는 상대할 수 없는 적이었다.

하지만 이지혜는 당황하지 않았다. 오히려 침착한 표정으로 적을 응시할 뿐이었다.

쿠구구구!

[유령함대]가 포격을 이어갈 때마다 하늘을 덮은 함선의 용머리 선수상이 붉게 충전되고 있었다.

[거대 설화, '넥스트 시티'가 이야기를 시작합니다!]

정희원은 그런 이지혜의 모습을 올려다보았다.

이지혜가 대체 어떻게 이곳에 올 수 있었는지, 어떤 세계관을 겪고 여기까지 왔는지는 알지 못했다.

다만 확실한 것은 그녀가 '카이제닉스 제도'에서 비극을 겪었듯이, 저 아이들도 무언가를 겪어 이겨냈다는 사실.

[조잡한 설화로 만들어진 배 따위가……!]

에너지 축적을 끝낸 바르바토스 쪽에서 먼저 발포했다.

콰아아아아아!

아까보다 두어 배는 강력해진 격발. 이지혜의 함선이 아무리 튼튼하다 한들 이번만큼은 [멸성탄]을 견뎌내기 쉽지 않아 보였다.

선두에 나가 있던 [유령함대] 너덧 척이 포화의 마력을 견디지 못하고 소멸했다.

이지혜는 침착하게 기다렸다. 느릿하지만 확실한 속도로 밀려오는 저 포화가 함선의 코앞에 닥칠 때까지.

조금 더. 조금만 더.

[성좌, '해상전신'이 자신의 화신을 바라봅니다.]

흩날리는 설화의 부스러기가 이지혜의 뺨을 스쳤다.

연이어 궤멸당한 [유령함대]의 설화가 새하얀 포말이 되어 일행들을 덮치는 바로 그 순간.

이지혜가 검을 내렸다.

"발사!"

사방이 빛살로 물들었다. 광폭한 반동이 선체를 휩쓸었다. 강풍에 풀어 헤쳐진 이지혜의 머리카락이 흐트러졌다.

용머리에서 뿜어진 설화의 에너지가 사위의 모든 것을 휩쓸어버리고 있었다.

전방을 까맣게 물들였던 [멸성탄]의 포화는 이미 소멸하고 없었다.

[다수의 성좌가 해당 '설화 병기'의 개연성을 의심합니다!]

설화 병기 '터틀 드래곤'.

그것은 오래전, '해상전신'이 '넥스트 시티'를 방문했을 때 제작을 의뢰했으나 미처 회수하지 못한 병기의 이름이었다.

[다수의 성좌가 입을 벌린 채 놀라움을 감추지 못합니다!]

꽝음과 함께 무언가가 부서지는 소리가 들렸고, 마왕의 끔찍한 비명이 울려 퍼졌다.

이지혜는 다시 한번 말했다.

"발사!"

쌓아둔 울분을 토해내듯이 흔들리지 않는 목소리였다.

다시금 떠오른 [유령함대]가 일제 포격을 개시했고, '터틀 드래곤'의 메인 포신이 불을 내뿜었다.

"발사!"

전장 건너편의 모든 것이 사라지고 있었다.

바르바토스의 함선도, 어둠 투사들도.

정희원과 이현성의 이야기를 비극으로 소비하던 모든 것에게, 이지혜가 분노하고 있었다.

우리의 설화는 너희의 유희가 아니라고.

연이은 포화에 이지혜의 신형도 조금씩 비틀거렸다. 하지만 쓰러지지 않았다. 그녀는 이제 바다를 두려워하던 소녀가 아니라, 이 배의 지휘관이었다.

"발사!"

포화가 만들어낸 에너지의 폭발 속에서 바르바토스의 격이

지워져가고 있었다.

마왕의 설화가 단 하나도 남지 않을 때까지, 이지혜는 포격을 지시하고 또 지시했다.

정희원은 그 광경을 올려다보았다.

저 아이는 지금 무리하고 있다.

전장을 뒤덮은 스파크.

연달아 터지는 꿍음을 뚫고 두 아이가 허공에서 내려왔다. 신유승과 이길영이었다.

"희원 언니, 괜찮으세요?"

"누나!"

정희원은 아이들의 도움을 받아 이현성을 함선으로 옮겼다. 그리고 선상에서 포격을 지시하는 이지혜에게 다가갔다.

"지혜야."

[성좌, '해상전신'이 남은 자신의 진력을 한계까지 소진합니다.]

상대는 최상위권의 마왕이었다. 아무리 설화 병기를 손에 넣었다고 해도, 〈김독자 컴퍼니〉의 개연성을 빌렸다고 해도, '해상전신'이 설화급 성좌에 도달했다고 해도…….

이런 이적을 일으키기 위해서는 반드시 대가가 필요하다.

"지혜야, 이제 괜찮아."

정희원은 이지혜가 무엇에 분노했는지 안다.

전장에 나타난 순간, 이지혜는 이곳에서 무슨 일이 벌어졌는지 눈치챘을 것이다. 그래서 이렇게까지 힘을 아끼지 않는 것이다.

['유령함대'가 귀환합니다.]

멀리서 시나리오 메시지가 들려왔다.

[마왕, '무자비한 역천의 사냥꾼'이 사망했습니다.]
[마왕, '무자비한 역천의 사냥꾼'이 국지전에서 패배했습니다.]

고작 세 명의 화신이 이루어낸 쾌거.
서열 8위의 마왕을 비롯한 네 명의 마왕이 이 전장에서 목숨을 잃었다.
환생자들의 환호가 쏟아지는 가운데 간접 메시지가 날아들었다.

[절대악 계통의 성좌들이 믿을 수 없는 결과에 눈을 떼지 못합니다.]
[절대선 계통의 성좌들이 복잡한 표정을 짓습니다.]
[중립 계통의 성좌들이 불가능한 전투에 환호합니다.]
[다수의 성좌가 불가능한 시나리오에 대가를 지급합니다.]
[후원계의 큰손이 거액의 후원금을 지급합니다.]
[1,100,000코인을 후원받았습니다.]

주륵 흘러나온 코피를 닦은 이지혜가 배시시 웃었다.

웃으면서도 울고 있었다.

"언니."

[117번 국지전이 종료됩니다.]

[117번 국지전의 정산이 시작됩니다.]

[117번 국지전은 승자와 패자가 존재합니다.]

정희원은 멍한 눈으로 그 메시지를 올려다보았다.

[해당 국지전은 '선'의 승리입니다.]

[성마대전 진행 현황]

절대선 수치: 68

절대악 수치: 67

혼돈 수치: 70

117번 국지전은 〈김독자 컴퍼니〉의 계획대로 되지 않았다. 뒤늦게 전장에 참가한 이지혜는 〈김독자 컴퍼니〉의 '성마대전' 계획을 알지 못했기 때문이다.

하지만 계획이 완전히 실패한 것도 아니었다.

[해당 전장에 '혼돈'의 힘이 개입했습니다.]

[혼돈 수치가 5만큼 상승합니다.]

[혼돈 수치가 75를 넘겼습니다.]

[혼돈 수치의 증가 속도가 빨라집니다!]

[음침한 이계의 신격들이 화신 '정희원'을 부릅니다.]

[은하 너머의 외신들이 화신 '정희원'의 격에 주목합니다.]

　정희원은 자신의 손등에 나타난 무한대의 심볼을 내려다보았다. 새로운 특성인 '멸망의 심판자'를 각성하며 얻은 심볼이었다.

　김독자도 이 표식에 대한 이야기는 해준 적 없었다.

　"……현성이 형?"

　축 늘어진 이현성의 맥박을 짚던 이길영이 눈을 동그랗게 떴다. 깜짝 놀란 신유승도 이현성의 가슴에 귀를 대어보았다.

　정희원은 그 모습을 보며 참담한 목소리로 입을 열었다.

　"현성 씨는……."

　죽었어.

　하지만 말을 끝까지 맺을 수 없었다. 그러면 그 말이 정말로 현실이 될 것만 같았기 때문에.

[모든 국지전이 종료됐습니다.]

[시나리오의 혼돈 수치가 지나치게 높아서 메인 시나리오가 갱신됩니다.]

[시나리오 점핑이 발생합니다.]

[연계 시나리오가 발동했습니다!]

그들에게는 애도의 시간조차 주어지지 않는다.

〈스타 스트림〉의 세계에서 시나리오는 결코 뒤를 돌아보는 법이 없기 때문이다.

[새로운 메인 시나리오가 도착했습니다!]

〈메인 시나리오 #84 - '성마결전'〉

분류: 메인

난이도: 측정 불가

클리어 조건: 절대선도 절대악도 아닌 누군가가 전장의 선악을 불분명하게 만들고 있습니다. '가장 오래된 선'과 '가장 오래된 악'은 확실한 승패를 원합니다. 그들은 단 하나의 '대전장'에서 승부를 결정하기로 했습니다. 거대 설화의 끝을 보고 싶다면 지금 즉시 '대전장'에 참가하시오.

제한 시간: ―

보상: '성마대전'과 관계된 거대 설화, ???

실패 시: 사망

[성마대전의 '대전장'이 열립니다!]

[이 '대전장'의 승자는 30포인트의 선악 수치를 획득하게 됩니다.]

"뭐야?"

이지혜의 중얼거림과 함께, 국지전장 전체에 둔중한 땅울림이 퍼졌다.

츠츠츠, 하며 튀어 오르는 스파크 속에서 도깨비의 목소리가 들려왔다.

[그간 작은 전장에서 노느라 심심하셨죠? 지금부터가 진짜 '성마대전'입니다!]

하늘과 땅이 격변하며 찢어져 있던 시공간이 하나로 합쳐지고 있었다.

눈을 떴을 때, 정희원과 아이들은 끝이 보이지 않는 대평원에 도착해 있었다. 어둑한 하늘. 붉은 벌판에는 오래전 삭아버린 천사와 악마들의 설화 파편과 두개골이 굴러다녔다.

이곳은 1차 성마대전의 최종 결전이 펼쳐졌던 장소.

각자 다른 국지전장에 참가해 있던 성좌와 화신들도 모이기 시작했다.

[성운, <파피루스>가 대전장에 참가했습니다!]

[성운, <탐라>가 대전장에 참가했습니다!]

[성운, <홍익>이 대전장에 참가했습니다!]

[성운, <수호의 나무>가 대전장에 참가했습니다!]

"야, 신유승. 저거……."

"괜찮아. 우리 레벨업 열심히 했잖아."

[거대 설화, '넥스트 시티'가 아이들을 보호합니다.]

그저 벌판에 서 있는 것만으로도 기가 죽을 정도의 격.

대체 얼마나 많은 성좌가 이 대전장에 참가했는지 정희원
은 짐작할 수조차 없었다.

[상당수의 성좌가 <김독자 컴퍼니>에 적의를 드러내고 있습니다.]

실체화된 시선은 그 자체로도 위협이 된다.

정희원은 가누기 힘든 몸으로 일행들 앞쪽에 섰다.

그녀는 〈김독자 컴퍼니〉다. 그러니 저런 성운들 앞에서 절
대 약한 모습을 보일 수는 없다.

그녀를 향해 가공할 격의 파랑이 다시금 밀려들려는 순간.

"정희원."

누군가가 그녀의 등을 떠받쳤다.

[화신 '한수영'이 대전장에 참가했습니다!]

[성좌, '심연의 흑염룡'이 대전장의 성좌들을 위협합니다!]

"꼴이 말이 아니네. 머리는 또 왜 그래?"

"남 말 할 처지는 아닌 거 같은데."

건조하게 웃는 정희원을 향해, 얼굴 곳곳에 검댕을 묻힌 한수영이 눈을 가늘게 떴다. 정희원은 한수영의 뒤를 따라온 성좌를 바라보았다.

"우리엘⋯⋯."

[성좌, '악마 같은 불의 심판자'가 자신의 화신을 바라봅니다.]

상처투성이의 우리엘이 정희원을 보고 있었다. 희미한 탁기가 서린 날개. 그 모습을 보는 순간, 정희원은 이상하게 마음이 놓이는 느낌이었다.

우리엘은 그녀를 배신하지 않았다. 시선의 교환만으로도 알수 있었다.

[성좌, '악마 같은 불의 심판자'가⋯⋯.]

"괜찮아요, 우리엘."

우리엘은 입을 다물었다.

정희원은 잠시 우리엘을 바라본 뒤, 말없이 바닥을 보았다.

그들은 성좌와 화신. 말하지 않아도 서로 어떤 마음인지를 안다.

[성좌, '악마 같은 불의 심판자'가 고통스럽게 눈을 감습니다.]

반대편 전장에서도 거대한 게이트가 열렸다.
이제껏 열린 게이트와는 차원이 다른 크기였다.

[성운, <에덴>이 대전장에 참가했습니다!]

황금빛 뿔 나팔 소리와 함께 전장에 입장하는 대천사와 발
키리들.

[성좌, '젊은이와 여행의 수호자'가 화신 '정희원'을 바라봅니다.]
[성좌, '정의와 화목의 친구'가 화신 '정희원'을 동정합니다.]
[성좌, '물병자리에 핀 백합'이 화신 '정희원'을 안타깝게 생각합니
다.]
…….

순간 눈을 내리깔았던 정희원의 동공이 다시금 불타올랐다.
동정이라고?
까드득 이를 깨문 정희원이 주먹을 떨었다.
당신들이 [심판의 시간]에 동의만 해주었다면, 그랬다면.

[성좌, '하늘의 서기관'이 대전장에 입장합니다!]

눈부신 광휘와 함께 입장하는 〈에덴〉의 수장.

정희원은 '심판자의 검'을 그러쥔 채 메타트론을 노려봤다.

기다렸다는 듯 다른 한쪽 게이트에서도 입장을 시작했다.

[마왕, '지옥 동부의 지배자'가 대전장에 참가했습니다!]

서열 2위의 대마왕, 아가레스와 다른 마왕들이었다.

[마왕, '검은 갈기의 사자'가 대전장에 참가했습니다!]

[마왕, '헤아릴 수 없는 엄격'이 대전장에 참가했습니다!]

[마왕, '격노와 정욕의 마신'이 대전장에 참가했습니다!]

대천사의 기세에 전혀 꿀리지 않는 최상위권 마왕들.

숫자가 늘어날수록 정희원과 아이들의 안색도 어두워졌다.

그제야 이 전장이 어떤 곳인지 실감이 났다.

그들이 상대하는 〈성운〉이 어떤 곳인지, 그리고 〈김독자 컴퍼니〉가 얼마나 작은 곳인지도.

[대전장의 성좌와 마왕들이 <김독자 컴퍼니>를 노려봅니다.]

셀 수 없을 정도로 많은 강적.

점점 가빠오는 동료들의 숨소리가 들려왔다.

[성운, <아스가르드>가 대전장에 참가합니다!]
[화신 '안나 크로프트'가 대전장에 참가합니다.]

흠칫 놀란 정희원이 뒤를 돌아보자, 안나 크로프트가 양손을 든 채 그녀를 보고 있었다.

"그렇게 경계할 필요 없습니다. 지금은 적이 아니니까."

그게 무슨 말이냐고 물으려는 순간.

[화신 '유중혁'이 전장에 참가했습니다.]

하늘의 한쪽이 무너지며 검은 코트의 사내가 등장했다.

오연하게 버티어 선 등.

사납게 울부짖는 흑천마도의 검극이 성좌들을 향해 이빨을 드러냈다.

한수영이 한쪽 입꼬리를 실룩거리며 말했다.

"또, 또 주인공 행세하네."

"사부!"

단지 한 사람이 나타났을 뿐인데 전장의 분위기가 달라진 느낌이었다.

일행들을 돌아본 유중혁이 말했다.

"한 놈 빼고 모두 모였군."

"아니, 모두 모였어."

모두가 기다린 목소리.

울컥 올라오는 그 마음을 어쩌지 못한 채, 정희원은 그 방향을 돌아보았다.

말하고 싶었다. 저 빌어먹을 성좌들이 이곳에서 어떤 일을 저질렀는지.

"알고 있습니다, 희원 씨."

하얀 코트의 김독자가, 쓰러진 이현성을 고요히 내려다보고 있었다.

[마왕, '구원의 마왕'이 대전장에 참가했습니다.]

[PART 4 - 02에서 계속]

전지적 독자 시점 PART 4-01

1판 1쇄 발행 2023년 9월 11일 **1판 5쇄 발행** 2024년 9월 13일
지은이 싱숑
펴낸이 박강휘
편집 박정선, 박규민 **디자인** 홍세연, 윤석진 **마케팅** 이헌영 **홍보** 반재서

발행처 김영사
주소 경기도 파주시 문발로 197(문발동) 우편번호10881
등록 1979년 5월 17일(제406-2003-036호)
주문 및 문의 전화 031)955-3200 **팩스** 031)955-3111
편집부 전화 02)3668-3291 **팩스** 02)745-4827 **전자우편** literature@gimmyoung.com
비채 블로그 blog.naver.com/viche_books **인스타그램** @drviche, @viche_editors
트위터 @vichebook
ISBN 978-89-349-6745-3 04810 책값은 뒤표지에 있습니다.

비채는 김영사의 문학 브랜드입니다.